10/18

12, AVENUE D'ITALIE. PARIS XIIIe

Sur l'auteur

Claude Izner est le pseudonyme de deux sœurs, Liliane Korb et Laurence Lefèvre. Liliane a longtemps exercé le métier de chef-monteuse de cinéma, avant de se reconvertir bouquiniste sur les quais de la Seine, qu'elle a quittés en 2004. Laurence a publié deux romans chez Calmann-Lévy, *Paris-Lézarde* en 1977 et *Les Passants du dimanche* en 1979. Elle est bouquiniste sur les quais. Elles ont réalisé plusieurs courts métrages et des spectacles audiovisuels. Elles écrivent ensemble et individuellement depuis de nombreuses années, tant pour la jeunesse que pour les adultes. Les enquêtes de Victor Legris sont aujourd'hui traduites dans huit pays.

CLAUDE IZNER

LES SOULIERS BRUNS DU QUAI VOLTAIRE

INÉDIT

10
18

« Grands Détectives »

créé par Jean-Claude Zylberstein

Du même auteur
aux Éditions 10/18

MYSTÈRE RUE DES SAINTS-PÈRES, n° 3505
LA DISPARUE DU PÈRE-LACHAISE, n° 3506
LE CARREFOUR DES ÉCRASÉS, n° 3580
LE SECRET DES ENFANTS-ROUGES, n° 3682
LE LÉOPARD DES BATIGNOLLES, n° 3808
LE TALISMAN DE LA VILLETTE, n° 3941
RENDEZ-VOUS PASSAGE D'ENFER, n° 4100
LA MOMIE DE LA BUTTE-AUX-CAILLES, n° 4186
LE PETIT HOMME DE L'OPÉRA, n° 4345
► LES SOULIERS BRUNS DU QUAI VOLTAIRE, n° 4449

À PARAÎTRE : MINUIT, IMPASSE DU CADRAN

ISBN : 978-2-264-04918-6

À la mémoire de Joris Ivens.

À Octave Uzanne, Charles Dodeman, Maurice Korb, Louis Lanoizelée, Maurice Pernette, Guy Silva, historiographes des quais de Seine et des bouquinistes, dont les écrits ont inspiré le décor de ce livre.

À nos aimés.

Lamentables bouquins ! voyez : le dos se casse,
le soleil tord les plats que l'averse a mouillés,
on a sans aucun soin biffé la dédicace,
et le vent de la Seine emporta des feuillets.

Georges Fourest,
En passant sur le quai in *La Négresse blonde*.

CHAPITRE PREMIER

Vendredi 31 décembre 1897

De la porte Saint-Denis à la Madeleine, une coulée humaine déferlait le long des baraques de Noël. Tubes, melons, toques, pelisses, redingotes se bousculaient aux éventaires où s'entassaient bibelots, cartes de vœux, petits formats de chansons à la mode, jeux, jouets et quelques inventions ingénieuses qui seraient bientôt entre toutes les mains. Devant les bistrots, les paniers d'huîtres se vidaient en un clin d'œil, des smalas de fêtards s'engouffraient dans les charcuteries festonnées d'aunes de boudins, les portes à tambour des brasseries laissaient entrevoir des prémices de ripailles.

Recroquevillé près d'une affiche de Steinlen, un bonhomme loqueteux activait son brasero où grillait une poêlée de marrons. L'éclat des braises éclaboussa une paire de souliers bruns qui écrasèrent les cosses bitumeuses éparpillées sur le trottoir.

À deux pas du musée Grévin, un photographe ambulant apostrophait les chalands :

— Un portrait en passant ? Ne soyez pas pingre ! Dix sous ! Souriez, souriez !

Battus par les pans d'une pèlerine, les souliers bruns pilèrent puis bifurquèrent rapidement passage Jouffroy.

Rue de la Grange-Batelière, le tohu-bohu du boulevard se mua en rumeur lointaine.

À l'entrée d'un immeuble bourgeois, apposée à droite d'un portail, une plaque dorée signalait :

MAÎTRE G. FRANÇOIS
Notaire
5e gauche.

Des talons résonnèrent sous le hall jusqu'à la loge du concierge, une voix s'éleva :

— François. Cordon, s'il vous plaît.

Le vantail vitré qui séparait le vestibule d'un escalier monumental joua sur ses gonds. Avant qu'il se rabatte, un carré de carton fut prestement inséré entre le pêne et la gâche. Négligeant l'ascenseur, un individu drapé d'une pèlerine à capuchon gravit les étages. Au cinquième palier, il se déchaussa et rejoignit l'entresol. Son doigt activa la sonnette d'un appartement. Un homme ouvrit et fut aussitôt repoussé à l'intérieur sous la menace d'un couteau.

Lundi 3 janvier 1898

ASSASSINAT D'UN LIBRAIRE

« Hier matin, un libraire en chambre, M. Sosthène Larcher, qui commerçait à l'entresol d'un immeuble de la rue de la Grange-Batelière, a été trouvé lardé de coups de couteau. M. Larcher, surnommé *l'équarrisseur*, dépeçait toutes sortes de livres pour en écouler les gravures et les enluminures à la pièce. Il a subi un sort identique à celui qu'il réservait à ces trésors de bibliophilie. Le visage couvert d'hématomes, il était ligoté sur une chaise, chevilles et poignets réunis avec une ficelle. Les rayonnages de livres avaient été débarrassés de leur contenu d'ouvrages écorchés et jetés en vrac sur le plancher. Selon le médecin légiste, le meurtre s'est probablement produit la nuit du réveillon, c'est sans doute pourquoi les voisins n'ont rien entendu. Le concierge a tiré le cordon le 31 décembre, aux alentours de cinq heures du soir, pour un employé de l'étude de maître François, notaire, domicilié au cinquième étage. On ignore s'il manque des livres. »

L'homme rejeta le journal.

« Quelle stupidité d'en être arrivé là ! »

Il conservait cependant l'espoir que les événements n'atteindraient pas le point de non-retour.

Ses doigts effleurèrent les touches du clavecin, la mélodie le détourna de sa tension nerveuse. Sa virtuosité, la beauté de ses compositions musicales lui avaient valu autrefois le sobriquet d'Amadeus. C'était, dans la bouche de ses amis, une plaisanterie classique et un moyen de se faire valoir. Peu d'entre eux avaient écouté les œuvres de Mozart.

Il plaqua un dernier accord et ferma le couvercle de l'instrument. Ses pensées l'entraînèrent au moment crucial de l'année 1792 où le précieux recueil s'était volatilisé.

De tout temps les livres furent l'objet de destruction. Les missionnaires du Nouveau Monde avaient éradiqué des milliers d'écrits soupçonnés de propager l'idolâtrie, spoliant ainsi l'humanité des seuls documents susceptibles de l'instruire sur les langues et l'histoire des anciens peuples de cette contrée.

Amadeus marcha de long en large. Au cours des siècles, partout sur la terre, des bibliothèques avaient été brûlées ou mises à sac, mais, dans un repli de sa conscience, somnolait l'idée que ce manuscrit tant convoité avait échappé aux soubresauts de l'histoire. Il en avait obtenu la preuve deux ans auparavant par l'entremise du notaire des fils du duc de Castiel. Son inestimable collection d'ouvrages dispersée par ses héritiers avait été proposée aux enchères.

Amadeus fit face au miroir. Son front haut et lisse, son nez légèrement busqué, son teint mat, ses lèvres bien dessinées conféraient à sa physionomie un air aristocratique où ne se lisait aucune morgue. Dans le quartier il passait pour un excentrique, et l'on se livrait à d'habiles recoupements pour tenter de percer ses origines. Hiver comme été il se promenait vêtu d'un carrick de laine bleu à revers de velours, agrémenté d'une pèlerine de lévite. Une cravate blanche, un pantalon à rayures rouges complétaient sa mise. Ses mains étaient gantées de peau d'agneau. Il portait des bottes de cuir sombre, à talons plats, aux bouts carrés. Un tricorne à bord relevé coiffait ses cheveux attachés sur la nuque par un nœud de ruban. On eût été en peine de lui donner un âge. Trente-cinq, quarante ans ?

Du pavillon sis rue de la Justice dont il louait le troisième étage, Amadeus avait vue à gauche sur l'énorme fer à cheval que constituaient les réservoirs recevant les eaux de la Dhuis et celles de la Marne. Ils évoquaient d'ailleurs davantage une immense prairie qu'une construction hydraulique. À droite, il apercevait dans la journée la porte de Ménilmontant, les fortifications et les coteaux de Bagnolet et de Montreuil.

Il entendit mugir une des vaches logeant dans l'étable accolée à la maison. Lorsqu'il était venu résider dans ce quartier deux ans plus tôt, après de nombreuses pérégrinations en Europe, c'était l'aspect champêtre et désolé des environs qui l'avaient séduit. Là, il était en sécurité, *idem* ses dossiers de valeur.

Il dîna sur un coin de table d'une omelette au lard et d'une tranche de jambon, puis il se reposa l'intellect d'une réussite à la française qu'il fut incapable de terminer.

Il sonda les profondeurs d'une commode en tombeau de Charles Cressent, empila sur le plancher des opuscules racornis et, muni de son butin, s'installa sur un canapé à oreilles où dormait un chat gris obèse. Il ne nourrissait plus l'objectif de collationner les *Souvenirs diplomatiques* du cardinal de Granvelle puisqu'une bonne part des originaux sur parchemin avaient disparu. En revanche, il avait retrouvé la trace du précieux recueil, propriété des héritiers du duc de Castiel. Il figurait dans un catalogue de l'hôtel Drouot daté du 18 avril 1897, parmi un lot concernant l'histoire de Paris. Un certain Sosthène Larcher en avait fait l'acquisition.

Les travaux d'approche de ce libraire en chambre s'étaient avérés tortueux. Il avait fallu extorquer sa profession et le lieu de son négoce au commissaire-priseur, répertorier ses manies, décortiquer ses penchants. Enfin, il avait décelé la faille qui lui permettrait de gagner sa confiance. Sosthène Larcher prisait les échecs. Il suffisait de le défier et de perdre régulièrement afin d'instaurer des liens de complicité. Ils s'étaient d'abord affrontés dans un bistrot du boulevard Montmartre, puis Sosthène Larcher l'avait invité à monter chez lui rue de la Grange-Batelière. Durant l'été, ils poursuivirent plusieurs parties nulles. Entre deux tournois, Amadeus inventoriait négligemment les lamentables dépouilles des livres privés de leurs reliures qui n'étaient pas déchiquetés illico. Il apprit que Larcher les destinait à ses clients marchands ou bouquineurs. Il obtint de lui la faveur d'examiner quelques pièces rares. Il en choisit une dizaine sur la pile « Acquisitions récentes », et un changement se produisit dans les battements de son cœur lorsqu'il identifia une brochure intitulée : *Mémoire de Louis Pelletier.*

— Qu'est-ce donc ? demanda-t-il.

— Un ramassis de sottises du style des *Secrets de magie naturelle du Grand Albert et du Petit Albert.* Je le réserve à un de mes fidèles habitués.

Amadeus avait profité d'un instant d'inattention de Larcher pour arracher subrepticement un des feuillets du recueil et le froisser en boule dans sa poche. Il eût été relativement facile de subtiliser l'ouvrage, mais Larcher l'avait récupéré et serré dans un tiroir.

— À vous de jouer, monsieur Amadeus.

— Ah oui... Excusez-moi.

Amadeus se concentra sur l'échiquier et, après un moment de réflexion, avança un pion. Larcher dégagea un fou et Amadeus en fit autant. Sa décision était prise.

— J'ai eu la main heureuse, c'est toujours ça, déclara-t-il à son reflet dans la glace encadrée de bois amarante accrochée au milieu du mur opposé.

Il s'adressa une grimace goguenarde.

— Bien malin qui découvrira ton identité, mon cher ! Seul le matou pourrait la divulguer, mais le hic, c'est que le matou se contente de miauler, hein, Grippeminaud ?

Satisfait de cette allusion à sa personne, le chat s'étira et se lova sur les genoux de son maître. Celui-ci lissa la page chapardée et relut le texte à mi-voix :

> *Moi, Louis Pelletier, j'écris ceci le 10 août 1830. Hier, Louis-Philippe a été proclamé roi des Français par la Chambre des députés. Cela aura coûté trois jours d'émeute et plus de deux mille morts. Un clou chasse l'autre, on s'accom-*

mode de tout, et ce nouveau règne ne déviera pas de ses prospections un passionné de vieux papiers. Y a-t-il en effet meilleure opportunité que celle d'acquérir pour une bouchée de pain, non des petites cuillers en argent, mais des livres vendus au sortir d'une révolution ? Paris, après le 9 Thermidor, offrait déjà l'aspect d'une gigantesque foire à l'encan. Mobilier, objets d'art, tapis, linge, livres, objets de piété, on vendait à tire-larigot pour pouvoir se procurer de la nourriture. Le quai de Voltaire évoquait une galerie d'estampes et de reliures ayant appartenu à des familles nobles persécutées. Je suis sur une piste. Il me faut chercher Le Milieu du Monde…

CHAPITRE II

Samedi 8 janvier 1898

Victor se pencha sur le berceau et effleura de l'index la joue satinée de sa fille. Alice s'était abandonnée au sommeil, épuisée d'avoir lutté contre la percée douloureuse d'une dent. Maintenant paisible, son visage clos sur un rêve mystérieux, elle voguait loin de ce monde. Un poing dérisoire protégeait sa bouche, un vague sourire modelait ses lèvres, révélant contrainte et douceur mêlées en son esprit.

— Contrainte, douceur, les deux pôles de toute existence, murmura Victor.

Il octroya une caresse distraite à Kochka. La chatte se frottait à ses jambes en quête d'un en-cas. Elle émit un miaulement indigné quand son maître l'attrapa sous le ventre et la déposa au milieu du couloir avant de lui fermer la porte au museau.

Le lit était investi par Tasha. Bien qu'elle dormît comme un sonneur, son sixième sens l'avait avertie qu'elle jouissait de deux places. Étalée sur le dos, les bras en croix, elle paraissait avoir remporté une victoire. Il lui mordilla le lobe de l'oreille, elle baragouina :

— L'épouse du menuisier vient à quelle heure ?

— Rendors-toi, il est tôt.

Lorsqu'en automne Euphrosine Pignot avait déclaré ne plus pouvoir tenir leur appartement, Louise Baudoin, une voisine, mère de deux fillettes, avait proposé de la remplacer. C'était une brave femme au caractère égal et de surcroît bonne cuisinière. Cet arrangement le soulageait.

Ses ablutions expédiées, il s'habilla sans bruit, passa dans la cuisine et, refoulant un haut-le-cœur, éminça une part de mou de veau sanguinolent pour Kochka. Puis il empila de quoi se composer un substantiel déjeuner et mit le cap sur l'autre côté de la cour. Une aube grisâtre dévoilait les pavés vernis d'une fine couche de verglas. Il progressa prudemment vers l'atelier de peinture, ses semelles crissant sur cette grande flaque de cassonade.

Il avala un café et mangea debout devant le chevalet qui supportait la dernière œuvre de Tasha, une huile en pied de sa mère. Djina, rajeunie, amincie, arborait une jupe de velours vert amande assortie d'un corsage décolleté. Des gants beiges gainaient ses mains. Elle s'appuyait à un homme situé hors cadre, de sa main libre elle pressait un éventail sur sa hanche. Tasha avait particulièrement réussi le regard énigmatique fixé sur les amateurs de tableaux, inquiétude et circonspection le disputaient à langueur et sérénité sans qu'il fût possible de deviner lequel de ces sentiments primait. Quiconque contemplerait ces yeux sombres tomberait sous leur charme, certain d'être leur confident exclusif.

Face à un tel brio, il éprouva le besoin de se rassurer quant à son talent personnel. Il gagna la remise louée à M. Baudoin l'année précédente. Aménagée en laboratoire photographique, c'était désormais son domaine privé. Il usa une dizaine d'allumettes afin de dégripper le cadenas qui en interdisait l'accès. Il faisait froid à l'intérieur. Il se hâta d'enflammer des bûchettes de ligots dans la gueule de la salamandre, ajouta une pelletée de têtes-de-moineau et attendit que l'atmosphère se réchauffe.

Au-dessus de la paillasse d'un évier pendaient quelques épreuves extraites la veille du bain fixateur : Alice assise dans sa chaise haute, barbouillée de bouillie ; Tasha, en jupon, un pinceau entre les dents, désignant d'un geste auguste le portrait de Djina ; Alice, hilare, tandis que Kochka, les oreilles aplaties, s'efforçait de se soustraire à son étreinte.

Il diminua le tirage de la salamandre et se colleta avec le cadenas qui renâclait à s'enclencher.

Harnaché d'une redingote, de gants, d'un chapeau, d'un cache-nez, il hésitait.

« Emprunter ma bicyclette ? Gare aux gamelles, un omnibus fera l'affaire. Non ! Un fiacre. »

Il chemina sur des œufs en direction du boulevard de Clichy. Il détestait l'hiver mais ressentait de l'allégresse à emplir ses poumons du souffle glacé de la capitale. Paris était sien.

En dépit de l'attachement qui le liait à ses femmes, un désir d'échappée le titillait. Fuir une journée le giron familial justifiait le plaisir de le retrouver. Être seul, régler ses comptes avec lui-même, tutoyer le Victor Legris tapi sous l'époux et le père. Respirer. Réfléchir.

— Quel froid de canard ! grogna Joseph en s'escrimant contre un pantalon qui refusait de se laisser enfiler.

Le mot *canard* lui remit en mémoire le feuilleton qu'il venait de livrer au *Passe-partout* après des mois de labeur : *Le Canard démoniaque*, son meilleur roman, au dire du rédacteur en chef, Antonin Clusel, animé d'un unique objectif : doubler les ventes de sa feuille de chou.

« Il n'a encore rien vu ! Je me surpasserai, nom d'un glockenspiel fêlé ! »

Il entrebâilla précautionneusement la porte de la chambre des enfants. Daphné dormait, le pouce vissé aux lèvres, le bébé Arthur ronflait, un tuyau encrassé.

« Pourvu qu'il ne s'éveille pas ! S'il braille, c'est recta, Daphné escaladera son lit à barreaux et s'accrochera à mes basques pour me protéger. »

La petite était la proie de cette lubie depuis que sa grand-mère lui avait énuméré les dangers de la capitale avec ses fiacres, ses voitures de livraison, ses tramways, ses chevaux, ses laitiers fous de vitesse, ses vélocipèdes, ses omnibus qui ignoraient les piétons, sans omettre les voleurs, les escrocs et tout l'assortiment de la basse pègre auxquels son père se confrontait chaque jour que Dieu fait.

« Il ne manquait que ça, débiter ces calembredaines à une gamine qui se prend pour une justicière parce qu'on a eu la brillante idée de lui lire *L'Affaire Lerouge*. *L'Affaire Lerouge* à une petiote de trois ans et demi ! Le pire, c'est qu'elle a tout compris. Ah, elle a réussi son coup, maman ! »

Mais comment en vouloir à Euphrosine ? Sous sa physionomie bourrue, elle était si fière de son flandrin de fiston, l'émule de *Monsieur Lecoq*. Elle se dévouait corps et âme à sa progéniture, en priorité à Arthur, le dernier venu, un sacré gaillard de sept mois, doté d'un tempérament rebelle.

« Son grand-père Gabin modèle réduit, la moustache en moins », répétait-elle à l'envi.

Zélée Euphrosine, qui s'échinait à apprêter des repas végétariens pour satisfaire les caprices alimentaires de sa belle-fille Iris !

« Ma pauvre maman, c'est vrai que tu la portes, ta croix. Et moi, je te supporte ! »

Il fila dans la cuisine où il dénicha au fond du garde-manger un quart de brie plus dur qu'une pierre. Quant à la baguette, en cas de nécessité, elle aurait pu servir d'arme offensive. Heureusement, des pommes fraîchement peintes en vermillon s'alignaient sur la crédence, il en croqua deux à la suite et entrouvrit la fenêtre pour recracher les pépins dans la cour. Un merle peu farouche se percha sur une branche du tilleul puis s'aventura jusqu'à la croisée.

— C'est juste, pourquoi qu't'aurais rien, toi ? Les volatiles claquent du bec autant que les humains quand le thermomètre est en chute libre, eh ben voilà du pain qui ne sera pas perdu pour tout le monde !

Deux piafs tentèrent leur chance, mais le trio fut mis en déroute par un matou fugueur.

Joseph se coula dans la chambre conjugale. Iris s'était recroquevillée sur le côté. Qu'elle était jolie et qu'il eût aimé se recoucher près d'elle ! Il ne comprenait toujours pas qu'un homme affligé d'une légère bosse eût séduit cette fée.

— Je t'interdis d'employer le mot bosse, décrétait-elle. Tasha a raison, tu as l'air d'un moujik et je t'adore tel que tu es.

Il sortit de l'appartement sur la pointe des pieds, en souhaitant que ses rejetons accordent un court répit à leur mère. De toute façon, Euphrosine arriverait sur le pont à neuf heures pétantes, et, quand ce capitaine au long cours maniait le gouvernail, Joseph savait que le bateau mouillerait à bon port.

Il descendit l'escalier au plafond constellé de toiles d'araignée, prenant garde de ne pas trébucher sur les marches de bois garnies de tommettes aux angles. Il évita une feuille de salade, sans conteste tombée du cabas de la veuve Gaillot qui occupait le premier étage droite et assumait en principe le ménage des parties communes.

— Payée à se rouler les pouces, grommela-t-il.

Il quitta le vieil immeuble de la rue de Seine *via* la porte cochère coincée entre la boutique d'un emballeur et celle d'un raccommodeur de porcelaine. Le froid lui sauta sur le dos, il remonta le col de son veston et enfonça son melon sur ses oreilles. Indifférent à la poésie des rues poudrées d'argent, il se hâta vers le quai de Conti.

— Zut, j'ai oublié mes gants ! Je vais attraper la mort, et tout ça pour aider un fonctionnaire à commettre la plus grosse bêtise de sa vie !

Raoul Pérot n'avait pas fermé l'œil. Pourtant sa décision ne relevait nullement d'une toquade, elle marquait le terme d'une réflexion qui l'avait taraudé tout l'automne. Maintenant que l'aurore d'un avenir radieux se hasardait timidement à égayer son piteux logis, la crainte s'intensifiait. Avait-il eu tort de lâcher la proie pour l'ombre ?

Commissaire de police, ce n'était pas des clopinettes : des émoluments confortables, la perspective d'une carrière auréolée de prestige… Certes, mais lui, le poète, l'amoureux des lettres, ne souffrait plus la proximité des escarpes et des assassins, même s'il avait cru s'y accoutumer et y puiser son inspiration. Un matin, il s'était rendu compte qu'il exécrait ce métier et que s'il voulait jouir d'une liberté compatible avec ses élans littéraires, seul le commerce des livres conviendrait à son caractère. Devenir libraire ? Hors de question. Louer un local ? Trop dispendieux. En revanche, postuler une concession de dix mètres sur les quais de la Seine, moyennant une redevance annuelle de cinquante francs, n'exigeait qu'une lettre adressée au préfet. De sa plus belle plume, Raoul

Pérot, après avoir fait mention de ses états de service, avait écrit :

> *J'ai l'honneur de solliciter de votre haute bienveillance une place de bouquiniste. Je mets mon unique espoir...*

Il avait confié la lettre à un député de ses relations, et, six semaines plus tard, la réponse lui était parvenue :

> *En vertu des délibérations du Conseil municipal, j'ai le plaisir de vous confirmer votre nomination sur le quai Voltaire, au numéro onze laissé vacant par Mme...*

Quelle griserie s'était emparée de lui ! Restait à inventorier sa bibliothèque, dont il estimait pouvoir emplir les six boîtes, propriétés d'une ex-marchande de légumes reconvertie en étalagiste et qui venait de décéder à quatre-vingt-neuf ans. Acheté à sa famille une bouchée de pain, son outil de travail était scellé quai de Conti. Il n'épargnerait que ses précieux Jules Laforgue, le reste serait écoulé, et, grâce à la recette ainsi réalisée, il s'approvisionnerait au fur et à mesure. Une fréquentation assidue des quais lui avait enseigné qu'il ne serait jamais riche, mais que, s'il s'initiait correctement à ce négoce, il mènerait une existence modeste sans subir la misère.

Chavagnac et Gerbecourt, ses loyaux subalternes, furent désolés d'apprendre que le patron les délaissait pour sombrer dans la précarité. En guise de cadeau d'adieu, ils lui offrirent une tortue, avatar de feu Nanette, jadis tant chérie. En hommage au savant Flammarion, le chélonien fut solennellement baptisé Camille, prénom aussi bien masculin que féminin, car l'animal était de sexe indéterminé.

— Tout de même, patron, attendre des heures qu'un chaland daigne fouiner à votre étalage, quel drôle de métier ! avait tranché Chavagnac.

— On m'a parlé d'un gonze qui se nourrit de lupins pour pouvoir se procurer des traités de philosophie, nasilla Gerbecourt.

Raoul Pérot abandonna son douillet appartement de la rue de Fleurus pour un logement sous les toits rue de Nevers. Obscure et glaciale, cette cambuse, située non loin du Pont-Neuf, permettait d'entreposer une quantité appréciable de bouquins. De son ameublement, Raoul Pérot ne conserva qu'un lit, une table, deux chaises et deux malles de voyage rapportées des Indes par son arrière-grand-père. Le poêle tirait mal, l'éclairage laissait à désirer, le poste d'eau et les commodités se disputaient un maigre espace au fond d'un couloir, mais qu'importaient ces détails triviaux à un futur célèbre poète bibliophile ?

Ce matin du 8 janvier, ces détails acquirent cependant un effet redoutable. Grelottant, Raoul Pérot renonça à briser la glace contenue dans le broc fêlé près de la cuvette et dit au revoir à toute velléité de toilette. Les lieux d'aisances ayant été réquisitionnés par sa voisine, une imposante matrone frappée de constipation chronique, il se félicita de disposer d'un vase de nuit pourvu d'un couvercle. Il peigna ses bacchantes en guidon de bicyclette, revêtit un costume défraîchi, se coiffa de son feutre à la Hugo et grignota une brioche fossilisée. Puis il consulta sa montre et constata qu'il était en avance.

Assit sur son lit, un cahier sur les genoux, il recommença pour la centième fois les minutieux calculs destinés à le rassurer.

« Étant donné qu'un étalage comporte en moyenne mille deux cents volumes, il suffirait de vendre chaque jour quarante livres à cinquante centimes pour obtenir la somme de vingt francs. Ajouter un ou deux merles blancs d'une valeur comprise entre cinq et quinze francs, plus une certaine dose de drouille[1] à la fourchette de prix variés : de cinq sous à vingt sous, cela exaucerait largement mes ambitions. »

Il se souvint du vieillard, quai de Montebello, qui, par un triste après-midi, contemplait le petit bras de Seine où un suicidé venait d'être repêché. Le bonhomme, aux frusques et aux croquenots rapetassés, évoquait un épouvantail. À sa vue il s'était exclamé :

— Ben au moins, ça fait de la distraction, parce que, côté thunes, y en a que pour les boutiquiers de babioles ! Les touristes se pressent à la morgue ou se démanchent le cou vers les gargouilles de Notre-Dame. Mes chansons à deux sous, ils s'en balancent.

Par bonheur, Raoul Pérot avait rencontré nombre de bouquinistes érudits, friands de bons auteurs et de *grands papiers*. L'un d'eux, devenu son ami, et près duquel il allait avoir l'aubaine de s'installer, lisait Platon, Goethe et Shakespeare dans le texte. Il avait sacrifié de brillantes études à deux biens inestimables : l'indépendance et la liberté. Il se nommait Fulbert Bottier.

Quelle que soit la saison, Fulbert Bottier quittait au point du jour son deux-pièces de la rue Garancière afin d'arpenter seul les quais déserts. Il avait le sentiment d'être le maître du bitume et du fleuve. Sur la rive droite, égarés dans la brume, le doigt dressé de la tour Saint-Jacques, le pavillon de Flore et la façade du Louvre lui appartenaient. Quand il atteignait l'emplacement de ses caisses, il saluait l'embarcadère des bateaux de Suresnes, la rive plantée de platanes où quelques bergeronnettes narguaient les moineaux,

1. Genre de marchandise invendable, dans l'argot des bouquinistes.

et, face à son étalage, à l'angle de la rue de Beaune, l'immeuble dont le rez-de-chaussée abritait un café-restaurant. Au premier étage, M. de Voltaire avait vécu ses dernières années, c'est là qu'il avait rendu l'âme plus d'un siècle auparavant. S'il fermait les yeux, Fulbert Bottier entrevoyait un fantôme fluet appuyé sur une haute canne, chapeauté d'un bonnet de velours pourpre bordé de fourrure. Il eût volontiers donné la moitié de ses volumes rares pour remonter le temps et croiser les visiteurs du philosophe de Ferney. Lesquels choisir ? Mme de Necker ? Gluck ? Goldoni ? Benjamin Franklin ? Les encyclopédistes ou les acteurs de la Comédie-Française ?

Âgé de soixante ans, Fulbert Bottier portait vissé au crâne un gibus dissimulant un début de calvitie et des lunettes à verres opaques et ronds. Sa moustache courte mais épaisse compensait la minceur de ses lèvres. Ce matin-là, son oignon marquait huit heures et demie quand il s'arrêta quai de Conti. Le square du Vert-Galant se teintait d'une lueur rousse. Des mouettes planaient au-dessus de trains de péniches englués dans l'écluse de la Monnaie où femmes et hommes participaient à la manœuvre, de concert avec les mariniers. Les dragues amarrées les unes aux autres par des chaînes près du Pont-Neuf dansaient mollement sur l'eau. Le voile blanc drapé sur le fleuve étouffait les bruits. Au loin, le ferraillement de l'omnibus Clichy-Odéon n'était qu'un écho prisonnier d'un écran de coton.

Sous les arbres centenaires, les étalages étaient clos, sauf celui du père Maupertuis, déjà tassé sur son escabeau rafistolé avec du fil de fer. Il était spécialisé dans la *Revue* des Bulloz, il en possédait cinq mille exemplaires. Il prisait également les romanciers anglais du XVIIIe siècle et se targuait de lire pour la vingt-quatrième fois *La Vie et les opinions de Tristram*

Shandy. Fulbert Bottier échangea un bonjour avec ce collègue qu'il soupçonnait de passer la nuit sur le trottoir, bouquinant à la clarté d'une chandelle. Insensible au froid grâce à sa houppelande doublée de mouton et à ses sabots bourrés de paille, inattentif au monde extérieur, le père Maupertuis abrégea les formules de politesse, humecta son index et tourna une page cornée. Si la Faucheuse persistait à l'oublier, il rapetisserait d'année en année et finirait par disparaître, balayé par le vent qui dispersait le picotin échappé des sacs pendus à l'encolure des chevaux de fiacre.

Victor Legris surgit le deuxième quai de Conti, suivi de près par Raoul Pérot. Les trois hommes inspectèrent l'étalage quelque peu démantibulé.

— Il aurait besoin d'un bon calfatage et d'un coup de peinture. En plus, ça branle, un boulot bâclé, une veine qu'on ne l'ait pas catapulté sur la berge, bougonna Fulbert Bottier. Enfin, c'est toujours mieux qu'avant 92, quand on nous déniait l'autorisation de fixer les boîtes au parapet et qu'il fallait les transbahuter matin et soir. Quel chambardement ! Ça coûtait vingt sous par jour en allées et venues.

— Ces couvercles amovibles me contrarient, j'appréhende d'avoir à me livrer à un exercice permanent pour fermer en cas de pluie, remarqua Raoul Pérot. D'autant que les précipitations sont denrée banale à Paris.

— Je connais un artisan. Il vous adaptera des charnières, c'est pratique, les étalages s'entrebâillent comme des huîtres, à la moindre averse il suffit d'étendre des toiles cirées sur la camelote, elle résiste à la flotte.

— Et le marchand ? s'enquit Victor.

— Il se met au sec devant un comptoir.

— Je ne bénéficie que d'un capital réduit, allégua Raoul Pérot.

— Ne vous tourmentez pas, l'artisan en question vous fera crédit, vous le paierez au printemps. Tiens, voilà notre carrosse !

Un haquet brinquebalant aux roues cerclées de fer, tiré par deux percherons sous la conduite d'un joyeux drille à la trogne rubiconde, se gara le long du caniveau.

— Salut, Bibi-la-Grillade ! En forme ?

— En forme de quoi ? répliqua le déménageur, hilare.

Au même instant parut Joseph, le veston et le pantalon tachés, la jambe raide, visiblement furieux.

— Que vous est-il arrivé ? demanda Victor.

— Je me suis ramassé une bûche. Du verglas. Les quatre fers en l'air ! J'ai rien de cassé, une chance.

— Je vais vous indiquer un remède épatant : absinthe, rhum et jus de citron, graillonna Bibi-la-Grillade en allumant un brûle-gueule.

— Et après on invite la famille aux funérailles, ouiche ! se récria Joseph.

Avec force ahanements, les cinq comparses soulevèrent les boîtes une à une et les empilèrent dans le haquet. Privé de ses gants, Joseph ne cessait de pester contre l'onglée. Enfin le véhicule fut plein et les percherons priés de trotter jusqu'au quai Voltaire, ce qu'ils firent sans enthousiasme.

Le déchargement fut rondement mené, grâce au concours des voisins de Fulbert : Georges Moizan, un chétif quadragénaire au menton belliqueux, le chef surmonté d'un chapeau piqué de plumes de faisan, expert en ouvrages de chasse, et Lucas Le Flohic, individu falot dont le nez se noyait sous une barbe rousse. Deux clients jouaient les seconds couteaux :

Gaétan Larue, élagueur de la Ville de Paris, et Ferdinand Pitel, cordonnier de son état.

Victor demeura fasciné par les énormes chaussures à laçage frontal de l'élagueur, jamais il n'avait observé de si grands pieds, hormis ceux de Raoul Pérot. Tout eût été parfait si Joseph ne s'était entaillé le médius en aidant son parrain Fulbert à visser une patte métallique. Aussitôt les conseils fusèrent :

— Faut désinfecter, bander, prévenir un docteur, siffler de l'absinthe additionnée de rhum !

Tandis qu'ils parlaient tous à la fois, Ferdinand Pitel chut lourdement sur le trottoir.

— Le v'là dans les pommes ! clama Bibi-la-Grillade.

— C'est le jour des pelles ! nota Fulbert.

Le cordonnier, un jeune homme fluet à tignasse blonde et frisée, le visage presque enfantin, revint à lui et parvint à se redresser.

— Excusez-moi, la vue du sang me dégoûte, murmura-t-il, refusant le siège qu'on lui avançait.

— Qu'est-ce que je devrais dire ! C'est profond, cette vacherie ! Je vais être inapte au travail, glapit Joseph.

Victor lui confectionna une poupée avec son mouchoir. Raoul Pérot remercia à la ronde et proposa une tournée générale au bistrot d'en face. L'assistance allait accepter quand un quidam empestant à dix mètres l'ail et le tord-boyaux survint. On avait oublié son nom, on ne le désignait que sous le sobriquet de « l'Odeur ».

— Au troquet ? Vous régalez, monsieur ? s'enquit-il. Vous êtes le nouveau, le numéro onze, c'est ça ? Moi, je suis le quinze, c'est bien, nous pourrons causer. Entre nous, il y a Mme Beaumont, elle n'est guère férue de bibliophilie, c'est une adepte du tricot, alors que moi, j'en sais un rayon sur les Elzévir et les

Aldes ! À votre droite, vous aurez un vide, espérons qu'il sera bientôt comblé par un vrai libraire ! Ce qui est chouette, c'est que ce quai est fréquenté par des célébrités, M. Anatole France par exemple, est-il *smart* avec sa jaquette noire et sa cravate à la Sagan[1] ! L'embêtant c'est que l'hiver le soleil est boulotté par les maisons !

— Le soleil ? Quel soleil ? objecta Lucas Le Flohic.

Ces révélations avaient douché la joie de Raoul Pérot. D'ailleurs chacun s'éloignait pas à pas, de manière à fuir le fumet tenace du numéro quinze. Un chien fila, la queue basse, affolé.

— On va se rincer la dalle ou non ? brailla Bibi-la-Grillade.

Raoul Pérot lui glissa une pièce à la dérobée en le priant de boire à sa santé, des tâches urgentes l'appelaient chez lui.

— Ben dans ce cas, salut la compagnie, j'ai une rombière à trimbaler à Bezons avec son mobilier, c'est pas la porte à côté. Hue ! Farine, Tapioca, on lève le camp !

— Ils font dans l'alimentaire, ses canassons ! s'esclaffa l'Odeur. C'est non ? Personne ne veut écluser un godet ? Bon, j'y vais seul.

Georges Moizan scruta l'horizon.

— À votre avis, il va neiger ?

Lucas Le Flohic, dit « la Météo » parce qu'il était en permanence à l'affût du moindre nuage doublant le cap de l'île de la Cité, examina la rive droite, vers ce qu'il nommait « le trou de Meudon », selon lui le meilleur baromètre céleste.

— C'est dégagé, les semelles ont laissé des marques sur le macadam, signe de redoux, fiez-vous à

1. Le prince de Sagan (Charles Boson de Talleyrand-Périgord, 1832-1910) fut un des arbitres de l'élégance masculine.

mon pif, mes amis, on va être obligés de turbiner ! Dommage, j'ai le gosier archi-sec !

— Vous avez des nouveautés ? interrogea l'élagueur, affriandé, en pointant du doigt une toile verte bosselée de livres.

— Oui, mon cher, des merveilles ! répondit Georges Moizan.

— Oh ! la chasse, ça ne me passionne pas, marmotta Gaétan Larue.

— Moi non plus, dit Ferdinand Pitel.

— Patientez, vous serez gâtés. J'ai apporté d'autres trésors ! Et Fulbert a regarni ses casiers hier matin !

— Moi aussi, j'ai de quoi vous satisfaire, renchérit Lucas Le Flohic, escamotant au passage deux bouteilles de bordeaux derrière des Charpentier[1] d'occasion.

Victor et Joseph prirent congé. Ils allaient bifurquer rue des Saints-Pères quand Victor se souvint qu'ils étaient à court de papier d'emballage.

— Une course rue Mazarine, je n'en ai pas pour longtemps.

— C'est ça, grogna Joseph, on abandonne les infirmes, on leur impose des corvées, histoire de fumer une cigarette et d'esquiver ses responsabilités ! Comment je vais m'y prendre pour ouvrir la librairie avec une main bousillée ?

— À cœur vaillant rien d'impossible, trancha Victor.

Les souliers bruns sautèrent de l'omnibus au pont Royal, franchirent la chaussée et stationnèrent devant la vitrine de la librairie Honoré Champion située au 9, quai Voltaire. C'était un excellent poste d'observation pour s'assurer discrètement de la présence du

1. Georges Charpentier (1846-1905), éditeur des naturalistes : Zola, Flaubert, Maupassant, Daudet, les frères Goncourt, Huysmans, etc.

bonhomme. Il était là, il faisait le joli cœur auprès d'une cliente. Ce commerçant était réglé comme du papier à musique : arrivé tôt, il quittait les lieux à la tombée du jour et s'en retournait chez lui sans jamais dévier de son itinéraire. Il était pareil à ces animaux grégaires qui, à heure fixe, s'abreuvent au même plan d'eau et finissent par succomber sous la griffe de leur prédateur.

Des mains gantées resserrèrent les pans d'une pèlerine, les souliers bruns se dirigèrent vers la file de fiacres où des cochers coiffés de leur haut-de-forme de toile cirée attendaient le chaland.

La sonnette de la librairie tintinnabula. Joseph se traîna d'une étagère au comptoir en simulant une expression chagrine. Victor se délesta d'un gros rouleau de papier.

— Vous avez fait des ventes ?

— Non. Je souffre, répondit Joseph.

— Les grandes douleurs sont muettes.

— C'est ça, moquez-vous, ce n'est pas votre main qui risque d'être amputée d'une phalange !

— Allez donc voir Mélie, elle va vous revigorer, ensuite vous réintégrerez votre domicile.

— Merci, j'apprécie. Mélie, oui, rentrer, non.

— Joseph, il faut que je vous entretienne d'un petit problème quand vous redescendrez.

— Qu'est-ce qu'il y a encore ? marmonna Joseph en gravissant les marches de l'escalier à vis qui menait à l'étage.

Dans la cuisine, une femme aux joues fripées et aux cheveux striés de fils blancs apprêtait une blanquette de veau.

— *Elle me pigougne, cette baluche, es béstia a paiar patenta*[1], serinait-elle, allusion voilée à son ennemie

1. Elle m'agace, cette nigaude, elle est bête comme une oie, en langue limousine.

jurée Euphrosine Pignot qui, bien que Kenji Mori et Djina Kherson fussent à Londres, la forçait à élaborer des repas destinés à Victor et Joseph. Quand celui-ci interrompit son travail en lui tendant son doigt, elle renifla, déroula sans émotion la poupée, évalua la gravité de la blessure.

— J'vais vous étaler un onguent d'mon cru sur la peau, une crème à base de vaseline, de miel et de feuilles de plantain, dans trois jours il n'y paraîtra plus.

— Ouille, ouille, ouille ! Ça pique votre machin, vous êtes sûre que c'est efficace ?

— Un peu de courage ! *Qui chanta, son mal espanta.*

— Ce qui signifie ?

— « Qui chante, son mal épouvante ». Chantez, m'sieu Pignot, chantez !

— Mais que voulez-vous que je chante ?

— Le premier air qui vous vient en mémoire, ça atténuera vos bobos.

Joseph toussota et se mit à fredonner :

Réveillez-vous, Picards, Picards et Bourguignons,
Et trouvez la manière d'avoir de bons bâtons,
Car voici le printemps et aussi la saison
Pour aller à la guerre donner des horions[1] *!*

— Ben, pourquoi que vous avez choisi une ballade si querelleuse ?

— Parce que le prochain qui m'ennuie, je lui colle un pain ! lança-t-il en rejoignant le rez-de-chaussée. Bon, Victor, de quoi s'agit-il ?

— Je me suis aperçu de la disparition d'un livre, il y a un espace, là, vous voyez ? Juste entre le *Grand Dictionnaire de cuisine* d'Alexandre Dumas et la *Physiologie du goût* de Brillat-Savarin.

1. Chanson du XVe siècle.

— Le titre ? demanda Joseph, un goût de fer aux lèvres.

— Le *Traité des confitures*, un princeps anonyme édité en 1755. L'avez-vous montré à quelqu'un ? Il n'est pas très épais, une quinzaine de pages, mais il vaut une fortune.

— Non. Les gens entrent et sortent, ils lanternent pendant des heures, ils s'assoient, ils lisent sans rien acheter. Ah, c'était une idée géniale d'installer cette table et ces chaises ! Le téléphone sonne sans cesse, je vais, je viens, je suis débordé !

Il se détourna. Comment avouer qu'il l'avait prêté à sa mère la semaine dernière, ce satané bouquin ? Euphrosine s'était prise d'un soudain intérêt pour les confitures, il n'avait su résister à sa prière. Il allait le récupérer et prétendre l'avoir rangé au mauvais endroit.

— Ne vous tracassez pas, Joseph. S'il a été dérobé, le voleur sera pressé de s'en défaire. Cela vous contrarie de vous passer de moi jusqu'à midi ? Je vais alerter notre confrère de la rue de Pontoise.

— Le spécialiste du culinaire ? Mais enfin, voyons, minute, je vais le dégoter ce bouquin, il est vraisemblable qu'on l'a déplacé ! Ou alors le pick-pocket est un collectionneur et vous pourrez toujours courir, vous ne remettrez jamais la main dessus !

— Joseph, je ne cherche pas à faire l'école buissonnière mais à éviter les récriminations de Kenji. Vous sentez-vous assez solide pour assumer ma courte absence ?

CHAPITRE III

Dimanche 9 janvier

— Bonjour, monsieur Legris.

— Bonjour, Alphonse. Vous déménagez ?

Un grand homme maigre, la moustache en girandole, le menton glabre, sanglé d'un costume de serge à rayures surveillait le chargement d'un haquet. Mme Ballu, la concierge du 18 *bis*, revêtue d'une souquenille, chaussée de caoutchoucs, déboula de la cour et harponna Victor.

— Oui, m'sieu Legris, mon cousin Alphonse nous quitte et ça n'est pas dommage ! On voit bien que ce n'est pas ce chichiteux de quarante ans qui se tape la lessive et le repassage ! Je vais profiter de mon temps libre. Cette asperge retourne loger dans la pension de famille de la veuve Simonet, rue Violet. Un de ses locataires, M. Findorge, lui a déniché un emploi où il ne risque pas de s'estropier la citrouille. Chic ! Je vais réoccuper la mansarde du cinquième que vous m'avez si gentiment allouée. Dis donc, toi, mon poulot, en attendant de confectionner des cocottes en papier, rentre les poubelles, et qu'ça saute !

Alphonse Ballu obéit en maugréant à l'attention de Victor :

— Ce n'est pas une femme, c'est un adjudant-chef !

Victor dépassa l'école de Beaux-Arts et sourit à la statue de Voltaire, drapé d'une cape à l'espagnole, à moins que ce ne fût une robe de chambre ou une toge romaine.

— Salut, m'sieu Legris ! brama une voix de basson.

De l'autre côté de la place de l'Institut, il reconnut une femme de forte corpulence, noyée sous de multiples tricots et jupes, une masse de cheveux jaunes ramenée sur le sommet du crâne. Angélique Frouin rapetassait les matelas, non loin du pont du Carrousel. Elle élevait ses trois enfants dans un minuscule rez-de-chaussée de la rue des Irlandais. Toujours avenante, elle compensait son physique de lutteuse par une serviabilité à toute épreuve. Victor l'observa pousser son châssis équipé de deux roues qui lui servait à transporter son métier à carder. Elle s'arrêta pour un brin de causette à l'étalage d'un marchand de monnaies anciennes à remuer au tas et, subitement, Victor fut la proie d'une illumination : il allait tirer le portrait des rivagiers, un sujet digne d'offrir une importance égale à celui des artistes forains photographiés l'année dernière. Il y avait plus de cent cinquante bouquinistes, dont la plupart peuplaient la rive gauche de la Seine, du quai Saint-Bernard au quai d'Orsay, sans compter le lot des petits artisans établis sur les berges. Bien qu'il refusât de l'admettre, ce projet présentait l'avantage d'orienter ses propres créations vers deux thèmes chers à Tasha : rêver et inspirer le rêve.

Le quai Voltaire s'animait. Emmitouflée dans une triple épaisseur de châles au crochet, Mme Séverine

Beaumont, une fringante sexagénaire, aussi anguleuse qu'une bique, surgit sans qu'on devinât de quel chapeau on l'avait délogée. Ses mains étaient gantées de mitaines afin de tricoter sans difficulté une interminable écharpe. Assise sur un pliant, les pelotes de laine calées sur ses genoux, elle évaluait les flâneurs, espérant qu'ils se laisseraient tenter par ses *Clé des songes*, ses *Langage des fleurs*, ses *Secrétaire des amants*, ses *Oracle des dames et des demoiselles* et ses *Cuisinière bourgeoise*.

Un échalas grisonnant étala son mouchoir sur le parapet dans le but d'épargner son costume de velours noir et se pencha pour épier les soupirants que la froidure n'empêchait pas de se bécoter au bord de l'eau, convaincus d'être préservés des regards indiscrets.

Fulbert Bottier, qui caressait affectueusement ses éditions numérotées, ses parchemins, grimoires et autographes, ravala un soupir de dégoût et se concentra sur les souliers du voyeur suspendus à cinquante centimètres du sol. Georges Moizan tapota l'épaule de l'indésirable et lui désigna la silhouette d'un sergent de ville sur le trottoir opposé. L'homme reprit pied, fourra son mouchoir dans sa poche et décampa, conspué par l'Odeur, Ferdinand Pitel, Gaétan Larue et Angélique Frouin.

— Si c'n'est pas répugnant ! affirma celle-ci.

— Il ne reviendra pas de sitôt, le pourceau, je le mentionne, annonça Georges Moizan, exhibant un calepin vert.

— Mais qu'est-ce que vous pouvez gribouiller là-dedans à longueur de journée ?

— Tout, ma bonne dame, tout. Le temps qu'il fait, les ventes que je réalise, les heures d'arrivée et de départ de mes collègues. Vous, par exemple, il y a un bail que vous traînassez, vous ne turbinez pas aujourd'hui ? Ni vous, monsieur l'élagueur ? Et vos clients, monsieur le cordonnier, vous les négligez.

— Mes clients, ils patienteront, rétorqua Ferdinand Pitel.

— Vous engrangez le matériau de vos futurs Mémoires ! s'exclama Lucas Le Flohic ! Moi qui pensais que vous rédigiez un indicateur des chemins de fer !

— Mais il est pire qu'un flic ! s'emporta Gaétan Larue. Figurez-vous que je travaille au chantier de démolition de la Cour des comptes, ils vont construire une gare, j'abats mon pourcentage d'arbres, je n'ai aucun justificatif à produire concernant mes déplacements !

— Subodorez-vous ce qu'il y a sous nos semelles ? demanda Georges Moizan, insensible aux reproches.

— De la terre !

— Vous voyez la fente d'à peine deux centimètres au milieu de cette dalle ? Eh bien, c'est l'entrée du logis d'une rate. Donnez-moi un nombre de petits qu'elle y élève ! Sept ! Je m'en vais exterminer cette vermine. Quelques gouttes de strychnine et hop ! Adieu la vie, adieu l'amour !

— C'est révoltant ! s'écria Angélique Frouin. Vous êtes ignoble, fichez-leur la paix à ces bestioles, elles ne causent de tort à personne !

— Et la peste ? Vous y songez, à la peste ?

— La peste, c'est vous ! Que je vous y prenne, moi, à foutre du poison dans ce nid, assassin ! Je vous taille les oreilles en biseau ! Déjà que les déblayeurs de la Cour des comptes expédient hors de leur habitat des centaines d'innocents, des couleuvres, des chats, des fouines, des lapins, j'ai même entrevu un renard, gronda Gaétan Larue.

Provoquant l'envie de ses voisins, Lucas Le Flohic encaissa le montant de deux gravures pieuses. Gaétan Larue leva les yeux au ciel.

— Et vous, vous n'arrêtez pas de ranger, c'est une obsession ! lança-t-il à Fulbert Bottier qui fourrageait son étalage pour juguler son agacement de ne rien écouler.

— Je classe mes commandes, riposta le bouquiniste, exaspéré.

Le seul remède à son irritation, c'était un grog. Mais auparavant, il toucha le coude de Georges Moizan, affairé à manier le plumeau qui occupait en son cœur une place aussi primordiale que son calepin.

— Vous avez enfin apporté ce que je vous ai prié de me fournir ou bien vous vous déciderez quand les poules auront des dents ? C'est que je suis pressé. Il y a une paye que vous me damez le pion, je vais finir par me fâcher rouge !

— Je cherche, mon bon, je cherche. Je vais trouver. Je le déposerai chez Le Flohic en allant à la gare, vous me réglerez plus tard. J'ai une veine de cocu, un notaire de Caen m'a contacté pour l'achat d'une bibliothèque, une succession, je pars demain matin, retour prévu la semaine prochaine.

— Oui ben, vous avez intérêt à vous grouiller parce que ma patience a des limites. Cessez de trifouiller vos gencives, c'est dégoûtant !

— Je me suis cassé une canine, le dentiste me l'a extraite et m'en a fixé une artificielle sur pivot, elle se déchausse, c'est gênant.

— Il est où votre dentiste ? J'ai des caries.

— Rue de Rennes, au 15, Dr Dangé, seulement il ne fait pas repousser les touches de piano. Si j'étais vous, je m'offrirais un râtelier, ça résoudrait le problème.

Il avait parlé trop fort, comme d'habitude. L'Odeur, Gaétan Larue, Ferdinand Pitel et Angélique Frouin ne perdaient pas une miette de ce dialogue. Furieux, Fulbert Bottier ordonna à Georges Moizan :

— En attendant, jetez un œil sur mes boîtes, faut que j'y aille.

— Où ?

— Là où le roi va à pied.

— Je consens à jeter un œil, mais les deux, macache ! cria l'autre alors que Fulbert se faufilait entre les fiacres pour gagner le café *La Frégate.*

— En tout cas, il ne pleuvra que dans deux jours, c'est confirmé, inscrivez-le sur vos tablettes, assura Lucas Le Flohic, la main en visière.

— Ce n'est pas tout ça, dit Angélique Frouin, j'ai deux matelas en souffrance, mes copines sont déjà au boulot ! Faut dire qu'avec les mômes j'me lève aux aurores et puis, c'est une trotte de la rue des Irlandais jusqu'à ici.

Sous le pont, les cardeuses rembourraient de varech les paillasses, ainsi que de crin les fauteuils, mais leur activité principale consistait à rajeunir les matelas de leur démêloir. Quand l'une d'elles repêchait par hasard une chemise au milieu de la laine, elle la faisait flairer à ses consœurs, promptes à s'esclaffer en s'efforçant d'en vêtir un mâle imaginaire.

Angélique saisit les brancards de son châssis à roulettes.

— Salut la compagnie, qui c'est qui me prête assistance ?

Georges Moizan lui tourna le dos et agita son plumeau sur ses précieux ouvrages. Angélique Frouin lui décocha un regard mauvais.

— Celui-là, toujours teigneux ! Il se prend pour un aristo. Il remue des plumes arrachées à un croupion de volaille et il déambule, un poulet sans tête ! Ah ! ça me rappelle mon salopiaud d'mari. Vlan ! Il les décapitait à coups de paroir, les poulets.

— Il était sabotier ? demanda Ferdinand Pitel.

— Tout juste. Vous êtes de la partie, vous, hein ? Il nous a largués y a six mois, et ce paroir, c'est tout l'héritage qu'il nous a laissé, aux mômes et à moi. Avec cette relique on ira loin.

Elle aborda l'escalier menant à la berge, Gaétan Larue l'épaula pour descendre son matériel. Il affectait une allure de matamore mais craignait les réprimandes qu'allait lui occasionner son retard sur le chantier de l'ex-Cour des comptes.

— Saviez-vous qu'au débouché de la rue du Bac il y avait jadis une caserne de mousquetaires gris ? Notre *Frégate* perpétue le souvenir d'une vraie frégate amarrée autrefois non loin du pont Royal, elle servait d'établissement hydrothérapique. Elle a brûlé, sa charpente a été déplacée quai de Javel, et puis on l'a tronçonnée. Eh oui, monsieur, ici tout est his-to-ri-que ! martelait la tenancière du troquet à un Anglais en costume à carreaux.

Fulbert, assis derrière la vitre, excellent poste d'où surveiller le quai, fut contrarié de se voir rejoint par Ferdinand Pitel.

— Et elle, historique, elle l'est ? ironisa le cordonnier en pointant le menton vers l'énorme femme à tablier rouge qui naviguait entre les tables.

— Qu'est-ce que je vous sers, monsieur Bottier ?

— De l'eau bouillante avec une rondelle de citron et beaucoup de rhum.

— Et à vous, monsieur de Voltaire ? Vous lui ressemblez, parce qu'en général on ne le représente que vieux. Vous avez la mine éveillée et le visage espiègle ! On m'a montré des gravures de lui à votre âge.

— Un galopin, belle enfant !

— Le galopin, c'est vous, je vous ai entendu, c'est mal de plaisanter du physique des gens. Si j'étais vous, je me méfierais. Ingurgiter un demi-setier de picrate l'estomac vide quand on est une petite nature, ce n'est guère indiqué. Je vous ai vu tomber en pâmoison, ce matin. Vous ne préférez pas un café corsé ?

— Va pour le café, maugréa Ferdinand Pitel, je m'excuse, c'était bête de ma part.

Quand le verre fumant atterrit sous son nez, Fulbert le huma avec délectation.

— J'ai des névralgies, ça me les calme, expliqua-t-il au cordonnier.

En sirotant son grog, il espionnait ses collègues. Le Flohic avait encore vendu une gravure et la roulait avec componction dans une feuille du *Gil Blas*. Des badauds s'étaient massés devant les boîtes de Moizan.

— Qu'est-ce qu'elle vient fabriquer ici, celle-là ! s'exclama Ferdinand Pitel.

— Qui ?

Fulbert Bottier souleva le rideau. Sur le trottoir opposé, une femme blonde conversait avec Georges Moizan.

— On dirait une odalisque échappée d'un tableau de M. Ingres ou de M. Delacroix, estima-t-il.

— Hé ! Un peu de respect ! Il s'agit de ma tante Adeline !

— Ben quoi, Ingres et Delacroix sont de grands artistes ! Elle est férue de chasse, votre tante ?

— Ça m'étonnerait. Rabaissez ce rideau, je ne veux pas qu'elle me voie. Je vous mets en garde, m'sieu Fulbert, elle n'est pas très intéressée par les hommes. D'ailleurs, la plupart des femmes sont frigides.

— Vous avez une drôle d'opinion du sexe faible ! Je suppose que vous savez tellement bien y faire qu'elles doivent toutes vous tomber dans les bras ! Allez, détendez-vous, je vous taquine, mais enfin tout de même, sans les femmes, qu'y aurait-il pour l'homme ici-bas ? Rien. Et quelle considération avez-vous pour votre mère ?... Elle s'en va, votre tante, vous êtes délivré. Merde ! Moizan a étrenné, alors que moi, si ça continue, je vais embrasser le cul de la vieille !

— Oh, m'sieu Bottier, vous devriez avoir honte ! s'indigna la tenancière.

— Y pas offense, madame Aglaé, c'est une expression de métier qui signifie qu'on n'encaisse pas un fifrelin ! Qu'est-ce que je prédisais ? Il est odieux, ce Moizan, marquer au vu et au su de tout le monde ses exploits dans son calepin comme si on lui avait rempli sa bourse de louis d'or ! Les ennuis n'arrivent jamais seuls, visez-moi la Boulangère !

— Ah oui, Philomène Lacarelle. Celle-là, elle a raté sa carrière, elle aurait dû pousser la romance à la *Scala* ou au *Ba-Ta-Clan* ! commenta la tenancière.

— Une enquiquineuse. Elle nous rebat les oreilles de son *En revenant de la revue*. Elle est entichée du général Boulanger, s'il n'était pas mort elle aurait épousé son cheval ! N'empêche, c'est une cliente qui m'a parfois sauvé la journée, concéda Fulbert. Mince, pincez-moi, c'est un cauchemar, elle a acheté un livre à Moizan, et le voilà qui se pavane ! Même pas une halte à mes boîtes, elle a filé. Oh, au secours ! Il traverse !

Georges Moizan entra, ôta son chapeau à plumes en adressant un sourire enjôleur à Mme Aglaé et se rua sur son voisin.

— Votre désertion m'a été profitable, j'ai empoché plusieurs pavés[1] à vingt sous, je suis verni, mais transi, et je dois satisfaire un besoin naturel. Ça vous fatiguerait de retourner à vos boîtes ?

Il s'esquiva au fond du café.

1. Gros livres, dans l'argot des bouquinistes.

— Un de ces quatre, je lui tordrai le cou, marmonna Fulbert en se levant.

— Je vous accompagne, je vais humer le vent de la liberté, dit Ferdinand Pitel.

— Désolé, mais vous l'inhalerez sans moi, je boucle, puisque la clientèle a décidé de me bêcher.

— Mais il n'est que deux heures…

— Raison de plus pour ne pas moisir ici, j'ai un lot à trier dans ma remise.

Au moment où la porte tintait, Georges Moizan revint.

— Il en a une bobine, le Fulbert, serait-il par hasard jaloux de ma bonne fortune ?

Le cordonnier haussa les épaules, paya son écot et s'en alla sans un au revoir.

Un soir brumeux enveloppait les quais où se glissait en silence le cortège des clochards guignant les meilleurs endroits sous les ponts délaissés par les cardeuses. Quelques couples musardaient encore, ainsi qu'un coiffeur pour chiens retardé par la tonte d'un caniche. Les bouquinistes fermaient. Lucas Le Flohic salua Gaétan Larue qui rentrait chez lui, place du Caire, avant de regagner lui-même son modeste logis de Montmartre, près du dépôt des omnibus.

— Vous qui êtes en première ligne, vous ne sauriez pas si cette histoire de déménagement de nos boîtes sur la rive droite est toujours d'actualité ? lui demanda Georges Moizan.

— Je ne suis pas dans les petits papiers des entrepreneurs, moi. Ce dont je suis informé, c'est que les arbres de la Cour des comptes sont mis en vente. Y en a cent quarante-neuf, une trentaine de mètres cubes de bois. Ça en fait du pognon ! Les travaux vont être rondement menés, la gare qui va s'élever sur ces ruines doit être achevée pour l'Expo universelle de 1900.

Il abandonna les deux bouquinistes à leur incertitude et se fondit dans le brouillard.

Georges Moizan et Lucas Le Flohic émirent des soupirs résignés, cadenassèrent leurs couvercles et se séparèrent.

Le spécialiste de la chasse embouqua la tortueuse rue du Bac où il aimait flâner entre chien et loup, quand les commerçants illuminaient leurs boutiques. La vitrine d'un antiquaire l'attirait plus que les autres. S'il persistait à suivre la voie qu'il avait récemment empruntée, nul doute qu'il ne réussît un jour prochain à s'offrir cette magnifique armoire de palissandre dont il rêvait. Quand il reprit sa route, il ne s'aperçut pas que des souliers bruns lui emboîtaient le pas.

Il avait habilement abusé cet olibrius de Fulbert Bottier ! S'il se figurait qu'il allait le contenter, il se faisait des illusions. Une semaine d'absence, et, au retour, il prétendrait avoir oublié sa promesse. L'église Saint-Thomas-d'Aquin lui fut aussi indifférente que d'habitude. Il tourna sur la gauche et accosta le boulevard Saint-Germain, où piétinaient les chevaux des omnibus, des breaks et des voitures qui se croisaient au milieu d'une foule turbulente. De hauts immeubles exhibaient des magasins luxueux devant lesquels s'alignaient des kiosques aux flancs bariolés de réclames. Les terrasses des cafés n'avaient séduit que quelques hommes en pelisse de fourrure, attablés autour de vermouths.

Une ondée, eau mêlée de neige fondue, zébra les halos des réverbères. Le boulevard rutilait de lumières. Des bougeoirs, des lampes à pétrole ou à gaz et quelques rares ampoules électriques étincelaient aux fenêtres. Un tramway balaya de sa carcasse la chaussée humide, un œil rouge se braqua un instant sur le bouquiniste. Georges Moizan retroussa sa moustache en lorgnant une femme pressée de rentrer chez elle et s'engagea rue de Rennes.

Près d'une maison formant l'angle du boulevard Saint-Germain se dressait un portail monumental surmonté d'un énorme dragon de bronze, ultime vestige d'un hôtel construit naguère vis-à-vis la rue Sainte-Marguerite, devenue rue Gozlin. La sainte était en effet réputée avoir maté un monstre ailé avide de la dévorer. Le portail donnait accès à un passage encastré entre une épicerie et un marchand de vin. Il aboutissait à une cour cernée de bâtisses décrépites ornées de sculptures médiévales où la neige, qui refusait de fondre, dessinait des guirlandes. Bien que ce coin eût échappé à la percée de la rue de Rennes, la circulation y demeurait insoluble, aussi détonnait-il auprès des immeubles massifs équipés du confort moderne.

C'était le paradis des chaudronniers, des serruriers et des rétameurs. Leurs échoppes, précédées de pavés moussus, avoisinaient des escaliers sombres festonnés de pots de fleurs desséchées par le gel. Sous une niche protégeant une image de la Vierge, un groupe d'aïeules bardées de tricots ravaudaient des chaussettes. L'une d'elles proposa à Moizan une botte de céleri qu'il repoussa de la paume. La pluie redoublait, les femmes s'égaillèrent. Resté seul, Georges Moizan marcha jusqu'à une masure ventrue portant un écriteau :

On loge les bonnes et les ouvrières
au numéro 3.

Le rez-de-chaussée était dévolu à un des nombreux ferronniers du quartier, descendants de ceux chez qui les combattants de 1830 s'étaient ravitaillés en piques et barres de fer utilisées pour renverser la royauté. L'endroit était désert, noyé sous un rideau mouvant. Cette pluie hâtait la venue de la nuit, étouffait les rumeurs de la ville.

Moizan n'avait qu'une dizaine de mètres à parcourir lorsqu'il entendit un crissement derrière lui. Il s'immobilisa, l'oreille aux aguets. Il allait pénétrer dans un vestibule quand le crissement se renouvela. Il fit volte-face et distingua une ombre qui rampait le long de la cour. Cette apparition difforme le glaça.

— Y a quelqu'un ?

Il perçut un bruit de pas.

— Ah, c'est vous ! s'exclama-t-il. Bon Dieu, vous m'avez effrayé !

— Oui, c'est moi. Il te l'a cédé ?

— Mais de quoi s'agit-il ?

— Tu le sais pertinemment, mon bonhomme. Il te l'a cédé, c'était ton fournisseur, à présent il a perdu le goût du pain.

— Je ne comprends pas ! Qui, il ?

— Larcher Sosthène. Le rat de la rue de la Grange-Batelière, ça ne te dit rien ?

— Larcher a calanché ? C'est une blague !

— Tu ne lis jamais les journaux ? Quand je pense qu'il s'en est fallu de peu pour que ce soit moi qui l'aie ! Moi, j'aurais su m'en servir.

— Mais de quoi parlez-vous ?

— Tu veux que je te mette les points sur les *i* ? Une mince monographie, mi-vélin, mi-papier chiffon, à la couverture marbrée de rouge et bleu. Je sais qu'elle est passée entre tes mains, Larcher a craché le morceau.

— Le morceau ?

— Ton nom, ballot ! Souviens-toi, une semaine avant la Saint-Sylvestre tu as débarqué chez lui et tu as raflé ce qui devait me revenir.

— Je n'ai rien raflé ! Je lui ai acheté un lot de gravures de chasse et de vieux papiers, je les ai collectés dans une toile, je n'ai pas fait le tri.

— Mon œil ! Il y a un bout de temps que je t'épie, j'ai même retourné ton étalage de fond en comble. L'aurais-tu monnayé à la grosse, par hasard ?

— La grosse ? Quelle grosse ?

— C'est ça, joue les imbéciles, la grosse folle de la rue Pierre-Lescot, c'est une adepte de tes boîtes, tu ne connais qu'elle !

— Je vous assure, vous faites erreur.

— Menteur ! Décide-toi, vite ! Tu la lui as vendue, oui ou non ? Parce qu'avec toi il n'y a pas de petit bénéfice, tant qu'à faire, autant que ça rapporte, hein ?

Tassée près de son étroite fenêtre au rideau à rayures, la vieille détaillante de légumes assistait sans comprendre à la scène. Elle eût voulu en voir davantage, mais son matou choisit cet instant pour réclamer sa pâtée.

Brusquement, une pique transperça Georges Moizan de part en part. Le visage empreint de stupeur, il oscilla et s'effondra. D'un mouvement pivotant, la pique fut extirpée de sa poitrine, essuyée avec un mouchoir, puis rejetée sur le tas de ferraille où elle avait été saisie. Rapidement, des mains explorèrent les vêtements du mort, subtilisèrent trousseau de clés, portefeuille et calepin. Deux bras se glissèrent sous les aisselles du cadavre qui fut traîné au premier étage. Après plusieurs essais, la bonne clé s'introduisit dans une serrure. Le corps de Moizan disparut à l'intérieur d'un logement dont la porte se referma.

Quand la vieille reprit son guet, son chat mastiquait et la cour était vide.

CHAPITRE IV

Nuit du 9 au 10 janvier

Il avait fallu attendre que la vieille du rez-de-chaussée ait récupéré son matou et fermé ses volets avant de pouvoir quitter l'appartement de Moizan. Les recherches sur place n'avaient rien donné : une majorité d'ouvrages consacrés à la chasse, des gravures, quelques documents notariés datant du Premier Empire.

Les cierges d'un chandelier dansaient sur un calepin vert, un trousseau de clés, un portefeuille alignés sur le manteau d'une cheminée. Le portefeuille contenait un permis de stationner sur les quais de la Seine, une quittance de loyer, la photo de trois hommes et de deux femmes attablés à la terrasse d'un café : *La Frégate*, un ticket de chemin de fer aller-retour en troisième classe Paris-Caen.

Le calepin vert était neuf, seules les trois premières pages portaient des notes :

> *26 décembre 1897. Chez cette canaille de Larcher. Achat pour quatre-vingt-dix francs : bonne affaire, jolie monographie mi-chiffon mi-vélin (quatre pages originales qui doivent dater du*

*XVIe siècle pour mon acquéreur habituel), plus magnifique trouvaille de deux gravures rehaussées à la main provenant de l'*Histoire naturelle des singes et des makis, *de Jean-Baptiste Audebert. Décidément l'équarrisseur n'y connaît pas grand-chose. Le reste : de la drouille bradée à l'Odeur.*

6 janvier 1898. Mme Lacarelle fidèle au rendez-vous. Aucune difficulté à lui monnayer la monographie. Payée rubis sur l'ongle. Également vendu à M. Lebeau les gravures d'Audebert. Non seulement je me suis remboursé de mon achat chez Larcher, mais j'ai réalisé une plus-value de quarante-cinq francs, le reliquat du lot est tout bénéfice. Froid sec. Il a gelé cette nuit, mes cadenas étaient grippés.

8 janvier. Branle-bas sur le quai. Un nouveau s'installe. Méfiance, c'est un ancien flic. Je pars demain pour Caen, j'y séjournerai quatre ou cinq jours. Bottier et Le Flohic sont jaloux. Fulbert me tanne pour avoir sa perle rare, laissons-le tirer la langue, ça lui fera les pieds. Angélique Frouin devrait s'occuper de ses matelas, la vie serait chouette sans voisin ni traîne-savates ! Au retour, penser à exterminer les rats.

Il fallait des preuves, des preuves irréfutables, et voilà que… Sur un plateau d'argent, la solution ! C'était presque trop simple. Si les indices semés dans ce journal de bord s'avéraient fiables, la monographie livrerait enfin son secret.

« Passer à l'action. Dissimuler le corps de Moizan… Personne ne s'inquiétera de son absence avant la semaine prochaine… Fignoler une tactique, les contraindre tous à danser. »

Lundi 10 janvier

Philomène Lacarelle ne remercierait jamais assez la Providence d'avoir emporté d'une crise cardiaque son cousin Antoine deux ans auparavant. Ce veuf sans enfants ne possédait d'autre héritière que celle qui, tant d'années durant, avait trimé à nettoyer les saletés des bourgeois pour gagner sa subsistance. La vente de ses biens lui avait rapporté suffisamment pour qu'elle puisse détenir une maison modeste au cœur de Paris et assouvir ses passions : le jeu, les confitures et le général Boulanger. Lors de la liquidation de la succession, elle avait prélevé chez son cousin un amas de détritus bibliographiques en tout genre : livres écorchés, gravures, antiques reliures en lambeaux qu'elle négociait à des libraires ou à des amateurs de vieux papiers. Ainsi l'ex-femme de ménage menait-elle enfin, à cinquante-sept ans, l'existence de ses rêves : papoter, boire une lichette avec ses amies des Halles, arpenter les quais de Seine pour dénicher au fond des boîtes des recettes de fruits cuits ou rassembler documents et articles relatifs à son idole, le général. Deux fois par mois, elle disputait d'interminables parties de cartes en compagnie d'un colporteur nommé Amadeus.

Lorsque le ciel se montrait clément, elle bavardait des heures avec Séverine Beaumont, bouquiniste quai Voltaire. Assises sur des pliants, les deux femmes, qui partageaient les mêmes emballements, conspuaient Boni de Castellane, l'actuelle coqueluche du sexe faible, et déploraient le suicide du général Boulanger sur la tombe de sa maîtresse, à Ixelles, en 1891. Que n'avait-on autorisé ce héros à sauver la France !

Philomène se leva à cinq heures, règle immuable, adoptée lorsqu'elle travaillait. Après de brèves ablutions et quelques coups de brosse dans ses cheveux où le blanc dominait, elle enfila sa tenue favorite, une robe de drap bleu lavande assortie d'un paletot. Elle avait renoncé au corset qui comprimait son abdomen. Était-ce sa faute si ses formes généreuses s'épanouissaient avec l'âge ? Elle chaussa ses galoches vernies, aux bouts et aux talons usés, et se détailla dans la glace. Curieux contraste que ces effets élégants et ces souliers éculés, les seuls convenant à ses pieds avides d'espace !

« Je ressemble à une barrique. Bah, peu importe, l'essentiel, c'est la vaillance et la pétulance, huile de coude et cœur au ventre ! »

Elle emplit de graines achetées au marché aux oiseaux le dimanche précédent les mangeoires de ses perruches, puis se hâta vers la cuisine. Le froid l'obligea à nourrir incontinent le calorifère. Gavé de plusieurs pelletées de charbon, il rougeoya. Il fallut ensuite moudre le café et faire bouillir de l'eau. Pendant ce temps elle ouvrit *Le Petit Oracle et le confident des dames, édition améliorée*, dégoté la veille chez Séverine Beaumont, et compulsa la table des questions.

> « Me marierai-je bientôt ?
> Mon mari sera-t-il beau ?
> Dois-je lui accorder… ce qu'il exige de moi ?
> Lequel de nous deux mourra le premier ? »

De la pointe d'un couteau elle piqua au hasard une des lettres de l'alphabet réparties dans une grille.

« Voyons voir, question 1, réponse S… *Tu le rencontreras ce soir !* Oh ! Ben flûte, c'est un délai trop court, je n'suis guère préparée, j'aime encore mieux rester célibataire ! Zut, v'là mon eau qu'essaie de rejoindre l'océan ! »

Elle versa le contenu de la casserole dans une cafetière garnie d'un bas de soie dépareillé fourré de café moulu. Le liquide noir goutta dans une tasse.

« L'ennui, c'est que les pièces de l'étage ont été négligées ces derniers mois, mais comme personne ne monte, et surtout pas cet inconnu que je vais rencontrer ce soir – tu peux courir, mon gaillard, la Philomène elle a assez donné aux mâles, sacrée engeance ! Un de ces quatre, si ça me chante, j'm'en vais engager une bonne, j'ai les moyens. Mes pauvres reins ont bien du malheur. Ah ! On peut dire que j'ne me suis pas ménagée avec les ménages ! »

Elle pouffa, s'installa devant sa tasse, engloutit une tartine et considéra la gravure sous verre représentant le général à cheval sur un destrier.

— Bonjour, Georges, tu me réchauffes le sang, coquin ! récita-t-elle selon le rituel quotidien.

Elle s'abstint de débarrasser, passa un manteau de laine, s'enroula un châle autour du cou, s'enfonça un bonnet sur la tête, prête à se colleter avec la bise et le grésil au sortir de sa maisonnette sise rue Pierre-Lescot.

Déjà à son poste sous le porche de l'église Saint-Eustache, le faux aveugle, désigné sous le sobriquet de « père Mirette » par les habitants du coin, tendait sa sébile. Ses seules protections contre les frimas tenaient en un litre de rouge et un grand panneau en bois où étaient punaisés des morceaux de papier griffonnés. L'homme les relisait, histoire de tuer le temps.

— On recherche une apprentie passementière, un garçon de recette, une petite main giletière, des ouvriers sachant ganser. On demande un serveur capable d'ouvrir les huîtres, un cocher, des jeunes filles de treize à quinze ans pour aider dans un atelier de plissage, payées un franc… D'la chair à pâté, oui, voilà c'qu'on demande, des esclaves qui s'ront broyés et balancés sur le macadam : des épluchures.

Vive le travail indépendant !... Peste ! V'là la bourrique à galoches ! Pourvu qu'elle me bassine pas avec son Boulanger !

Il fila reprendre sa faction.

Philomène déchiffra à son tour les annonces.

— Des huîtres, si c'est pas une dégoûtation, on dirait d'la gelée, mais d'la gelée salée, et côté rassasiement c'est zéro. Alors, père Mirette, la journée commence bien ? cria-t-elle au mendiant.

Il se ratatina et gémit.

— M'en parlez pas, j'suis dans la panade, le matin, c'est que des grenouilles de bénitier, elles sont rapiates. J'en ai ma claque de la sauter. Quelle mistoufle ! J'suis qu'une loque piétinée par le mauvais sort, ça n'a rien d'épatant !

— Vous vous rattraperez à la sortie des vêpres. Tenez, je vous mets deux sous, rangez-les en vitesse. Et gardez confiance. Des épreuves, on en subit tous. Souvenez-vous de l'infortuné général. Il est mort, lui, tandis que vous, vous êtes vivant.

— J'en ai d'la chance, marmonna-t-il en se rencognant sous la saillie du chevet de Saint-Eustache.

— Quand vous sentez que la foi vous quitte, sifflotez donc *En revenant de la revue*, ça vous ravigotera !

Philomène pénétra dans l'église où elle éprouvait toujours l'impression d'être une naine sous la nef imposante. Les décorations murales des vingt-quatre chapelles la ravissaient, mais, en dépit de leur beauté, elle affectionnait en particulier le tombeau de Colbert, et ce fut face à lui qu'elle s'agenouilla. Elle entonna en elle-même le refrain de sa chanson préférée :

Gais et contents
Nous étions triomphants
En allant à Longchamp,
Le cœur à l'ai-ai-ai-se...

Elle exprima sa reconnaissance tant à Colbert qu'à Boulanger de lui avoir permis de noter les merveilleuses recettes consignées dans le *Traité des confitures* prêté par son ami Euphrosine Pignot, elle se releva, se signa et se dirigea vers le chœur près duquel elle alluma un cierge à la mémoire de son défunt cousin et du général. Elle se prosterna ensuite aux pieds d'une statue de la Madone.

— Je vous salue Marie, pleine de grâce…

La suite de sa prière se mua en une recette récemment découverte, la confiture d'abricots secs.

« Tremper quelques heures deux kilogrammes de fruits dans quatre litres d'eau, *que votre nom soit sanctifié*, verser le tout dans le chaudron avec trois kilogrammes de sucre, *le fruit de vos entrailles est béni*, quand le sirop est en ébullition, *que votre règne arrive*, après cuisson, mettre en pots, *amen*. Pardon, sainte mère de Dieu, les confitures, c'est mon péché mignon, je réciterai dix *ave* à la prochaine messe, *donnez-nous aujourd'hui…* »

Les souliers bruns contournèrent le bénitier. Il y avait deux fidèles en pâmoison devant le chœur et le faux aveugle de la pointe Saint-Eustache rôdait autour des troncs. Quant à la Boulangère, elle était là, dans les profondeurs de l'église.

Lorsque Philomène émergea à l'air libre, elle fut accueillie par le tohu-bohu des Halles. Des haquets, des camions déversaient leurs provisions dans la gueule des pavillons de Baltard en proie à la danse de Saint-Guy. Des portefaix galopaient, dégringolaient des véhicules, pressés de dresser des pyramides de poireaux et de panais. Un tas de carottes bouchait une allée, provoquant les injures de marchands eux-mêmes responsables d'embouteillages dus à des murailles de cageots vides. Un chou-fleur explosa sous les sabots d'une jument, deux commères se crachèrent des insultes au visage et manquèrent en venir aux mains. Un gamin en profita pour fourrer une chicorée sous sa blouse. Une des commères le surprit et l'apostropha. Du coup, elles se réconcilièrent et allèrent boire un canon dans un estaminet.

Philomène avait peine à circuler entre les contreforts de navets, de potirons et de pommes de terre. Elle qui n'avait jamais contemplé la mer se croyait transportée au milieu de vagues bigarrées, dont les effluves l'enivraient. Une marée de futurs potages l'aspirait de ses tourbillons.

« Quelle mêlée ! songea-t-elle. J'suis persuadée qu'la cour des Miracles était fadasse, comparée à ces nuées de crève-la-faim ! »

Les sans-logis, les miséreux se bousculaient autour de certaines des pourvoyeuses de bouillon chaud qui, plus charitables que leurs consœurs, leur en offraient gratis une louchée.

Les souliers bruns dérapèrent sur un papier gras mais poursuivirent leur filature de la femme courtaude. Cabas au bras, elle tanguait entre une montagne d'oignons et un rempart de citrouilles.

— Tendresse ! Verdurette ! clama un maraîcher.

— Cresson de fontaine, six sous la botte !

— Portugal ! Goûtez mes oranges !

— Fromages de la Brie, vous en fondrez de bonheur ! beugla un crémier ambulant, illico chassé du fief des fruits et légumes.

— Tiens, la Mathurine, lorgne un peu c'te particulière qui déboule, c'est Mme Cro-Magnon, s'égosilla une fille à foulard imprimé de bleuets égalisant des piles de radis noirs et d'échalotes.

Sa voisine, spécialisée dans les fruits secs – tournesol, figues, dattes –, contracta les mâchoires.

— Fadaises ! Elle raconte s'être trouvée nez à nez avec un macchabée dans un gourbi préhistorique édifié pour l'Expo de 89[1] ! Si elle se figure me faire avaler ses bobards à la mie de pain…

— De quoi tu t'plains ? Elle croque tes noisettes et tes noix ! remarqua un mouflet en chandail aussitôt rabroué d'une taloche.

— Oh ! Madame Mathurin, pourquoi frappez-vous ce gosse ? Il est pourtant bien poli, votre fiston, protesta Philomène Lacarelle en accostant le stand.

— Un diable déguisé en angelot. Maudit gamin, y m'f'ra mourir avant l'heure ! Allez, ouste, Gaston, les caresses de chat, ça donne des puces ! Et qu'y a-t-il pour votre convenance, madame Lacarelle ? s'enquit la matrone, aussi large que haute, regard rusé et nez en bouton de porte astiqué.

— Des abricots secs. Deux kilos. Ah ! et puis des marrons.

— Chauffe un marron, ça l'fait péter ! mâchonna un marlou chafouin, brillant à la cravate, escorté d'une demi-mondaine parfumée à la morphine.

Mme Mathurin leur adressa un geste obscène.

— Racaille ! Quand on n'est pas envahis par cette pègre, c'est les cookistes qui nous emmouscaillent !

— Les cookistes ?

— Ben oui, des gens matelassés d'pognon qu'ont rien d'autre à fiche que d'visiter les pays étrangers. C'est l'agence Cook qui organise ça. Des Angliches, la plupart. Ça vous soûle les oreilles de garden-parties, de *five o'clock teas* et de cocktails, comme si nous, on n'était pas là pour la matérielle mais pour la couleur locale !

Son cabas empli d'abricots, de marrons, de pommes et d'un potiron, Philomène éprouva le poids de

1. Voir *Mystère rue des Saints-Pères*, 10/18, n° 3505.

son fardeau augmenté de celui des années. Elle avait du mal à se frayer un passage, elle toussait et soufflait, au bord de la suffocation. Elle n'était plus d'âge à se livrer à de telles fariboles. Elle fut contrainte de marquer une pause près d'une fontaine Wallace laquée de givre. De là, elle écouta les discussions de fermiers avec les mandataires en jaquette élégante, et les manigances des filles publiques occupées à racoler des quidams échappés des Boulevards. Elle frissonna, pénétrée par le froid, et se rapprocha subrepticement d'un brasero accolé à une succession de sacs débordant de lentilles volées par des moineaux. Elle constata ainsi le manège d'un inspecteur en civil tournicotant autour d'une des prostituées, une demi-portion aux yeux de chèvre et à la bouche en cœur.

« Celle-là, elle a dû délaisser sa famille, des chiffonniers ou des fabricants de fleurs artificielles qui l'obligeaient à manier un pinceau à colle. Un souteneur l'a embarquée et maintenant ça va être ce cogne, un émissaire du poste de la rue Berger, probable. »

Non loin d'une colonne métallique, un garçon boucher était en grande conversation avec un rétameur égaré dans l'immense marché.

— Le combat social, moi je m'en tamponne, d'ailleurs j'travaille « intermittemment », c'est un choix de vie.

— Moi, c'est kif-kif. J'vais sans doute lâcher la viande pour écouler un stock de lacets qu'un de mes oncles m'a légué. Je me suis pensé que…

Toujours suivie à son insu, Philomène Lacarelle s'engagea rue Baltard, voie non construite qui divisait les pavillons des Halles. Elle atteignit la pointe Saint-Eustache et un lacis de ruelles déjà éveillées.

— Frisquet, hein ? jeta-t-elle à un bougnat calfeutré derrière ses litrons de vin rouge.

— Ça vaut mieux, m'dame Lacarelle, car qui voit à Noël les moucherons, à Pâques verra des glaçons !

— Pour sûr, il a raison, marmonna-t-elle en tournant la clé dans la serrure. Je suis veinarde d'avoir pu acheter ce palais rien qu'à moi. Je lui s'rai jamais assez reconnaissante d'avoir cassé sa pipe, au cousin Antoine. Ouf, il était temps, j'ai le dos scié en deux !

Elle déposa son cabas sur la table de la cuisine et se versa une dose de xérès, luxe qu'elle avait toujours envié aux riches.

« Ça va, une vraie chaufferette dans le burlingue. J'suis flapie mais pas question de roupiller, j'ai du boulot ! »

Elle s'alloua une récréation sur le tabouret près du poêle et feuilleta un de ses précieux livres de cuisine.

« Voyons, par quoi commencer ? La confiture de marrons ? Enlever la première peau. Faire bouillir dans une casserole émaillée et couverte. Ôter la deuxième peau. Peser la même quantité de sucre que de marrons. Mettre une gousse de vanille… Flûte, j'n'en ai pas ! Le potiron, alors ? Pour trois kilogrammes de potiron bien épluché ajouter deux kilogrammes et demi de sucre, un bâton de vanille… Décidément, la vanille est un ingrédient indispensable. Zou, à chaque jour suffit sa peine, je m'en tiendrai aux abricots secs. »

Les souliers bruns firent le tour de la maisonnette qu'un étroit boyau séparait des immeubles mitoyens. Une seule manière de s'introduire dans les lieux sans attirer l'attention : découper au diamant une vitre donnant sur l'arrière-cour et permettant d'accéder à la chambre à coucher.

Le ciel plombé s'obscurcit à tel point que les alentours furent noyés d'ombre.

Dans une cage dorée, deux perruches voletèrent en pépiant tandis que les souliers bruns progressaient sur le tapis.

Philomène était satisfaite. Elle n'avait cessé de remuer avec une spatule en bois le mélange eau, sucre, abricots dans le chaudron de cuivre sur la cuisinière. Elle écuma et, pendant que l'épais sirop reposait, alla chercher des récipients vides dans le placard qui leur était réservé.

Elle désirait que ses confitures soient des œuvres d'art gustatives et esthétiques. Il convenait donc que les pots, traqués chez les brocanteurs, aient un aspect de verre bien taillé. Elle en sélectionna une vingtaine aussitôt alignés. Elle prépara autant de ronds de papier blanc enduit de glycérine rectifiée – produit qu'elle jugeait infiniment préférable au cognac sucré – afin de les poser à même les confitures avant de clore les pots. Ne pas oublier le rouleau de ficelle et les étiquettes calligraphiées à l'encre violette.

« Une cuillerée pour Colbert, une cuillerée pour Georges, une cuillerée pour la sainte mère de Dieu… »

Les vingt pots furent emplis de la succulente purée orange, scellés puis placés sur une desserte.

« Hum ! ça sent bon. Tu vas pouvoir gratter les restes et te régaler, ma petite Philomène, tu l'as mérité ! Mais d'abord, nourrir Titine et Fifi. »

Elle repoussa sa chaise et se dandina jusqu'à sa chambre à coucher située de l'autre côté d'un couloir.

Les souliers bruns s'extirpèrent des lieux d'aisances, entrèrent dans la cuisine et la parcoururent en tous sens. L'ouvrage n'était pas emprisonné entre les deux presse-livres sur l'étagère chargée de bouquins. Était-il enfermé dans un meuble dont elle avait planqué la clé ? Déjà, la démarche lourde, Philomène revenait. Elle se pencha sur le chaudron et en racla le pourtour. Il y eut un bruit ténu.

Le premier coup s'abattit sur sa nuque. Elle eut l'impression de choir dans un puits à l'odeur délicieuse.

Le second coup fit apparaître un militaire à califourchon sur un palefroi nimbé de lumière.

— Mon général…

Le troisième coup la rendit muette à jamais.

Les minutes étaient comptées, où chercher ? La desserte ne supportait que des pots vides, des assiettes, une marmite. Les entrailles du bahut débordaient d'un fatras de feuillets. Là, sur le tabouret, cet objet rectangulaire enveloppé de papier marbré bleu et rouge !

Non, ce n'était qu'un traité anonyme sur la façon d'apprêter les confitures, publié en 1755, ayant le format et l'apparence du recueil tant convoité et protégé par un papier similaire. Le tabouret fut renversé rageusement tandis que le traité valsait sous la table. Un pot de câpres orné d'une étiquette *Janvier 1898* dégringola à terre et explosa.

À l'étage flottaient des relents douceâtres. Les deux pièces recelaient des chaises empilées, des amas de bouquins dépiautés, un canapé, un guéridon semé de bibelots. Punaisés aux murs des chromos aux couleurs criardes représentaient un officier en uniforme fantaisiste, cheveux, barbe et moustache blonds, caracolant sur son cheval. Une couche de poussière recouvrait le plancher où gisaient moutons et mouches mortes. Au rez-de-chaussée, le décor de la chambre à coucher fut bouleversé en vain.

Dans la cuisine, des cabas suspendus sous la pierre à évier accueillirent les pots de confitures encore tièdes rangés sur la table et d'autres disséminés çà et là. Un serre-livres les rejoignit ainsi qu'un carnet noir enfoui au milieu d'une corbeille garnie de pelotes de laine.

— Ayez pitié d'un pauvre aveugle ! Ils s'en foutent du pauvre aveugle, maronnait le père Mirette. Tous des mécréants, ils ont perdu la foi et les rares qui fréquentent la maison du bon Dieu, c'est des avaricieux !

À moitié dissimulé par des poubelles regroupées rue Pierre-Lescot, le père Mirette évaluait sa recette à la lueur d'un réverbère. Les vêpres : un échec complet, en revanche la récolte des troncs s'était avérée juteuse.

— Tu vois, Mirette, faut toujours prendre aux mots les proverbes : « Besognons, Dieu besognera. » Merci Jeanne d'Arc[1]. Au moins, y a une âme qui veille sur toi, là-haut.

Il fourra les piécettes au fond de ses poches et distingua une forme encapuchonnée, les bras tendus sur deux cabas. Il se mit à cavaler à ses trousses en braillant :

— Ayez pitié d'un pauvre aveugle ! Qui donne aux pauvres prête à Dieu !

Occire cette bonne femme avait été une erreur.

« Bah ! *Ce qui est sans remède doit être sans remords. Ce qui est fait est fait*... Qui a écrit cela ?... Ah oui ! Shakespeare. »

Un, deux, trois, quatre. Avec la régularité d'un métronome, les souliers bruns arpentaient le plancher sans se soucier d'en ménager les lattes.

Un, deux, trois, quatre. Les pas cadencés traduisaient une rage contenue. L'affaire s'engageait mal. À cette heure avancée, le faux aveugle n'aurait pas dû se trouver rue Pierre-Lescot.

Le carnet noir subtilisé dans la corbeille à tricot de Philomène Lacarelle fut dûment feuilleté. Des pattes de mouche ! Des listes de courses ! Des confidences de vieille fille ! Du vent !

1. Paroles prononcées par Jeanne d'Arc le 12 juin 1429, à la bataille de Jargeau.

31 décembre. Réveillon chez Moraille, *aux Halles. Bonne ambiance. Soupe à l'oignon.*

Mardi 4 janvier. Euphrosine Pignot m'a prêté un Traité des confitures *qui date de mon arrière-grand-mère. Je dois le lui rendre très vite, elle l'a emprunté à son fils.*

Mercredi 5 janvier. M. Moizan m'a dégoté de la matière première. Ses prix sont élevés, mais je peux me le permettre, c'est si rare les bonnes trouvailles ! Gagné un franc à l'écarté contre Amadeus. Si j'avais vingt ans de moins, j'en ferais mon quatre heures. Il a beau être étrange, quelle prestance ! Il est aussi attirant que mon défunt général.

Jeudi 6 janvier. Rendu le Traité des confitures *à Euphrosine Pignot. Nous avons trinqué chez* Moraille. *Ce soir réunion des Croque-Fruits chez moi. Seront de la partie Chantal D., Annie C., Angélique F. Nous comparerons nos recettes, je leur distribuerai des cadeaux gustatifs qu'elles apprécieront. Miam, j'en salive à l'avance.*

Samedi 8. Quai Voltaire. Croisé Angélique F. qui nous a évitées hier soir. Je lui ai passé un savon. Acheté une bricole à Moizan.

Dimanche 9. Grasse matinée. Rêvé que le général m'emportait à moitié dévêtue sur son palefroi. Déjeuné sur le pouce chez Moraille, *andouillette frites. Sieste.*

Fiasco ? Non ! Inutile de céder à la panique. Ces échecs successifs résultaient d'un comportement erroné, trop de hâte, pas assez de réflexion. Les noms mentionnés… Il suffisait de repartir du bon pied, le combat serait livré jusqu'à son terme.

CHAPITRE V

Mardi 11 janvier

Attablé dans la cuisine de l'appartement de Kenji, Joseph repoussa son assiette garnie d'une énorme part de barbue sauce normande aux navets et se plongea dans la lecture de journaux périmés. Un fait divers du *Passe-partout* retint son attention.

— Ah ça, Mélie, on se met à trucider des libraires, à présent ! On aura tout vu. Ça s'est passé quand ?... Mazette, la nuit de la Saint-Sylvestre !... Il y a onze jours... Ben, mon colon ! Je découpe et je colle dans mon carnet.

Son imagination se mit à galoper.

— *Meurtre à la Saint-Sylvestre*. Non, on dirait une recette de cuisine. *Noël sanglant*, c'est mieux, ou encore *Mortel réveillon*. Oui ! Voilà un titre alléchant pour un futur feuilleton ! Cela pourrait commencer comme ça, écoutez, Mélie : « L'homme-sandwich ricana et marqua un temps d'arrêt au seuil de l'habitation ténébreuse... »

— Oh ! quelle inventivité, m'sieu Joseph, j'en ai les poils de la nuque qui se dressent !

— Ouais ! Il n'y a plus qu'à composer la suite.

La porte s'ouvrit brutalement, Euphrosine s'encadra dans le chambranle.

— Maman ! Tu m'as rapporté le *Traité des confitures ?*

— Mange, mon minet, il faut que tu manges, tu ressembles à une endive !

— Je déteste le poisson, ça grouille d'arêtes, je déteste les navets, c'est fadasse, ça me débecte. Maman, où est-il, ce traité ?

— J'te jure que tu l'auras demain, mon minet. Et puis quelle idée de travailler autant, tu désertes ton foyer !

— Ces messieurs font l'inventaire pour le catalogue de printemps de M. Mori.

Euphrosine, l'œil en monocle, considéra Mélie qui feignait de récurer une casserole.

— Vous, la bonniche, on vous a sonnée ? Cessez de chantonner en sourdine ! Je vous avais spécifié de mitonner des menus carnés !

Mélie fit mine d'être captivée par les trous d'une écumoire.

Afin de détendre l'atmosphère, Joseph enfourna une bouchée, puis il revint à l'assaut.

— Nom d'un chien, maman, tu te rends compte de la situation où tu me mets ? Il me faut ce livre !

— J'en ai assez de me faire gronder pour un oui pour un non ! Me crie pas dessus, j'ai de la fièvre, je n'en peux plus !

— T'es malade ?

— Je suis à l'agonie, et toi, toi… Jésus-Marie-Joseph ! Je vais claquer, tu seras tranquille.

Mélie leva les yeux au ciel.

— Si encore ça pouvait être vrai, murmura-t-elle en aparté.

Et, haussant le ton :

— Moins fort, vous deux, y a du monde en bas.

Une voix de femme leur parvenait de la librairie.

— C'est bizarre, on dirait qu'elle jappe, conclut-elle. Monsieur Joseph, sans vous commander, faudrait reconduire votre maman à son logis. Passez par l'immeuble, on ne vous verra pas.

— Chérubin ! Belinda ! Voulez-vous bien ne pas mordiller le pantalon de M. Legris ! ordonna Raphaëlle de Gouveline à un schipperke mâle et à un bichon maltais femelle assiégeant l'escabeau sur lequel s'était juché Victor.

Leur maîtresse enleva son manteau à épaulettes et plaqua contre sa robe les animaux moulés dans des tubes de fourrure.

— Ah, cher ami, je suis soulagée de me réfugier un instant chez vous, quel bonheur qu'il n'y ait personne, j'ai tellement besoin de calme !

— Vous avez de la chance de trouver boutique ouverte, nous faisons l'inventaire, repartit Victor en descendant prudemment de son perchoir. Vos ratiers courts sur pattes ont contracté la rage ?

— Des ratiers ? Oh, monsieur Legris ! Excusez-les, ils sont juste un brin énervés, je les ai emmenés au Père-Lachaise rendre notre visite mensuelle au tombeau de cette pauvre Blanche de Cambrésis. Quelle fin atroce, mourir brûlée vive dans l'incendie du Bazar de la Charité ! Quand je pense que son époux entretient cette femme impudique qui n'hésite pas à révéler son anatomie sur une scène de théâtre ou dans des bandes cinématographiques !

— Est-ce une allusion à l'archiduchesse Maximova ?

— Archiduchesse ? Elle ne l'est plus ! Son mari, colonel de la garde équestre de Nicolas II, en a eu assez d'être la risée de tous à cause de la débauche de cette… de cette…

— Gourgandine ? suggéra Victor.

— Oh, monsieur Legris, jamais je n'aurais osé user de ce qualificatif ! Une demi-mondaine, oui ! Mais ce n'est pas ce qui m'amène.

Elle brandit *L'Illustration*, exercice périlleux car ses chiens se tortillaient pour regagner leur liberté, et, volubile, expliqua :

— Depuis des mois je recherche un roman paru en feuilleton, *Invincible charme*, de…

— Inconnu au bataillon, répondit Victor en bâillant.

Sans se décourager, Raphaëlle de Gouveline lui infligea la revue de presse.

— C'est l'histoire d'un officier de chasseurs à pied, Jean Valjean…

— Vous êtes sûre ?

Elle ajusta ses bésicles.

— Oui… Non… Aucune importance. Donc, ce Jean est sur le point d'épouser Odette de Ribeyran quand il découvre que le père de la jeune fille, le marquis de Ribeyran, est aussi le sien.

— Quelle ânerie ! Qui s'est permis d'éditer ce micmac ?

— Lemerre. La suite est sublime ! Lorsque l'officier dément cet affreux secret, la vérité devient une réalité encore plus terrible : l'officier de chasseurs à pied est le fruit des amours d'une des amantes du marquis et d'un officier prussien !

— Aïe ! je redoute l'incident diplomatique. À mon regret, nous ne possédons pas ce chef-d'œuvre.

— Mais il suffit de téléphoner à la maison d'édition ! M. Mori saura comment procéder, je vais l'attendre.

— Il est en Angleterre avec ma belle-mère.

Raphaëlle de Gouveline rougit, jeta plutôt qu'elle ne posa ses chiens à terre, raccourcit leurs laisses, rassembla ses jupes et, sans l'enfiler, saisit son manteau. Elle se heurta à un grand homme à costume de velours noir et feutre à la Van Dyck qui faillit l'étreindre et écopa d'un soufflet.

— Quelle mouche a piqué cette nymphe mûrissante mais toujours appétissante, Legris ?

— Laumier ? Ma parole, vous avez bu ?

— Rien qu'un ballon de sancerre, histoire de prendre les vessies pour des lanternes. Figurez-vous que Mimi et moi on a quitté la Butte à l'aube, cloche de bois et *tutti quanti*, numéraire inexistant, économies ratiboisées par Dufayel ! On a dit adieu aux dettes, aux meubles et aux frusques, la Mimi, elle en chialait. On est montés dans une charrette que notre voisin de la rue Lepic, Charles Léandre, un as des portraits charges, a loué avec Émile Goudeau et Fernand Pelez, ses poteaux du *Cabaret des quat'zarts*, et on a roulé jusqu'au quai d'Orsay, loin, loin, bien après le bain Deligny, c'est quasiment la campagne.

— J'avais cru comprendre que vos toiles de nouveau-nés se débitaient à tire-larigot.

— Les bourgeois préfèrent les représentations photographiques du lardon tout nu, à plat ventre sur une peau de bête.

— Vous êtes sans logis ? Si je peux vous aider… avança mollement Victor.

— Ça, c'est rudement chic, pour l'instant on survit. Une relation de la maison militaire du président Félix Faure nous a trouvé un gîte provisoire dans une des écuries officielles, un cagibi sans confort, on risque d'être aromatisés au cuir, à la cire et au suint, mais il a promis de nous dégoter une vraie piaule dans un des ateliers de réparation qui jouxtent les selleries et les remises. Et, qui sait, peut-être un appartement d'officier se libérera-t-il un jour prochain ? On serait logés aux frais de l'État. Je ne compte pas m'enliser dans la purée, les astres me sont favorables. Évidemment, je ne dirais pas non à un apport financier qui gonflerait mon portefeuille et mon moral… Je ne sens pas le crottin, j'espère ?

Impassible, Victor glissa un billet bleu dans un exemplaire défraîchi des *Fleurs du mal* et l'enfonça dans la redingote de Laumier.

— Baudelaire, ah ! mon poète de prédilection, mille mercis, Legris, édition rare agrémentée d'une illustration dont je vous sais gré. À un de ces quatre !

— Serviteur, dit Victor. Joseph ! Où vous camouflez-vous ?

— Je suis là-haut. Je peux descendre ? Les cadors ont filé ? cria Joseph.

— Accourez, je me sentirai moins seul ! Qu'est-ce que vous avez ? Quelle binette !

— Maman est souffrante, je l'ai raccompagnée rue de Seine.

— Il fallait rester avec elle.

— Ce n'est pas grave, du surmenage, Iris veille au grain. Dites, vous avez vu, on a assassiné un libraire en chambre la nuit du Nouvel An. Il était saucissonné avec de la ficelle et lardé de coups de couteau. Vous le connaissiez ? Il s'appelait Sosthène Larcher.

— Non. Joseph, je vous soupçonne de fuir le domicile conjugal où Pignot junior se complaît à épuiser votre mère et votre épouse. En ces circonstances, il vous est loisible de vous reposer chez Kenji.

— Je ne suis pas en sucre, tout de même !

Le sucre ? L'idée se dérobait, palpitait, jouait aux gendarmes et aux voleurs avec le bon sens.

Le cadavre de Georges Moizan gisait sur des piles de livres. L'aléa était de taille, le corps ne rentrerait jamais là où il avait été projeté de le déposer, il fallait prendre des dispositions.

L'idée jaillit, claire, lumineuse : le sucre ! Quoi de mieux pour masquer un début de putréfaction ?

Extrait du cabas, un premier pot de confitures fut retourné. Son contenu se répandit lentement sur la poitrine du mort. Rouge… Fraise.

Un deuxième, un troisième suivirent.

Jaune… Citron. Orange… Abricot.

L'opération dura à peine dix minutes. Les vingt pots étaient vides. Georges Moizan, figé sous la marmelade, avait l'aspect d'un gisant polychrome.

Une pendule sous globe posée sur la cheminée sonna la demie de quatre heures du soir.

Dans la cour du Dragon, une voix aigre s'éleva :

— Lustucru ! Lustucru ! Viens voir mémère, carogne, c'est l'heure du miam-miam.

CHAPITRE VI

Mercredi 12 janvier

La journée s'annonçait clémente. Amadeus s'étira paresseusement sur un banc. Voltaire statufié planait au-dessus de lui, protégé par les pigeons du voisinage. C'était un bel endroit pour lézarder en observant le va-et-vient des flâneurs aux étalages des bouquinistes. Il ne tarda pas à se livrer à sa marotte qui consistait à effeuiller en pensée les promeneuses. Certaines ressemblaient à des arbres de Noël richement décorés. Il se prit à sourire, ces femmes lui évoquaient les créatures extravagantes qui, sous le règne de Louis XV, se faisaient confectionner des dessous de jupe montés sur des cercles de jonc liés par des rubans : les paniers, dont plusieurs modèles atteignaient trois mètres cinquante de diamètre. À chacun de ses pas, leur propriétaire déclenchait un long crissement, c'est pourquoi l'on nommait ces armatures des « criardes ». Il frotta une pomme contre sa manche, en croqua un morceau et se concentra sur un bouquiniste moustachu d'une soixantaine d'années, le nez chaussé de lunettes, coiffé d'un gibus cabossé, en train d'ouvrir sa quatrième boîte.

Angélique Frouin aborda le quai Voltaire, où elle s'octroya une pause, ravie de rencontrer l'élagueur, envers qui elle éprouvait un faible. Elle appréciait qu'un homme ne soignât pas trop sa mise, pourvu qu'il fût gratifié d'une puissante musculature et d'une moustache à la gauloise.

— Bonjour, m'sieu Larue, j'aurais besoin d'un remontant, je suis bien contrariée, figurez-vous qu'on m'a dévalisée !

Elle comptait que Gaétan Larue l'inviterait au bistrot, mais il hocha le menton.

— Non ! Quand ça ? marmotta-t-il.

— Hier, en fin de journée. Ah ! Quel monde, quel monde ! Heureusement, les mômes étaient à l'école, sinon, représentez-vous la scène... J'en suis encore chavirée !

— Que vous a-t-on volé ?

— Mon paroir et des pots de confitures. Les confitures, je m'en moque, mais le paroir, j'y tenais. C'était celui de ce salopard de Gratien. Il a beau nous avoir largués, les mômes et moi, on lui garde des sentiments, de l'époque où on s'aimait, avant qu'il s'affole à la vue des tendrons ! Je suis allée au commissariat, mais les flics, ils s'en contrefichent, ils n'savent pas ce que c'est un paroir !

— Moi de même. De quoi s'agit-il ?

Gaétan Larue considéra le nouveau venu.

— Ah, mais c'est monseigneur Amadeus ! On ne vous entend jamais venir, vous ! Et puis qu'est-ce que c'est que ces oripeaux ? Ce n'est pourtant pas carnaval !

— Ben, si ça lui tient chaud, intervint Angélique.

Elle sentit un frisson lui parcourir les omoplates. Elle détailla le visage du nouveau venu. Il avait du charme, comment ne l'avait-elle pas constaté plus tôt ? Car, chaque jeudi, depuis un mois, elle disputait des tournois de piquet en sa compagnie, l'après-midi, dans sa cuisine, quand les enfants étaient au catéchisme.

Amadeus se contenta de sourire. Agacé par le comportement d'Angélique Frouin, Gaétan Larue venait de trouver sa victime expiatoire, il revint à la charge.

— Vous êtes bien pédant pour un type de votre condition. C'est avec ce que vous raflez au jeu que vous réglez votre tailleur ? Sa coupe est datée !

— Nous y voilà ! La mode, la mode ! s'exclama Ferdinand Pitel qui venait d'arriver. Ce n'est pas le paraître qui importe, c'est l'être ! J't'en ficherai du *monseigneur* !

— Brisons là, messieurs, déposons les armes. Je ne suis qu'un roturier qui assure sa subsistance en vendant des almanachs et des articles de bureau, rétorqua Amadeus sans se départir de sa mine affable. Je suis également fort aise d'apporter de la distraction à ceux que la maladie, l'isolement ou l'ennui éloignent de leurs contemporains. Durant quelques parties ils oublient leur fardeau. Je me consacre aux échecs, aux dames, au trictrac, aux dés, cette activité me donne l'opportunité d'observer les mœurs de mes congénères. Parfois je perds, souvent je gagne et ils me payent, c'est une règle à laquelle je ne déroge jamais. Sans rémunération, ils auraient l'impression que je pratique la charité, leur satisfaction serait gâchée.

— Vous êtes pour ainsi dire un colporteur qui se penche sur la solitude des affligés, ironisa Gaétan Larue.

— Oh, non, je risquerais de tomber ! Actuellement, je propose mes services à une vieille passionnée d'écarté et à un paralytique fervent de bataille. Je fais le quatrième au poker avec trois joueurs invétérés de mon quartier dont l'ami est à l'hôpital. Je lis aussi les tarots à une grand-mère tous les après-midi, elle mise sur un héritage, j'entretiens ses illusions. Alors, madame Frouin, ce paroir, ce n'est donc pas une parure de diamants ?

— Vous rigolez ! C'est un long couteau qu'on maintient par une extrémité à un établi et qui sert à tailler les sabots, répondit Ferdinand Pitel.

— C'est vrai, vous êtes cordonnier, vous. Je vous confierai mes bottes à ressemeler, elles en ont vu, du pays, j'y tiens comme à la prunelle de mes yeux.

— Avant de monter à Paris, on vivait à Camembert, un village proche de Bayeux, intervint Angélique Frouin, ulcérée du peu d'attention qu'elle suscitait. Mon mari était sabotier. J'vous jure, j'en ai gros sur la patate ! On m'a cassé un carreau, j'ai calfeutré le trou d'un papier journal, seulement avec ce froid va falloir que je le remplace dare-dare et ça va rogner mon budget !

— Un orgelet, ça fait mal, ça ! baragouina l'Odeur, revenu du café, l'haleine encore plus avinée.

Il prétendait être sourd, ce qui, cumulé au vin, lui sauvait la mise quand un client chicanait les prix.

— En tout cas, on échappera au vent et à la pluie, prophétisa Lucas Le Flohic.

— Si vous voulez, Ang… madame Frouin, votre vitre, je m'en occuperai la semaine prochaine et ce sera gratis, dit l'élagueur à voix basse.

— Ah, ça, c'est gentil, m'sieu Larue. Je vous le revaudrai au centuple, garantit-elle en minaudant.

Ce fut l'instant que choisit le piqueur[1] du VIIe arrondissement pour se manifester.

— Bonjour, monsieur Pérot, je suis chargé de confirmer *de visu* votre investiture officielle à ce poste. Je suis enchanté de constater qu'aucun quiproquo ne

1. Inspecteur des quais, fonctionnaire de la Préfecture.

s'est produit et que la même concession n'a pas été allouée à deux titulaires. Laissez-moi vous lire quelques extraits du règlement :

> « Le marchand doit être muni d'un livre de police sur lequel seront inscrits le nom et le domicile du vendeur et la nomenclature des livres acquis. Les paiements se feront chez le vendeur et… »

— C'est une obligation difficile à respecter, monsieur ! l'interrompit Amadeus.

Il dépassait d'une bonne tête le piqueur, qui préféra battre en retraite.

— Bravo ! Vous nous avez délivrés de l'aveugle Justice ! lança l'Odeur.

Raoul Pérot ne souffrait plus du froid ni de l'anxiété. C'était comme s'il était bouquiniste depuis des années, au milieu de gens dévoués à sa cause au point de défier les autorités en sa faveur.

Il s'adressa à Amadeus envers qui il éprouvait de la sympathie.

— Où logez-vous, monsieur ?

— À Ménilmontant, du côté des réservoirs. Mais dès que j'en ai le courage et le loisir, je traverse Paris pedibus cum jambis. C'est ici, près de la Seine, mon chez-moi.

— Moi, c'est pareil, renchérit Fulbert Bottier, seulement je dois gagner mon pain. Je marque un prix honnête, les badauds s'arrêtent et c'est illico le conseil de famille, ça discutaille, ça négocie, l'hiver, je suis plus accommodant. Dites, monsieur Larue, vous qui êtes de la partie, vous savez peut-être ce qui se trame ? Le bruit court que l'on va prolonger le chemin de fer de la future gare d'Orléans jusqu'au quai d'Orsay par une ligne souterraine parallèle à la Seine. Non seulement on édifiera un énorme terminus à deux pas, mais on construira une station quai Saint-Michel, je tiens ça d'un ingénieur qui se ravitaille chez moi.

— En octobre, y a eu une interpellation à la Chambre, enchaîna Le Flohic, on a été soulagés que le député Viviani prenne notre défense. Parce que, vous comprenez, si on nous boute côté Louvre, ça va être la ruine, il paraît que l'exil pourrait durer deux ans !

— Moi, j'suis pas responsable, je coupe ce qu'on me dit de couper, pour le reste... bredouilla Gaétan Larue avec un geste vague. Un coup de main pour descendre votre cardeuse, madame Frouin ?

— C'est pas de refus. À demain, m'sieu Amadeus, on a un tournoi à finir, numérotez vos abattis, j'ai l'intention de vous plumer ! N'vous en faites pas, malheureux au jeu... chuchota Angélique.

— Es-tu certain que ce n'est pas trop chaud ?

Tasha surveillait chacun des gestes de Victor.

— J'ai trempé le coude dans la casserole, ne t'inquiète pas, je survivrai.

— Euphrosine a raison, il conviendrait de lui préparer davantage de bouillie.

— Le Dr Reynaud est de la vieille école. Il apprécie le lait stérilisé et les farines pour nourrissons, il s'oppose simplement au gavage.

— Il nous a quand même préconisé de nous pourvoir d'un pèse-bébé.

Victor souhaitait qu'aucun visiteur n'apparaisse à cette heure matinale et le surprenne le biberon à la main. Alice tétait goulûment, et il prenait plaisir à son appétit. Encore couchée, sa chevelure rousse défaite autour de ses joues pâles, les yeux cernés, Tasha l'observait.

— Si tes clients te voyaient !

— Ils loueraient mon dévouement paternel. Je dois être un cas. Quel homme accepterait ce rôle de nounou ?

— Admets que tu es heureux de contribuer au bien-être de ton héritière.

Il ne désavoua pas ce compliment. Quand le Dr Reynaud leur avait appris qu'une seconde grossesse serait fortement déconseillée à Mme Legris et risquait d'entraîner des complications pour elle et pour l'enfant, Victor avait chéri doublement le fruit de leur union. Il réprimait parfois un besoin intense de couver le bébé, de lui épargner la moindre contrariété. Il s'était notamment intéressé de près aux tétines en caoutchouc et au sérum protégeant les enfants du croup. Il se souvenait de sa propre jeunesse souvent ingrate et de l'hostilité de monsieur son père. Ce sentiment de responsabilité accrue le contraignait à déserter régulièrement le foyer de manière à être délivré d'un désarroi pesant.

Il allait et venait dans la chambre, tapotant le dos d'Alice dans l'attente d'un rot.

— Maurice est venu me voir, annonça Tasha en se rongeant l'ongle du pouce.

— Laumier ?

Une impression désagréable envahit Victor.

— Je ne peux m'empêcher de les plaindre, Mimi et lui se sont exilés quai d'Orsay, en aval du pont des Invalides. C'est quasiment vide, là-bas. Rien que des maisons, des jardins et des bâtiments d'administration.

— Je sais, il a fait une incursion à la librairie, il redoute d'être imprégné de l'odeur des canassons.

— Tu aurais pu m'en parler. Serais-tu encore jaloux ?

— Jaloux, moi ? Jamais, ma jolie.

Elle le considéra avec suspicion et reprit d'un ton badin :

— Au-delà des écuries où ils logent provisoirement se dresse le dépôt des marbres. Maurice a rencontré Henri Martin, Jean-Paul Laurens et Rodin. À l'heure du déjeuner, Maurice a suivi ce dernier sans oser l'accoster. Il a noté qu'il se sustente chaque jour dans le même restaurant aux abords de l'Alma. Le plus amusant, c'est que le gargotier a des prétentions artistiques. Son rêve est d'ouvrir une galerie de tableaux.

— Laumier est un malin, je te parie qu'il s'associera à lui et fera concurrence à Ambroise Vollard.

— Tu as un don de clairvoyance, c'est exactement ce qu'il a en tête. Je suis choquée qu'il ait renoncé à une vraie carrière en peignant des croûtes et qu'il envisage maintenant de s'adonner au commerce !

— Si telle est sa vocation, il…

Victor se détourna, couvert d'une décoration lactée.

— Inutile de frotter, mon Toto, c'est indélébile.

Victor grimaça, tint le bébé à bout de bras et le déposa délicatement dans son berceau.

— Il ne te reste qu'à ôter cette élégante veste de pyjama à raies bleues.

Torse nu, il lorgna sa femme d'une mine gourmande. Elle repoussa l'édredon.

— Quelqu'un t'a-t-il jamais révélé à quel point tu es attirant ? Ma parole, tu es de plus en plus musclé, c'est à force de charrier tes appareils photo ? Tu vas attraper froid. Viens te réchauffer près de moi.

— Je serai en retard. Joseph ronchonnera. Il me traitera de tire-au-flanc.

— Il aura raison. Mais si tu me résistes, prévois des représailles.

Il envoya valdinguer ses pantoufles, se débarrassa de son pantalon, se glissa sous le drap.

— C'est étrange, tu n'allaites plus et tes seins n'ont pas diminué de volume. Tes hanches sont bien larges et ton ventre bien douillet.

— C'est pour mieux t'enjôler.

Il l'enlaça, une mèche de cheveux chatouilla son épaule.

Adossé au parapet du quai Saint-Michel, Amadeus tirait sur son brûle-gueule en regardant s'écouler le flot des piétons à l'heure où Paris mange son pain. Vieux, jeunes, purotins usaient leurs semelles pour rejoindre leurs lieux de labeur après un repas à la va-vite chez un débitant d'arlequins de la Maube. Lorsque des grisettes le doublaient, cornet de frites à la main, il jaugeait leurs appas.

« En somme, se dit-il, tous ces gens tournent en rond de leur naissance à leur mort, ils bâfrent, se tuent au travail, dorment, font l'amour, des enfants. Et moi qui depuis si longtemps ne m'étais pas mis sous le bec un petit museau féminin, j'ai de la chance d'exercer ce métier de saltimbanque, il m'a permis d'entrer en relation avec une partenaire qui, comme moi, n'éprouve pas l'envie de jacasser. »

Elle avait dépassé la trentaine, elle se nommait Adeline Pitel, elle était blonde et charnue, un Rubens vêtu sobrement, ce qui ne nuisait en rien à sa sensualité. Ils avaient lié connaissance quai Voltaire. Son érudition, sa ressemblance avec l'une de ses anciennes concubines l'avaient séduit.

Assis sur une caisse d'emballage, un accordéoniste distillait une ritournelle de Béranger, les notes grêles de la mélodie évoquèrent à Amadeus le récital d'un quatuor à cordes auquel il avait assisté à Vienne en compagnie d'une jeune femme dont il était éperdument épris. Il se pencha sur la rambarde du pont et contempla la Seine.

— Mary, murmura-t-il, tu me manques... Quelle erreur a été la mienne...

Ses pensées le ramenèrent vers Adeline Pitel. L'union s'était produite à la fin d'une partie de dames. Elle avait sciemment perdu avec un je-ne-sais-quoi dans les yeux qui avait éveillé son désir. Une rapide pression des doigts sur sa main alors qu'elle lui tendait un verre de Bénédictine se mua en baisers, puis en caresses, puis en étreintes, et quand sa robe et ses jupons tombèrent à ses pieds, la découverte d'une jarretière de soie mauve enjolivée d'un gros chou qui sentait la vanille renversa les digues de la bienséance.

Cela remontait à six mois. L'acte consommé, Adeline se rhabillait et redevenait une femme correcte. Il savait que cette escapade érotique ne serait que partielle et de courte durée. Il aimait sa façon directe de lui rappeler sa situation sociale de célibataire contrainte d'assumer seule les rigueurs de l'existence. Elle avait lu les Grecs et les classiques et son talent de miniaturiste égalait celui d'un copiste médiéval. Avec elle – c'était la première fois depuis longtemps – il était à l'aise, il n'avait pas à craindre les conséquences d'une indiscrétion. Elle appartenait à cette catégorie de femmes soucieuses d'afficher une apparence de respectabilité.

Il cura sa pipe et chemina vers la cathédrale.

Eût-on appris à Adeline Pitel que, selon l'étymologie, parvis signifie « paradis » en latin ecclésiastique, elle se fût contentée de hausser ses épaules drapées d'un châle funèbre. En ce qui la concernait, le paradis siégeait chez le papetier de la rue d'Arcole qui, jadis, avait été son amant, et se cantonnait désormais au rôle d'associé commercial. Il écoulait en effet les cartes postales et les signets que son ex-dulcinée enjolivait de pieuses devises, calligraphiées à l'encre de Chine, surchargées de cloches, de rosaces et d'angelots joufflus.

Une voiture à quatre chevaux franchit le pont au Double et déversa sa cargaison de touristes étrangers qui orientèrent aussitôt leurs lorgnettes sur les gargouilles coiffées de neige, tandis que des camelots proposaient sous le manteau aux messieurs des dépliants photographiques de sujets galants.

Adeline Pitel s'engouffra rue du Cloître-Notre-Dame. La cathédrale dominait de ses tours une forêt de cheminées et de toitures en zinc jalonnées de corneilles. Les porches décrépis résonnaient de l'écho de tout un univers industrieux. Sur le pavé gras, des gamines sautaient à la corde. Des ménagères gravissaient des escaliers branlants et s'apprêtaient à cuire le fricot familial.

La jeune femme bifurqua dans un corridor sinueux encaissé entre des hôtels du XVIIe siècle. La rue Chanoinesse, épargnée par l'éventrement du quartier à la fin du Second Empire, exhibait quelques échoppes miteuses, dont la cordonnerie de son paltoquet de neveu Ferdinand.

— Naturellement, c'est fermé. Penser que ce fainéant revendique la recherche de la perfection dans la forme ! grommela-t-elle en jetant un coup d'œil en biais sur la boutique peinte en blanc sale où s'inscrivait sur les carreaux :

On fabrique et on répare les souliers.

« Et il a le culot de me rebattre les oreilles avec ses théories insipides : “L'on peut être un artiste en sciant du bois ou bien en construisant un mur, on peut être un artiste en faisant n'importe quoi pourvu que l'on donne à son œuvre le maximum d'harmonie et de beauté." Non, ce qu'il faut entendre ! Moi, je suis une artiste, mais lui, tout ce qu'il a récolté, c'est d'être un bouif chez qui on ne met les pieds qu'à la toute dernière extrémité de la semelle ! »

Elle entra au numéro 10 au moment où en émergeait un locataire hirsute au nez proéminent, un certain Pierre Trimouillat qu'en dépit de sa politesse elle n'appréciait guère.

« Ça se fait appeler poète, mais ce n'est qu'un budgétivore. Ce n'est pas des cheveux, qu'il a, c'est une tête-de-loup pour déloger les araignées ! On comprend qu'il ait l'air plus quinaud que Ferdinand ! Jolis individus, un rimailleur porté sur le jus de la treille et un ressemeleur de cothurnes. Des chiffes molles, oui ! Ce Joachim Du Bellay, qui a passé l'arme à gauche depuis belle lurette de l'autre côté de la rue, appartenait sans doute à la même engeance ! Ah, les hommes ! Mon prétendant actuel a l'allure d'un conspirateur, mais je ne peux pas me plaindre, il ne s'incruste jamais et me donne du plaisir. Vite, préparons notre nid douillet pour l'accueillir. »

CHAPITRE VII

Jeudi 13 janvier

Euphrosine Pignot resserra les pans du manteau en forme de rotonde qu'elle avait passé des soirées à se coudre d'après un patron décalqué dans le *Journal des demoiselles*. Le père de sa bru, M. Mori, n'affirmait-il pas que « nier son âge, c'est rajeunir » ? Son cœur lui remontait dans la gorge. Depuis qu'elle avait découvert sa méprise, elle n'avait qu'une idée, réparer l'erreur au plus vite, récupérer le *Traité des confitures*. C'était la faute de Philomène si elle avait confondu ce livre précieux avec un ouvrage sans valeur, quelle lubie de protéger les couvertures de ce papier marbré ! Elle allait procéder à la substitution, l'affaire serait close, adieu les ennuis. Son fils la tannait.

Elle longea *L'Ange gardien*, tapis franc qui exposait son enseigne presque à l'angle de la rue Pirouette[1], près de Saint-Eustache. C'était un repère de surineurs, et elle se signa en prononçant trois fois de suite un « Jésus-Marie-Joseph » destiné à la

1. Aujourd'hui disparue, elle prolongeait la rue de la Petite-Truanderie.

prémunir d'un éventuel pépin. Malgré sa curiosité, elle accéléra l'allure devant la confiserie coincée entre une boutique de blanchisseuse et une remise de voitures à bras. Si elle s'était écoutée, elle eût cédé à la tentation d'acheter des pralines pour Daphné. Elle ralentit au milieu des files de maraîchers dont les carrioles s'efforçaient de se délester de leurs hottes. Langoustes et volailles la menacèrent ensuite, avant qu'elle comprît qu'elle s'était égarée.

« Rue Montorgueil, c'n'est pas ça, je suis rue Mondétour, je ne reconnais rien, je suis montée trop haut, l'*Auberge du Compas d'or*, quelle idiote ! »

Elle était piégée au fond d'une immense cour où des tas de fumier attiraient des poules que fixaient d'un œil torve les chevaux peuplant le rez-de-chaussée. Elle évita une pintade et chassa de la main une chèvre désireuse de brouter les franges de son manteau.

Furieuse, elle rattrapa la rue encombrée de boucheries et de triperies où flottait l'odeur du sang. Elle tourna à droite, puis à gauche, incommodée par des relents de pharmacie et de pommes de terre brûlées.

Non loin du domicile de Philomène, elle heurta un individu qu'elle avait déjà remarqué rue des Saints-Pères, en compagnie du cousin de sa copine Micheline Ballu, un drôle de type fagoté en aristocrate du temps de la Révolution. Il échangeait des plaisanteries avec un aveugle qui ne paraissait guère souffrir de son infirmité, car il frottait ses verres de lunettes d'un mouchoir aussi large qu'une taie d'oreiller et dardait des regards ironiques sur son interlocuteur.

— Holà, ma petite dame, dit-il, zyeutez où vous mettez les arpions, ça va, pas de bobo ?

Légèrement étourdie, elle fit quelques pas flageolants en murmurant des invectives.

— Puisque je vous le dis ! reprit l'aveugle sans lui prêter attention. C'est devenu si rentable qu'il vend des bouchons de carafe, des coquillages, des sujets de bronze et même des clés ! Il fournit également des jeux de cartes. Ah ! les bouquinistes, c'est des phénomènes, il y en a qui n'ont pas un seul livre dans leurs boîtes !

— Ils devraient se consacrer aux asticots, vu le nombre de pêcheurs à la belle saison, répondit l'aristocrate sans quitter Euphrosine des yeux. J'ai un voisin qui en élève en utilisant des charognes dans sa mansarde. Bonsoir, on se languit de moi rue Chanoinesse pour un championnat de mariage[1].

Il avait repéré cette femme aux formes généreuses toujours armée de cabas, mais où ?

Écœurée, Euphrosine fonça chez son amie.

« Pourvu qu'elle soit là, pourvu qu'elle soit là », ne cessait-elle de se répéter en martelant la porte qui s'entrebâilla.

— Coucou ! Philomène ?

Pas de réponse.

« C'n'est pas ordinaire, d'habitude elle se boucle à double tour… Quel fumet ! Ça sent les œufs pourris. La Philomène, elle néglige son ménage. »

Elle avança au jugé dans le corridor obscur. Et si un cambrioleur lui sautait dessus ? Un carré blafard signala que le volet de la cuisine n'avait pas été fermé. Quelque chose crissa sous sa semelle. Alarmée, elle s'immobilisa et discerna un buste infléchi vers l'avant.

— Philomène, ça va ?

1. Cette partie de cartes qui se joue à deux est nommée « brisque » dans l'Ouest et le Sud-Ouest, il n'y a pas de règles écrites.

Elle tâta la main coincée dans la poignée du chaudron, elle était glacée. Soudain, le bras glissa, le corps se ratatina sur le carrelage.

Euphrosine sursauta et percuta une étagère.

— Jésus-Marie-Joseph, au secours !

Son visage vira au blanc.

— Faut que je parte, faut que je parte, haleta-t-elle, étranglée par une bouffée d'angoisse.

Elle ne voyait plus le chaudron ni le cadavre de Philomène. Si la cuisine s'était écroulée à ses pieds, elle n'eût pas été moins terrorisée. Elle prit conscience brusquement de l'horreur de la situation et la peur lui insuffla l'énergie de fuir. L'estomac révulsé, elle parvint à refouler un hurlement et se rua dehors avec une promptitude et une vigueur dont elle ne se fût pas crue capable. Elle se mit à courir aussi vite que le lui permettaient ses varices.

Quand elle atteignit l'église Saint-Eustache, l'aristocrate s'était esquivé, mais le père Mirette, qui avait chaussé ses lunettes, fut ébahi de cette galopade effrénée.

— Y a le feu ? claironna-t-il.

Une fois de plus, Joseph s'était levé de bonne heure. Le marchand de jouets de la rue de Rennes lui avait envoyé la veille au soir un billet l'avertissant qu'il s'était enfin procuré deux figurines de plomb, Cléo de Mérode et Chulalongkorn. La ballerine et le souverain du Siam avaient remporté un tel succès dans les boutiques des Boulevards que Daphné en avait été privée aux étrennes. Il n'avait que peu d'espoir d'offrir à Victor le porte-plume cinématographique franco-russe, à l'intérieur duquel s'embrassaient deux lilliputiens, Nicolas II et Félix Faure.

— Le stock est épuisé, s'était désolé le boutiquier. Mais je ne renonce pas, un client m'a certifié être en mesure de m'en troquer un contre une affiche quasi neuve de *Cyrano de Bergerac*.

Empli d'allégresse en dépit de son doigt encore douloureux, Joseph marchait d'un pas vif en tâtant les jouets au fond de sa poche, quand il perçut la rumeur.

— Achetez *L'Aurore* ! Après l'acquittement d'Esterházy, Clemenceau et Zola ripostent, du jamais lu ! hurlaient des camelots, vendant à tour de bras les paquets de journaux jetés sur leur épaule.

Des groupes s'agglutinaient autour des kiosques, de l'église Saint-Germain à la Société de géologie. Joseph parvint à fendre la foule et à s'emparer d'un exemplaire.

— Cinq centimes, siouplaît. Vous êtes veinard, j'en ai plus que trois de ces torchons ! Y en a même qu'en ont pris juste pour les réduire en cendre. Ah ! Il va fort, ce salaud de demi-Italien et de quart de Grec ! Il paraît que les presses ont roulé la nuit entière pour imprimer ses saletés, grogna la vendeuse.

Mettant le cap sur la rue des Saints-Pères, Joseph parcourait le journal. À la « une » s'étalait, en caractères gras :

> **J'ACCUSE… !**
> LETTRE AU PRÉSIDENT DE LA RÉPUBLIQUE
> *Par Émile Zola*

— Non, inouï, un cran pareil, quel phénomène !

Il ouvrit la librairie dans un tel état d'exaltation qu'il trébucha sous le poids d'un contrevent et s'achoppa à Fräulein Becker, une habituée de la librairie qui faisait admirer sa dernière trouvaille.

— Attention à mon affiche, monsieur Pignot ! J'ai eu un mal fou à la décoller d'une palissade ! Les *Cycles Plasson*, une merveille signée Robbe.

— Nom d'un glocken… Mince, ils vont l'écharper, pourvu que sa maison soit bien gardée !

— Mais de qui parlez-vous, jeune homme ? grinça une voix de crécelle.

Olympe de Salignac dévisageait Joseph à travers son face-à-main, outrée de cet accueil.

— Je vous ai réclamé *Le Secret de Gertrude* d'André Theuriet il y a presque deux semaines. Vous l'avez reçu ? Je dois encore distribuer mes cartes de visite de Nouvel An chez cinq amies, j'ai beaucoup de retard et je…

— Écoutez ça !

> « J'accuse le lieutenant-colonel du Paty de Clam d'avoir été l'ouvrier diabolique de l'erreur judiciaire… J'accuse le général Billot d'avoir eu entre les mains les preuves certaines de l'innocence de Dreyfus et de les avoir étouffées… J'accuse le général de Boisdeffre et le général Gonse de s'être rendus complices du même crime… J'accuse le général de Pellieux et le commandant Ravary d'avoir fait une enquête scélérate… »

— Ah ! Il ne mâche pas ses mots, c'est prodigieux, enfoncé, Gaboriau !

— Gaboriau ? Quel rapport ? Est-ce de ce traître israélite dont vous nous assourdissez les tympans ? Qui a rédigé ces insanités ?

La comtesse Olympe de Salignac s'escrimait à saisir le journal brandi par Joseph.

— C'est une infamie ! On devrait interdire des monstruosités de cet acabit !

— Je sais contre quelle horreur vous vous révoltez, ma chère, et je suis d'accord avec vous, modula Mathilde de Flavignol, entrée en catimini à la suite de la comtesse. Moi aussi je suis atterrée par cette mode, une bête vivante chamarrée de gemmes que les femmes du monde plongent la nuit dans un verre d'eau avant de la piquer à leur col pour la journée ! Tout grand joaillier soit-il, ce M. Templier de la rue Royale mériterait d'être embastillé !

— Décidément, c'est une épidémie de folie ! À quoi rime cette allusion ?

— Mais à la tortue-bijou ! N'est-ce pas de cela qu'il est question ?

— *Mein Gott !* J'en ai des palpitations ! Un mécanicien allemand ! Il se nomme Diesel, retenez ce nom ! Il a inventé un moteur à pétrole où il a introduit de l'air comprimé ! Une révolution !

Helga Becker virevoltait dans le maigre espace comme un papillon ivre. Pendant ce temps, grimpé sur la table, gesticulant devant le buste de Molière, Joseph clamait :

— Cette conclusion est remarquable !

> « En portant ces accusations, je n'ignore pas que je me mets sous le coup des articles 30 et 31 de la loi sur la presse du 29 juillet 1881, qui punit les délits de diffamation. Et c'est volontairement que je m'expose... Je n'ai qu'une passion, celle de la lumière, au nom de l'humanité qui a tant souffert... »

— Allez-vous vous calmer ? Ma parole, ce pandémonium est l'antichambre d'un asile d'aliénés !

Victor gara sa bicyclette, repoussa les trois femmes et força Joseph à descendre de son perchoir.

— Je vous tiens responsable de cette scène digne d'un mélo. Estimez-vous heureux que Kenji soit absent.

— Mais enfin, patr... Victor, rendez-vous compte, nous vivons une matinée mémorable, Émile Zola incrimine le gouvernement d'avoir condamné un innocent sur des preuves falsifiées !

Joseph enjoignit son beau-frère de lire l'éditorial.

— Ne me donnez pas motif à m'alarmer, monsieur Legris, intervint Mme de Salignac. J'ose espérer que vous n'éprouvez point d'inclination envers ce Juif ! Ce Dreyfus ! Quant à cet Italien, qui publie des romans obscènes, cette crapule de Zola, qu'il aille en enfer !

— Vous de même, madame la comtesse, répliqua Joseph, fou de rage.

— Butor ! Vous osez ! Si vous souscrivez à ce tissu de mensonges, je vous prive à jamais de ma clientèle !

Victor acheva sa lecture, il tremblait légèrement. Il se redressa et affronta la comtesse.

— Vous aviez boycotté cette librairie sous un prétexte fallacieux, maintenant vous avez une bonne raison de vous tenir à distance ! Nous nous passerons de vous sans regret.

— Grossier personnage ! Vous n'avez pas une once de déférence envers mes cheveux gris et ma position sociale. Ça ne m'étonne d'ailleurs nullement, cracha Mme de Salignac, un homme capable de se marier avec une coreligionnaire de ce traître !

Victor se figea, frappé de plein fouet par cette éruption de haine. Il avait épousé Tasha par amour, sans se soucier de ses origines, aucun d'eux ne pratiquait de religion, aucun n'empiétait sur les convictions de l'autre. Jusqu'alors, ils s'étaient contentés de se raconter leurs expériences, et de chercher des réponses à leurs interrogations sur le sens de la vie. Il se sentait d'autant plus solidaire de sa compagne qu'on l'agressait à travers ce militaire en l'innocence duquel il avait eu tort de ne pas croire davantage. Émile Zola leur transmettait à tous une belle leçon de courage. Mme de Salignac avait ouvert la voie, les masques allaient tomber.

Joseph s'interposa, sinon Victor eût perdu son sang-froid.

— Décampez, gronda-t-il. Ne remettez plus les pieds ici !

Frisant l'apoplexie, Mme de Salignac agrippa la manche de Mathilde de Flavignol.

— Retirons-nous, ma chère, cet homme est un danger public.

— Je suis navrée, mais je ne…

— Quoi ? Vous me refusez votre appui ? Seriez-vous du côté des Juifs et des francs-maçons ?

— M. Legris est un homme respectable, j'ai de la sympathie pour lui et…

— Avouez plutôt que vous en êtes entichée ! On sait qu'il y a des femmes qui, lorsqu'elles arrivent à un certain âge… Et vous, Fräulein Becker, vous aussi vous vous imaginez des choses ?

— Vraiment, madame de Salignac ! Comment pouvez-vous penser… !

La comtesse émit un gloussement de mépris.

— Ça crève les yeux, vous n'avez jamais convolé.

Helga Becker se rebiffa avec une brusquerie scandalisée tandis que deux taches rouges marbraient ses joues pâles.

— Je suis de l'avis de ceux selon lesquels la France a commis une lourde faute en bannissant le capitaine Dreyfus à l'île du Diable. Si Victor Hugo était parmi nous, il se serait dressé contre cette iniquité !

— Oh, vous la Teutonne, repartez donc en Germanie ! éructa Olympe de Salignac.

Elle bouscula Euphrosine qui se faufilait à l'intérieur et lança :

— Madame, je suis convaincue que vous vous rangerez à l'opinion publique et que vous empêcherez votre fils de se fourrer dans ce guet-apens !

— Quel guet-apens ? s'enquit Euphrosine, hors d'haleine. Monsieur Legris, faut que je vous entretienne en privé, c'est grave, souffla-t-elle.

— Cela concerne-t-il la profession de foi de Zola ?

— Qu'est-ce que vous me dégoisez là ? C'est au sujet d'une affaire personnelle, le mieux ce serait qu'on s'isole, je préfère tenir mon fils à l'écart pour l'instant.

— Montons chez Kenji. Joseph, veillez à ce que madame prenne congé, pria-t-il son beau-frère en désignant la comtesse.

— Inutile de m'intimider, je cours chez les Réauville, ils sauront de quelle manière répondre à vos insultes !

— Ben, en voilà des façons ! Flanque-la dehors, la moukère, mon minet ! conseilla Euphrosine en suivant Victor Legris à l'étage.

Ils se bouclèrent dans le salon de Kenji.

— Je vous écoute, décréta Victor, bras croisés, adossé à une table de chêne. Vous êtes décomposée, vous avez vu un fantôme ?

— Quasiment ! J'en ai la chair de poule. J'ai trouvé le cadavre d'une de mes connaissances en me rendant à son domicile pour recouvrer un livre que je lui avais prêté. J'ai eu affreusement peur, j'en ai oublié d'chercher ce bouquin, propriété de mon fils, qui l'avait emprunté à ma requête dans vos rayonnages. Paraît qu'il a d'la valeur, mais pas au point d'vous ruiner si on ne le repêchait pas illico. Y a deux jours, je me suis aperçue que mon amie, elle se nomme Philomène, m'avait restitué un ouvrage couvert du même papier que ce *Traité des confitures*, elle aura sans doute confondu.

— C'est donc vous qui l'aviez ? Et votre amie est morte ? De quoi ?

— J'ai l'impression qu'on l'a assommée.

— Un meurtre ? Vous en êtes certaine ?

— Ce matin, j'ai décidé de réparer la bourde, je suis allée dans le quartier des Halles où loge mon amie afin de procéder à l'échange de bouquins. Je toque, la porte est ouverte, j'entre, on n'y voit goutte, je débarque dans la cuisine, et là, sur qui j'me cogne ? Philomène estourbie au-dessus de son chaudron à confitures ! Je lui ai touché la main, un morceau de bois. Je me suis sauvée sans demander mon reste, j'en ai le cœur commotionné !

— Vous n'avez pas songé à alerter la police ?

Elle respira très fort, la bouche ouverte comme un poisson, avant de mugir en versant des larmes qui se perdirent dans les plis de ses joues.

— Les cognes ! Oh, non ! Pour qu'on m'accuse ? Je ne veux pas être impliquée ! J'suis une honnête femme, moi ! Et puis, mon minet, il m'en voudra à mort d'avoir confié le *Traité des confitures* à Philomène, mais elle en avait tellement envie ! J'ai beau être dotée d'un sale caractère, j'suis incapable de résister à quelqu'un qui m'implore. Elle est – elle était – la reine des confitures, la Philomène, même qu'elle m'en offrait à Noël. J'étais si ravie de la remercier que je n'ai pas hésité, si j'avais pu deviner… J'ai la trouille d'y retourner, m'sieu Victor. Vous, vous êtes rodé pour vous coltiner les dépouilles, j'vous en supplie, j'vous seconderai. Et surtout, pas un mot à mon minet, il a suffisamment de tracas avec son bébé !

Victor eut un mouvement d'humeur.

— Parce que moi, je n'en ai pas ? Et Alice ?

— Oh ! Vous, vous êtes un malin, un as, vous avez réussi à doubler la police en des tas d'situations !

Victor réfléchissait. La tentation d'enquêter était grande, mais si Tasha l'apprenait ? Et Joseph ? Pouvait-il encore compter sur son soutien ?

— Vous choisissez mal votre jour, madame Pignot.

— Comme si j'avais eu l'intention délibérée de faire la causette à une refroidie !

— Elle n'est peut-être que blessée.

— Ça m'étonnerait, elle ne bronche plus.

— D'accord, d'accord, je crois que…

Euphrosine lui sauta au cou. Il bondit en arrière, culbutant une pile d'estampes grivoises.

— Je ne vous ai rien promis.

— Ah, je savais que vous m'aideriez !

Dans la boutique, Joseph discutait ferme avec plusieurs clients qui, *L'Aurore* à la main, s'enquéraient de l'opinion des propriétaires de la librairie Elzévir.

— Joseph, il y a une fuite de gaz chez votre mère, je vais l'aider à régler ce problème, je serai là dans l'après-midi.

— L'immeuble va exploser, j'y vais.

— Mais non, mon minet, c'est une toute petite fuite, et m'sieu Legris est efficace.

— Ah ! il restera gravé dans ma mémoire, ce 13 janvier !

— Un 13 ! Ça risque de lui occasionner des malheurs, à ce Zola, mâchonna M. Mendole, ex-professeur au Collège de France.

— Moi, je considère que ce chiffre est un porte-bonheur, et vous, monsieur Legris ? murmura Mathilde de Flavignol.

Mais Victor s'était volatilisé. Il courait en direction de la Seine, Euphrosine à ses trousses, sans se soucier de ses jupes relevées sur ses bas de coton.

— Où qu'tu fonces à cette allure, ma vieille ? Tu veux battre le chemin d'fer New York-Philadelphie, deux cent soixante-quatorze kilomètres à l'heure ? ironisa Mme Ballu, la concierge du 18 *bis*, appuyée à son balai.

Elle regarda son amie tanguer à la suite du libraire, faillit crier « Alphonse ! » et se rappela que son cousin venait de déménager.

— Quel soulagement, y a pas mieux que de vivre seule ! Hourra, plus de caleçons à laver ni de chaussettes à ravauder !

— Ma chérie, emplis-toi de cette vue incomparable !

Tasha s'était décidée à s'éloigner de la rue Fontaine avec le bébé dont c'était la première vadrouille à Montmartre. Empaquetée dans une couverture au crochet, Alice ne s'interrompait de sucer son pouce que pour gazouiller.

Sans prêter attention à l'énorme pièce montée du Sacré-Cœur cernée d'échafaudages, Tasha avait escaladé les escaliers afin d'admirer l'immensité de la ville. En avait-elle rêvé, de ce pays d'asile, quand elle était enfant et que Djina, sa mère, lui lisait des contes de Perrault ou des lettres de Mme de Sévigné !

Que d'immeubles, que de fenêtres, que de toits abritait cette fourmilière d'humains agités d'espoirs et d'interrogations sous une chape de nuages où ils traquaient la moindre trouée bleue ! Les usines et les magasins disputaient l'espace aux monuments et aux collèges, les chevaux peinaient autant sur le macadam des avenues huppées que sur la terre battue des quartiers miséreux. La Seine plissée de rides charriait les chalands vers les ports, la Marne dressait ses guinguettes pour le plaisir des ouvriers et des employés. Et elle, Tasha Kherson, régnait sur ce gigantesque tableau, un jour sa fille en serait la princesse !

Un gamin maigrichon les dépassa en s'époumonant :

— Demandez, lisez *L'Aurore* ! Émile Zola s'insurge contre l'injustice ! Un nouvel épisode dans l'affaire Dreyfus !

Raoul Pérot demeurait en contemplation devant ses pieds. Ils étaient beaucoup trop grands par rapport à sa taille, c'était peut-être le motif de son célibat prolongé, les femmes fuyaient un homme nanti de si vastes paturons, indice non de virilité mais de déséquilibre, voire d'agressivité. Il se considérait pourtant comme la crème des compagnons et ne glanait de consolation que dans la poésie en vers libres, sa passion. Il caressa Camille et la déposa sur un coussin.

Il se sentait désarçonné par la tournure qu'adoptait sa vie. Ne plus dépendre de la police était à la fois une délivrance et une source d'appréhension. La veille, quand il avait transvasé dans ses boîtes le contenu de sa bibliothèque, quelle n'avait pas été sa contrariété de constater que seules trois d'entre elles étaient emplies !

— Faut compter trois cent cinquante bouquins par caisse, lui avait dit son collègue. Mais n'vous bilez pas, d'ici quelques semaines, une brocante par-ci, un achat par-là, vous aurez de quoi. Ensuite, s'agira de dérouiller[1], en réalisant au moins la culbute, et ça, c'est une autre histoire…

Pressé d'abandonner son galetas, sans courage pour se réchauffer un café, il s'habilla à la hâte et longea les quais jusqu'au Petit-Pont, près duquel Gédéon, le frère cadet de l'agent Chavagnac, tenait un débit de boissons entre des immeubles lépreux zébrés de loques festonnant les fenêtres. Quelques clients à deux sous le verre se crachaient à la figure les noms de Zola et de Dreyfus.

— C'est le plus sublime discours du siècle ! répétait un squelette sanglé dans une redingote gaufrée de crasse. Démosthène l'aurait écrit s'il était vivant !

1. Faire la première vente, dans l'argot des bouquinistes.

— Ouais, ben ils ont intérêt à empêcher les patriotes de fracasser sa baraque, rue de Bruxelles, parce que c'est tout ce que ce vidangeur mérite ! riposta un mendiant aux souliers crevés et au gibus défoncé.

Raoul Pérot ne s'inquiétait guère de ces vitupérations. En revanche, il insista auprès de Gédéon Chavagnac pour qu'il accepte de lui vendre une série de cartonnés illustrés par Tony Johannot qu'il avait affirmé vouloir liquider dans le but de caser davantage de tonneaux derrière le zinc.

C'est ainsi que, ses bouquins poussiéreux sous le bras, Raoul Pérot avait déboulé quai Voltaire, insoucieux de l'effervescence qui s'était emparée des rues dès la parution de *L'Aurore*. Il aperçut son ami Victor Legris qui galopait à sa rencontre, talonné par une grosse femme hors d'haleine.

— Ah ! Pérot, enfin vous voilà, on ne vous espérait plus, il faut absolument que je vous parle, c'est capital !

— Que vous arrive-t-il, monsieur Legris, vous avez mauvaise mine. Ma parole, on jurerait que je suis le Messie, permettez-moi de souffler !

Victor l'entraîna à l'écart de ses voisins, redoutant la curiosité de Lucas Le Flohic et de Séverine Beaumont. Il ordonna à Euphrosine d'aller discuter avec la tricoteuse. Elle opina à contrecœur.

— Monsieur Pérot, j'ai besoin de votre assistance, c'est urgent.

Il lui relata ce qu'Euphrosine lui avait conté.

— Vous en êtes sûr ?

— Je n'aime pas spéculer, Mme Pignot est une grande anxieuse, elle craint d'être suspectée d'homicide alors que son amie a peut-être tout simplement été victime d'un malaise.

— Si tel est le cas, il faut avertir le commissariat d'arrondissement.

— Avant de mettre la maréchaussée en branle, je préférerais que vous soyez présent sur les lieux pour constater les faits *de visu*.

— D'accord, d'accord, je vous dois bien ça.

Pérot consulta son oignon.

— Le temps de repasser chez moi, retrouvons-nous dans une heure rue Pierre-Lescot au domicile de cette dame, ça vous convient ?

— À merveille, bien que je n'éprouve aucun enthousiasme à me plonger de nouveau dans une histoire tortueuse, répondit Victor, partagé entre excitation et inquiétude.

Il alla discrètement prévenir Euphrosine.

— Je compte sur vous, madame Pignot, soyez ponctuelle. Si vous n'étiez pas de la famille… maugréa-t-il avec un brusque demi-tour.

— C'est l'heure des moineaux, décréta Séverine Beaumont. Ils ont faim l'hiver, y en a qui me picorent les miettes dans la main. Ah ! c'est drôle la nature ! Celui-là avec un plastron noir et une patte cassée, ça fait trois ans qu'il me visite ! Mais celui au collier blanc, il est craintif, je lui émiette du pain au pied du bec de gaz. C'est eux, ma marmaille !

Un indigent se baissa et fourra une poignée de mie séchée dans sa poche. La bouquiniste affecta l'indifférence.

— Lui, c'est un chasseur de cafards, il a souvent l'estomac vide, il travaille pour les bouillons Duval et ils ne lui versent que dix francs par an pour ses services, heureusement qu'y en a des masses dans Paris, des cancrelats et des bouillons !

Elle saisit Euphrosine par la manche.

— Bonjour, monsieur de La Gandara, clama-t-elle avec une révérence à un bel homme aux yeux allongés.

— Un peintre célèbre, chuchota-t-elle, il se prénomme Antonio, il a croqué Liane de Pougy et Sarah Bernhardt. Je le soupçonne d'avoir un faible envers moi.

Euphrosine s'arracha à son étreinte.

— Excusez-moi, faut que je parte, les enfants…

La peur enflait en elle à l'idée de pénétrer une seconde fois dans le logis de Philomène.

— Jésus-Marie-Joseph, pourvu que j'l'agrafe, le bouquin de mon minet, articula-t-elle en évitant Raoul Pérot, qui faisait mine d'être extasié par un exemplaire des *Contes* de La Fontaine de l'édition de 1685, avec figures de Romain de Hooge, exhibé par Lucas Le Flohic.

— Superbe, non ? Mais vous savez, il faut de tout, même des vieux rossignols à trois francs cinquante qu'on brade dix sous, les mauvais jours on vendrait des résidus de poubelle. En revanche, ne vous avisez pas de marquer cinq francs ce qui vaut cinq centimes. L'Odeur tire sa flemme. Quel soiffard ! Plus la journée s'écoule, plus son nez bourgeonne ! Et picoler n'est pas son seul défaut. Qu'une chevronnée de l'amour se pointe sur le trottoir d'en face, hop, il abandonne son étalage à ma surveillance et s'en va la lutiner une heure ou deux avant de me cuisiner sur le climat de la semaine !

Raoul Pérot mit brusquement fin à la conversation. Il cadenassa promptement les couvercles de son étalage sous le regard stupéfait de Lucas.

— Vous partez avant de commencer, monsieur Pérot ?

— Un rendez-vous urgent, je dois repasser chez moi. À demain.

— Je vais me sentir esseulé. Fulbert chine au marché aux puces de Saint-Ouen, il n'ouvrira pas.

Quant à l'Odeur, il doit téter au goulot, dans un estaminet et…

Mais Pérot avait déjà traversé.

Lucas se massa la nuque et rangea dans le coin d'un de ses casiers un bobineau de ficelle rouge acheté à Amadeus qui le pourvoyait à bon prix en fournitures de bureau.

— Tel est pris qui croyait prendre. Le spécialiste de la vénerie ne nuira plus à mes reliés, grommela-t-il en fourrageant sa barbe.

En effet, si Georges Moizan ne se gênait pas pour feuilleter les livres de ses collègues, il était déterminé à ce que nul n'en fasse autant aux siens. Il ficelait donc chacun de ses volumes d'un cordon rouge porteur d'une étiquette mentionnant le titre, l'année de parution et le prix de vente.

Quand Amadeus, de retour d'une partie de poker rue Tiquetonne, descendit la rue Pierre-Lescot, il ralentit en distinguant la silhouette familière d'un homme en faction près d'une confiserie. Il l'avait croisé à plusieurs reprises, mais où ?… Ça lui revenait, c'était un libraire, propriétaire d'une boutique située rue des Saints-Pères. Inopinément, l'image de la grosse femme pressée qui l'avait percuté le matin lui revint en mémoire. Il l'avait aperçue en train de deviser avec la concierge du 18 *bis*, un immeuble cossu, mitoyen de la librairie. Mme Ballu, c'était le nom de la concierge. Son cousin Alphonse aimait taper le carton à la crapette pendant que sa parente s'échinait à briquer les escaliers. Amadeus renifla, méfiant. Trois heures de bagatelle rue Chanoinesse en compagnie de cette donzelle d'Adeline Pitel, au tempérament volcanique, suivies de ce poker mouvementé rue Tiquetonne, avaient désorganisé son emploi du temps. Sans quoi, au lieu de courir derrière l'omnibus qui le mènerait rue des Irlandais, chez Angélique Frouin, se fût-il attardé aux abords du pavillon où logeait la Boulangère.

Un groupe de mitrons vindicatifs dévala le trottoir en chantant faux un couplet rapidement composé en réponse à l'article de *L'Aurore*.

Et c'qui eût été l'plus épatant
C'est qu'le père Zola la Mouquette
N'eût pas foutu son nez là-dedans
Pour en r'tirer un brin d'galette !

Victor serra les poings. Se rassurer. S'évader dans une pensée apaisante. Sans qu'il l'eût convoqué, Kenji lui apparut, impeccablement vêtu, sa canne à pommeau de jade à la main, offrant son bras à Djina en toilette de promenade. Kenji, satisfait d'avoir réservé une fraction de la bibliothèque de George Skewe, des reliures rares des XVIIe et XVIIIe siècles exposées 13, Wellington Street, à Londres. Où dîneraient-ils ce dernier soir ? Au *Criterion*, à Piccadilly ? Ou au *Horseshoe*, près du British Museum ? À moins qu'ils n'aient une table à l'*Adelphi*, sur le Strand ? Quelle serait leur réaction en découvrant la « une » des journaux à la gare du Nord, le lendemain ?

Il fut tiré de ces réflexions par un frôlement qui le fit sursauter.

— Ben, n'vous emballez pas, m'sieu Legris, c'n'est que moi, Euphrosine. Ah ! Je suis à l'heure, v'là m'sieu Pérot. Quelle épreuve, espérons qu'on s'en sorte sans encombre.

— Cela dépendra de votre tact, madame Pignot, répliqua aigrement Victor.

Le ciel grisonnait, les nuages ressemblaient à de gros sacs décolorés, il allait neiger.

Raoul Pérot alluma trois bougies. Il pénétra dans le pavillon, flanqué de ses deux acolytes, et repoussa doucement la porte. Semblables à des processionnaires, ils longèrent le couloir jusqu'à la cuisine, où une lampe à pétrole ajouta un surcroît de lumière à celle des flammes vacillantes.

— Enfilez ces chaussons en feutre, ainsi nous éviterons les traces, leur souffla-t-il. Madame Pignot, tirez les rideaux.

Euphrosine faillit s'étaler. Elle s'inclina, posa l'index sur une substance visqueuse, le suça.

— Câpres, claironna-elle. Attention, y a du verre ! Mon Dieu, quelle odeur !

— C'est elle ?

Précautionneusement, Raoul Pérot se courba sur le corps prostré.

— Oui, c'est elle, ma pauvre Philomène, vous voyez bien qu'elle est trépassée, m'sieu Legris. Qui a pu faire une chose pareille ? C'est monstrueux !

Victor s'aperçut que ses paumes étaient moites. Les yeux opaques de la femme tassée à ses pieds le fixaient sans le voir.

— Le corps est froid et rigide, elle est morte depuis pas mal de temps, constata Raoul Pérot.

Victor était si profondément secoué qu'il ne pouvait répondre. L'émotion le submergeait telle une vague d'eau trouble et le laissait sans souffle.

— Je déteste ça, vraiment, parvint-il à murmurer d'un ton presque absent, comme un homme qui vient de s'éveiller. Madame Pignot, je suggère que vous partiez en quête du *Traité des confitures* sur-le-champ.

— Je me mets en chasse, plus vite je filerai d'ici, mieux je me sentirai… Oh ! saperlotte, le v'là, en d'sous la table ! Merci petit Jésus !

Elle se mit à quatre pattes et ramassa le *Traité des confitures* couvert du papier marbré qu'affectionnait son amie.

— Aïe, mes reins ! gémit-elle en tendant l'ouvrage à Victor, qui l'examina et le montra à Raoul Pérot.

— Observez cette légère marque, on dirait qu'il a été attaché par un lien quelconque, c'est vous qui avez fait ça, madame Pignot ?

Il recouvrait enfin un semblant de sang-froid.

— Non, j'vous l'jure.

— Madame Pignot, ayez l'obligeance de nous laisser seuls.

— Attendez… Y a du bruit dans la chambre à coucher. Faut que je vérifie si c'est ce que je pense.

Elle revint munie d'une cage où voletaient deux perruches.

— C'est Titine et Fifi, j'vais les emporter, c'n'est pas qu'ça me ravisse, parce que question raffut, ces volatiles, c'est des champions, mais impossible d'y couper, sinon ils vont crever.

— Remettez-les en place, madame Pignot, lui intima Raoul Pérot. Nous sommes censés ne rien déplacer. Le concierge s'en chargera quand la police aura procédé à la levée du corps.

Euphrosine s'exécuta à regret. Elle s'assura que nul malandrin ne la guettait, fit quelques pas dans la cour et réapparut aussitôt.

— Une minute, j'ôte les chaussons qu'vous m'avez prêtés, c'est une vraie patinoire ! Et v'là votre bougie.

Après un bref signe d'adieu elle se fondit dans la grisaille où virevoltaient des flocons. Elle avait oublié de déposer le recueil couvert de papier marbré bleu et rouge que Philomène avait confondu avec le *Traité des confitures*.

— Ça sent l'encaustique et le caramel, le même parfum que chez ma grand-mère, l'urine de chat en moins, nota Raoul Pérot.

Ils retournèrent à la cuisine, où la lampe dessinait des cornes diaboliques sur les murs ornés de chromos du général Boulanger. Une ribambelle de bibelots engorgeait le haut d'un buffet coiffé d'une nappe brodée de fleurs. Raoul Pérot se pencha, intrigué.

— On n'a rien dérangé, dit Victor. Une tour Eiffel, un Parthénon, une pyramide en résine, une gondole de Venise, un Colisée en stuc, une cathédrale de Westminster, non, ces merveilles n'ont pas eu l'heur de séduire le criminel. Pas plus que cette série de paroissiens… Quelle collection ! Napoléon Ier, Béranger, Hugo, Thiers… Intacts.

— Elle porte des plaies contuses à la nuque. Plusieurs coups ont été assenés.

— Pérot, regardez les bouquins sur l'étagère, ils se sont effondrés sur le côté, sans doute parce qu'un des serre-livres fait défaut, ils vont par paire, or il n'y en qu'un.

Victor saisit un groupe équestre de bronze. En selle sur un cheval rigide à la patte antérieure gauche dressée, le cavalier était accoutré d'un costume d'opérette : bottes à éperons, pantalon moulant les cuisses, redingote ceinte d'une large écharpe, bicorne à plumet.

Monture et socle compris, l'objet mesurait une trentaine de centimètres. Il était très lourd.

— Les bords de la plaie sont écrasés et forment un angle droit. Empreinte caractéristique d'un instrument rectangulaire contondant. Cela se produit lorsqu'une surface réduite a subi la violence de chocs répétés, poursuivit Raoul Pérot.

— L'arme du crime ne pourrait-elle être ceci, ou plutôt son jumeau ?

— Le général la Boulange ? C'est plausible. Curieux cette manie de cumuler les effigies d'hommes historiques. Notre victime n'échappait pas à la mode, elle possédait cinq des six personnalités qui ont été les modèles les plus utilisés par nos bimbelotiers contemporains, fabricants d'encriers, de coffrets à bijoux, de tabatières, d'étuis à cigares et de statuettes.

— Quel est le sixième ?

— L'Aiglon. Oui, le sosie de ce militaire aurait été susceptible de fracasser la tête de cette malheureuse. Remettez-le en place, je vous prie. Notez que c'est pure hypothèse, car rien ne prouve que cette dame Lacarelle fût propriétaire d'un deuxième général Boulanger.

— Mais les livres se sont bel et bien écroulés. Et… tiens, qu'est-ce que c'est, là, à côté du tabouret les quatre fers en l'air ?

— Un brin de ficelle rouge. N'y touchez pas, pièce à conviction.

Il huma le chaudron de cuivre.

— Suave et piquant, dommage qu'elle n'ait pas eu le loisir de se régaler des restes ainsi qu'elle l'escomptait. Je m'interroge, je ne vois aucun pot plein. Où est le contenu du chaudron ? On n'a tout de même pas supprimé cette femme pour lui dérober ses confitures ! Que peut-il manquer d'autre dans cette cuisine ?

— Un des ouvrages de l'étagère ou un serre-livres. Le bahut regorge de papiers dont la plupart ont été arrachés à des manuscrits anciens.

— La police aura du pain sur la planche. Montons à l'étage.

Les chambres du premier auraient pu rivaliser avec la caverne d'Ali Baba. Il y régnait un incroyable fatras de bouquins, de tableaux, de boîtes bourrées de babioles.

— Restons sur le seuil. Une vie résumée par des vieilleries, constata Raoul Pérot. Notre assassin n'a fait qu'y passer, vous voyez ces traces de souliers ?... Bottes ou galoches. C'est le rez-de-chaussée qui a mobilisé ses efforts.

Victor évalua mentalement la pointure des empreintes incrustées dans la poussière. Il les compara discrètement à ses propres pieds. À peu près semblables, du quarante, quarante et un.

— Ce peut être celles de la défunte.

— Possible. Venez.

Ils parcoururent rapidement le cabinet de toilette, les lieux d'aisances et un débarras à balais. Ils s'attardèrent dans la chambre à coucher. Une des vitres de la fenêtre, ouvrant sur l'arrière-cour, avait été découpée.

— Nous savons comment le meurtrier a réussi à soulever l'espagnolette. Il faut partir avant d'être repérés par les voisins.

Pérot éteignit la lampe à pétrole.

— Ne soufflez pas votre bougie maintenant, monsieur Legris, des dépôts de cire risqueraient de fausser l'enquête.

À l'entrée, ils enlevèrent leurs chaussons de feutre. Au préalable, Victor avait subtilisé un bout de ficelle rouge, collé à sa semelle.

— Qu'allez-vous faire, monsieur Pérot ?

— Je vais signaler cet homicide au poste de police de la rue des Prouvaires. Je raconterai que j'ai remarqué un rôdeur tournicoter autour de cette maison alors que je me rendais aux Halles pour y acheter de la salade destinée à ma tortue.

— Et le *Traité des confitures* ?

— Ni vu ni connu. Je joue avec le feu, si c'est Valmy qui est chargé de l'affaire il finira tôt ou tard par découvrir que nous nous connaissons. Je redoute que cela ne me nuise, pourvu qu'on ne me retire pas ma concession de bouquiniste !

— En ce cas, soyez sans état d'âme, dites-lui que c'est moi qui vous ai prié de ne pas mentionner ma présence à vos côtés. Il ne me porte pas dans son cœur, mais il n'ira pas jusqu'à me soupçonner de meurtre. Et puis, je lui rappellerai le concours que je lui ai apporté à deux reprises.

Victor avait beau afficher une expression faraude, la perspective d'être confronté à Valmy lui donnait la chair de poule.

— Il va geler, annonça Raoul Pérot en guise d'au revoir.

Amadeus ôta ses bottes et son carrick. Angélique Frouin l'avait épuisé. Le ragoût de bas morceaux et la piquette qu'elle lui avait offerts lui pesaient sur l'estomac. Il versa une soucoupe de lait à Grippeminaud, s'enveloppa de sa robe de chambre et enfila des pantoufles. Installé au creux du canapé à oreilles, il relut le texte signé Louis Pelletier chapardé dans le recueil de Larcher.

> *... Le quai de Voltaire évoquait une galerie d'estampes et de reliures ayant appartenu à des familles nobles persécutées. Je suis sur une piste. Il me faut chercher* Le Milieu du Monde...

« Amadeus, ressaisis-toi, tu as toujours bénéficié d'un excellent jugement. On t'a comparé à Cassandre qui a prédit la ruine de Troie, on a refusé de te croire et le pire s'est produit. Aujourd'hui, qu'y a-t-il de changé dans la nature humaine ? Quelques années s'écouleront encore dans un calme relatif et brusquement le pouvoir, l'argent, l'avidité saperont tout sur leur passage, entraînant le meurtre à grande échelle, les pillages, l'exil. Si ce secret tombe entre de mauvaises mains… Voyons, concentre-toi… *Le Milieu du Monde… Le Milieu du Monde…* »

Une étincelle commençait à percer les ténèbres, une lueur aussi fugace qu'une luciole en plein vol. Une musique chanta en lui, la musique du *par cœur* dont même l'emprisonnement durant deux ans dans une geôle, sans livres, sans papier ni plume, n'avait pu effacer la richesse. Il s'était récité des poèmes de Ronsard, des extraits des *Essais* de Montaigne et d'autres prosateurs vivant en ses souvenirs… Le *par cœur* avait préservé son intégrité, l'avait relié au monde et à la liberté.

Des strophes émergèrent de sa mémoire :

Cherchez Le Milieu du Monde ;
Et tout près vous la trouverez
Sous des galeries voûtées
Jadis un homme arme portant
Veillait sur…

Il comprit qu'il tenait le fil conducteur. Il s'agissait de se montrer perspicace.

« Celui qui va hériter du texte intégral saura-t-il le déchiffrer ? À supposer qu'il y parvienne, cela ne servira qu'à lui attirer les pires ennuis, mon bon Grippeminaud. Je suis bien placé pour le savoir et, mâtin, je suis prêt à tout et à n'importe quoi pour que la source disparaisse à jamais. Deux victimes suffisent. L'isolement est insupportable, pas d'amis, pas de famille… Ah ! la famille, mon bon Grippeminaud, la plus admirable invention qui existe ici-bas. Quelle aubaine que la descendance de Louis Pelletier n'ait pas détruit les pépites patiemment réunies par l'aïeul, notamment ce texte qui me tombe du ciel ! La providence des fouineurs en quête de documents précieux est sans conteste cet assemblage d'humains qu'un hasard bénéfique ou malencontreux associe à un même arbre généalogique… La famille, Grippeminaud ! Vive la famille ! »

> « Il y avait une fois, au petit pays de Guebwiller, en Alsace, une famille Schwartz qui florissait, croissant et multipliant avec une évangélique abondance, expédiant ses couvées à Paris, en province, à l'étranger […] Aussi, je vous mets au défi de trouver en Europe une cité de deux mille âmes qui ne possède au moins un Schwartz ! »

À l'heure où Amadeus clarifiait le texte de Louis Pelletier, Victor Legris, de retour à son domicile, parcourait le début des *Habits noirs*[1].

Il était rentré chez lui sans bruit. Alice dormait sur le dos, ses deux poings sur l'oreiller brodé. Roulée en boule, Kochka blottie contre sa hanche, Tasha s'agitait en geignant. Il avait remarqué *L'Aurore* sur la table de nuit. Ainsi, elle était au courant. Il avait éprouvé un soupçon de culpabilité, une fois de plus il lui avait servi une fable pour s'éclipser.

« C'est la faute d'Euphrosine. »

Il avait contemplé ses deux amours. Quelle félicité d'être en vie et tellement comblé ! Il avait refermé la porte et gagné son labo photo. La salamandre rougeoyait, Tasha avait pensé à l'allumer.

Il s'installa dans son fauteuil râpé, près du poêle, se déchaussa, posa ses pieds sur une chaise et poursuivit sa lecture.

> « … qui ne possède au moins un Schwartz ! En 1825, il y en avait deux à Caen : un commissaire de police aussi probe qu'habile… »

Il claqua le livre, il ne pouvait se concentrer. Deux événements s'affrontaient en lui. La réaction haineuse

1. Roman de Paul Féval.

de Mme de Salignac l'avait bouleversé. Peut-être aurait-il dû modérer ses propos ? Il songea subitement à sa fille. Puisque Tasha était juive, Alice l'était également.

— Hors de question de baisser pavillon. Tant pis si la moukère fomente une cabale. Nous vivons en démocratie, je me défendrai, Kenji approuvera.

La réminiscence de son incursion chez Philomène Lacarelle prévalut sur son indignation. Une femme assassinée chez elle tandis qu'elle raclait un chaudron… Un monceau de manuscrits arrachés à des merveilles…

— Le *Traité des confitures*… Il faut qu'Euphrosine me montre l'ouvrage qu'elle a emporté par mégarde.

Il se mit à faire les cent pas.

— Une vitre brisée… Des pots de confitures volatilisés. Un serre-livres manquant. Un fragment de ficelle rouge.

Il se figea.

— De la ficelle ! Quelqu'un m'a parlé de ficelle et de meurtre récemment… Joseph !

Joseph, avec sa manie de collecter les faits divers macabres.

« Un libraire en chambre… saucissonné… lardé de coups de couteau. Vous le connaissiez ? »

Ces éléments disparates, similaires à un rébus, évoquaient les préliminaires de ses enquêtes passées.

Le vacarme d'une poubelle renversée le ramena rudement à la réalité.

— Foutaises !

Dans une demi-somnolence, il eut la vision de Séverine Beaumont. Elle tricotait une écharpe bleue où apparaissait un motif. Nul doute que ce fût une ancre marine. Elle était debout près de son siège de toile. La soixantaine au maximum, un fil de fer à long manteau chocolat, bottines de couleur foncée, visage buriné, émacié, ridules au coin des yeux clairs, un sourire enfantin, des cheveux gris flottaient hors du chapeau garni de dentelles jaunies. Voilà ce qui serait difficile à rendre dans les portraits qu'il comptait exécuter sur les quais : l'expression. Philomène Lacarelle étendue sans vie sur le carrelage d'une cuisine l'arracha à sa rêverie.

La tâche était beaucoup plus ardue qu'elle n'avait semblé. Séparer une tête d'un tronc raidi par la mort n'avait rien d'une sinécure, surtout si l'outil n'était pas approprié, encore une chance d'avoir réussi à se le procurer !

Les souliers se haussèrent sur les pointes, mus par un effort conjoint.

C'en était terminé. Ne restait qu'à livrer les deux morceaux. Trois jours que la partie était remise, faute d'opportunité, trois jours que le corps macérait dans la confiture. Pourvu que la veine perdure et que le voyage nocturne ne soit pas interrompu.

L'aube se levait. Des mouchetures sanguinolentes constellaient le sol. Nettoyer. Emballer les colis. Sortir sans bruit. Cadenasser la porte.

Seule une souris grignotant une croûte de gruyère cour du Dragon remarqua une paire de souliers bruns martelant les pavés derrière un objet roulant non identifié.

CHAPITRE VIII

Vendredi 14 janvier

Que Victor eût oublié était déjà regrettable. Que sa chère Iris, obnubilée par leurs deux enfants, se fût conduite de façon analogue, il se résignait à l'admettre. Le bébé Arthur avait émergé d'une nuit agitée et l'inquiétude au sujet d'un accès de fièvre l'emportait chez lui sur la déception liée à l'indifférence des siens. Mais que sa propre mère fût amnésique était inacceptable ! Et que dire de son parrain, l'alter ego de son père ? La majorité des souvenirs d'enfance de Joseph se rattachaient à cet érudit qui lui avait enseigné l'amour des livres, leur date de publication, le chiffre de leur tirage, le nombre des éditions sur *grand papier* et le nom des imprimeurs. Les verres opaques et le ventre rebondi de Fulbert symbolisaient sécurité et fiabilité. Quand Euphrosine avait perdu son mari, qui avait organisé les funérailles, payé l'enterrement de troisième classe, convié les voisins du quai Voltaire à une collation ? Fulbert, toujours Fulbert. Joseph le soupçonnait d'avoir même honoré Euphrosine d'une cour discrète et supporté sans rancœur d'être repoussé.

« Regardez-le ! Il m'ignore complètement ! Il n'en a que pour ce Pérot ! N'en déplaise à Victor, ce luron n'a nul besoin de nous ! Ses boîtes sont à moitié vides et ce ne sont pas ces deux cartons de revues cédées par la librairie Elzévir qui les rassasieront ! Mais qu'est-ce qu'ils complotent, ces deux cossards, *pia pia pia* ! »

Victor avait entraîné Raoul Pérot à l'écart.

— J'ai hésité à vous contacter ce matin, je savais que vous étiez occupé.

— Vous pouvez le dire, si ce n'était notre amitié…

— Je suis vraiment désolé. Comment s'est déroulée votre déposition ?

— On m'a harcelé de questions. Heureusement que j'ai fait partie de la boîte ! Les flics ont passé au peigne fin le domicile de la victime, ils vont soumettre un rapport à la Préfecture. Ils ont conclu à un cambriolage qui a mal tourné, mais ça les tarabuste que je sois entré dans la maison d'une femme assassinée. J'ai eu beau m'en tenir à ma version, et soutenir que le comportement louche d'un vagabond m'avait alerté, ils sont dubitatifs. L'achat de salade destinée à ma tortue les a rendus hilares.

— Je suis à votre disposition en cas de complications. Venez, Joseph nous espionne.

Lucas Le Flohic comptabilisait les nimbus en expliquant à l'Odeur que son manque de courage lui avait fait rater la veille une rencontre de choix.

— Cécile Sorel en chair et en os, puisque je vous le jure ! Manteau d'hermine et toque blanche, un honneur !

— Cécile Sorbet ? Et puis quoi ? C'est votre faute, vous m'avez raconté que s'il pleut à partir de huit heures en hiver ça durera jusqu'au soir, j'ai suivi vos prédictions, je suis resté au pageot. Sauf que ça s'est arrêté à midi, mais à midi, moi, j'avais d'autres chats à fouetter.

— Vous faisiez vos ablutions ? s'enquit ingénument Séverine Beaumont.

— Madame, vous êtes d'une impudeur ! Évoquer publiquement l'intimité d'un homme !

— Ce que vous pouvez être bégueule ! Oh ! moi, votre intimité, je ne m'en soucie guère, j'ai vu assez d'horreurs pendant le siège de Paris !... Non merci, monsieur, ces fascicules ne m'intéressent pas, je vous en alloue deux francs, et encore, pour être gentille.

— Si c'est comme ça, je préfère les balancer à la Seine ! répondit, furieux, un bourgeois encombré de deux énormes sacs.

— Passez muscade ! rétorqua la tricoteuse.

— Moi, un muscadin ! Pourquoi pas un incroyable ! protesta l'Odeur.

— Décrassez-vous les oreilles et vous entendrez mieux ! Ah ! ils m'embêtent tous, à la fin, je vais imiter les berniques sur mon pliant, grommela Séverine Beaumont en tournant le dos à l'Odeur.

— C'est la vérité vraie, monsieur Legris, l'*Histoire de l'État et République des druides*, de Noël Taillepied, publié en 1585. L'exemplaire laisse à désirer, mais il porte l'ex-libris d'Honoré d'Urfé ! Ça doit valoir une somme rondelette ! Penser qu'on me l'a proposé hier, alors que le quai avait l'aspect de la toundra !

Fulbert Bottier piétinait d'excitation devant ses boîtes fermées.

— Si le Tyrolien avait été là, il te les aurait soufflés, tes druides, marmonna Lucas Le Flohic.

— Le Tyrolien ? demanda Victor.

— Georges Moizan, on l'appelle ainsi à cause de son chapeau à plumes.

— Tous aux abris ! brailla la tricoteuse.

Un petit fonctionnaire à redingote élimée retournait l'étalage de Lucas Le Flohic, trop lent à réagir. Plus preste qu'une tornade, il manipulait les livres avec la dextérité d'un jongleur, mais les rejetait sans ménagement avec la désinvolture d'un chiffonnier. En un quart de tour, les couvercles furent posés par-dessus les boîtes de l'Odeur, de Séverine Beaumont, de Raoul Pérot et ne se soulevèrent que lorsque le bonhomme eut disparu à l'intérieur de la Caisse des dépôts et consignations, par-delà le pont Royal.

— Déridez-vous, Joseph, le croquemitaine ne reviendra plus aujourd'hui, chuchota Victor.

— Le combien sommes-nous ?

— Le 14 janvier.

— C'est mon anniversaire et personne ne me l'a souhaité ! Voilà ! s'exclama Joseph d'un ton tragique. Et en plus, j'ai toujours mal au doigt !

— Mince ! J'ai oublié ! Je suis désolé.

— Je compte pour du beurre dans cette famille !

— Je vous donne ma parole que nous comblerons cette fâcheuse lacune.

— Ouais, ben c'est trop tard. Les pétards mouillés, très peu pour moi !

Raoul Pérot, qui, de toute évidence, retenait un fou rire, décocha un clin d'œil malicieux à Fulbert Bottier.

« Pour couronner le tout, ils se paient ma fiole ! Je leur volerai dans les plumes s'ils continuent ! » rumina Joseph, les poings crispés, une boule dans la gorge.

Il ignora sciemment la survenue de l'élagueur et s'accouda au parapet, décidé à bouder le plus longtemps possible.

— En route pour la future gare d'Orsay ? lança Lucas Le Flohic.

— Non, j'en ai fini, je me rends avenue de Friedland, opération élagage des platanes, répondit Gaétan Larue.

— Il ne faut pas être sujet au vertige, souligna Victor.

— C'est de la haute voltige, l'art des trapézistes, l'entraînement et l'attirail sont les deux atouts essentiels. J'ai une ceinture munie d'anneaux où sont fixés des cordages, grâce à ça je grimpe aux arbres mieux qu'un singe, et puis après… vive la serpe !

— Si vous cherchez Mme Frouin, elle a du retard, l'avertit Séverine Beaumont, perplexe. Elle est peut-être allée voir ses amies qui travaillent place du Caire. Mais c'est bien par là que vous créchez ?

L'élagueur rougit et rajusta sa casquette.

— Exact. Nous nous y sommes rencontrés, parce qu'elle devisait avec ses copines matelassières en bas de ma maison.

— Inutile d'entrer dans les détails, m'sieu Larue, je ne suis pas indiscrète, moi, contrairement à ce qu'affirment ceux qui croient leur intimité menacée, repartit la tricoteuse avec un regard oblique vers l'Odeur.

Gaétan Larue aida Victor à trier le second carton empli de revues, marcha sur un de ses lacets dénoués et tangua dangereusement. Victor le cueillit de justesse avant qu'il ne tombe.

— Nom d'une pipe, ils se défont dix fois par jour !

— Avec le métier que vous exercez, vous devriez être plus prudent, conseilla Séverine Beaumont.

— N'vous inquiétez pas. Quand je pose le pied dans mes cordages, je suis aussi stable qu'un cavalier dans ses étriers. Du reste, pour escalader les troncs ou étêter les branches, j'enfile des bottes.

— Votre uniforme évoque celui des facteurs. Je vous confie donc ce pli, à remettre au jeune homme sinistre affalé là-bas. Vous lui direz…

Victor glissa quelques mots à l'élagueur. Docile, Gaétan Larue s'exécuta.

— Monsieur Pignot, cette missive a été expédiée à votre intention à la librairie et votre associé, qui l'avait enfouie dans une de ses poches où elle était prisonnière d'un mouchoir qu'il vient d'en extraire, me prie de vous la délivrer.

— Il a un pois chiche en guise de cervelle ! répliqua Joseph.

Il déchira l'enveloppe et lut :

Cher Monsieur Pignot,

Un groupe de fervents lecteurs vous convie à une collation gastronomique le 14 janvier à 20 heures chez Léonard Lippmann, 151, boulevard Saint-Germain, en l'honneur de votre anniversaire.

Nous comptons absolument sur votre présence.

Avec toute notre admiration pour votre immense talent de feuilletoniste.

L'Académie du Fantastique.

— Quand avez-vous reçu ceci ? aboya-t-il.

Victor, l'air vague, feignait de rassembler ses souvenirs.

— Hier matin, je crois, au courrier, avant d'aller chez votre mère à cause du gaz.

— L'Académie du Fantastique ! Comment ces gugusses savent-ils que c'est mon anniversaire ? Si c'est une blague…

— Ils se sont renseignés. Le patron de l'établissement s'empressera de vous le confirmer.

— Mais je ne peux pas ! Iris, les enfants, ma mère… Et puis, qui c'est, ce Léonard Lippmann ?

— Le propriétaire de la *Brasserie des bords du Rhin*, à deux pas de la rue de Rennes. Voyons, êtes-vous un homme libre, oui ou non ? Je suis certain que nul ne vous reprochera cette récréation.

Les bouquinistes et l'élagueur tinrent à serrer la main de l'heureux élu.

— Mazette, une académie, un de ces quatre, c'est la grande, la Française, qui vous glorifiera ! Bon anniversaire, monsieur Pignot ! piailla Séverine Beaumont.

— Nos vœux les plus sincères ! reprit l'assistance en chœur.

Fulbert Bottier lui secoua la dextre à lui en décrocher le bras.

— Mon cher Joseph, je n'osais pas te vieillir d'un an, je guettais le moment propice ! Ah, la vie, ça fond aussi vite qu'un sorbet ! Quand tu es né, ton père se rengorgeait, il était si fier ! C'est lui qui a insisté pour que je sois ton parrain, enfin, un parrain de pacotille parce que moi, je n'ai jamais été baptisé, c'était juste histoire de gober une pinte de bistouille ensemble et de partager sa joie. J'en suis tellement remué que je vais installer mon étalage.

— Et moi, je fonce à la librairie, dont mon beau-frère se soucie comme d'une guigne.

Joseph agita la lettre au nez de Victor et traversa.

— Je vais boire un jus à *La Frégate*, claironna Séverine Beaumont. Monsieur Le Flohic, soyez assez aimable pour surveiller mes boîtes.

Fulbert inspira à fond et souleva le couvercle de sa première boîte. Depuis plus d'un an, ses articulations devenaient raides, une douleur sourde lui tenaillait le dos, signes que la décrépitude s'emparait sournoisement de lui. Il soupira, cela aussi était un signe, ces soupirs de plus en plus nombreux. Il interrompit le dépoussiérage de ses livres et se massa les reins, attentif aux flâneurs. Angélique Frouin se dandinait devant les étalages de ses collègues, aux prises avec le châssis à roulettes porteur de son métier à carder et les ficelles rouges de trois gros ballons jaunes gonflés à l'hélium sur lesquels *Dufayel* se détachait en lettres rouges.

— Vous vous êtes reconvertie dans les réclames d'ameublement ? s'informa-t-il.

— Excusez-moi de ne pas vous prêter main forte, m'sieu Fulbert, mais si je lâche, ça va s'envoler, et c'est pour mes gosses, ils vont jubiler, figurez-vous qu'une de mes connaissances m'en a fait cadeau... Oh ! vous êtes là, m'sieu Larue, on dirait que vous m'évitez, moi qui vous cavale au train pour vous avancer les sous de la vitre que vous comptez me réparer. Vous ne m'avez même pas dit combien ça coûtait !

Cramoisi, Gaétan Larue essayait de se fondre dans un renfoncement du quai. Les femmes l'attiraient et l'effrayaient sans qu'il comprît pourquoi. Angélique Frouin éveillait en lui des sentiments plus que tendres, il n'était pas insensible à ses formes étoffées et à ses prévenances. Cependant, dès qu'elle s'approchait à moins d'un mètre, il ressentait une peur panique et, le plus souvent, finissait par se sauver.

— Vous ne me devrez rien, grogna-t-il. C'est naturel de rendre service à une amie. Bon, sur ce, je vous salue, le devoir m'appelle.

— En voilà des façons, une amie, moi j'aimerais bien que ça n'en reste pas là, mais parfois j'ai l'impression d'être un épouvantail, dès que je me pointe, il se carapate ! Un jour, c'est oui, un jour, c'est non, ce n'est pas un soupirant, c'est une douche écossaise !

— Il est timide, ne vous offusquez pas, quand il en aura l'audace, il se déclarera, dit Fulbert Bottier.

— Ouais, ben il ferait mieux de se dépêcher avant que j'aie de la moustache et les dents gâtées ! Je descends sur la berge, si jamais il revient, dites-lui de me rejoindre.

Fulbert Bottier se gratta l'occiput. Il avait été marié seize ans à un dictateur en jupon qui lui délestait son portefeuille en douce et lui interdisait de trinquer avec ses copains. À la place de l'élagueur, il eût pris ses jambes à son cou.

Victor achevait de disposer les revues dans l'étalage de Raoul Pérot.

— J'espère que votre beau-frère ne va pas fouiner à la brasserie pendant la pause du déjeuner, cela saboterait la surprise, remarqua celui-ci.

— Aucun danger que les serveurs ne nous trahissent, je les ai gratifiés d'un pourboire royal.

À cet instant, un cri les figea. Fulbert Bottier, pétrifié, contemplait sa quatrième boîte. Il avait été stupéfait de constater l'absence de cadenas, c'était la première fois qu'on forçait son étalage. Il avait actionné le couvercle, redoutant le pire. Le spectacle qui s'offrit à lui dépassa ses craintes. Non seulement tous les livres avaient disparu, mais ils étaient remplacés par le cadavre recroquevillé sur lui-même d'un homme décapité.

Fulbert recula, si bouleversé qu'il pouvait à peine parler. Il finit par articuler :

— Là... Là... Un... Au secours !

Les voisins accoururent. Lucas Le Flohic émit un gargouillement, l'Odeur plaqua une main devant sa bouche. Raoul Pérot déglutit péniblement. Hypnotisé par la plaie rougeâtre qui trouait la poitrine nue du cadavre sans tête, Victor plongea dans la vision fugitive d'un lac pourpre où il se débattait. Il lui fallut un bon moment pour prendre conscience de ce qu'il voyait, ses tempes palpitaient, sa raison enregistrait, transmettait à son cerveau, lui se refusait à comprendre.

Lucas Le Flohic, tétanisé, entendait une voix intérieure répéter comme une mélopée : « Ô mon Dieu, ô mon Dieu, ô mon Dieu… »

Raoul Pérot rompit le silence.

— C'est curieux, on lui a retiré ses chaussures, il n'est vêtu que d'un caleçon, ce meurtre doit dater d'au moins deux jours, parce qu'il à l'air d'avoir perdu tout son sang. Il sent drôle, vous ne trouvez pas ?

C'en était trop pour l'Odeur, qui, secoué de spasmes, se vida de son repas.

— Qu'est-ce qu'il fout là ? Dans *ma* boîte ? Et on m'a piqué mes bouquins, par-dessus le marché ! J'avais les œuvres complètes de Bossuet, des cartonnages rouge et bleu à dorures pour les enfants, des psautiers et des bréviaires pour les dévotes, des classiques grecs, latins, allemands et même des Georges Ohnet, chacun y dénichait son plaisir… Pourquoi, mais pourquoi ?

— Vous avez une idée de l'identité de ce… de cette personne ? hasarda Victor.

— Non, à première vue, et dans cet état, non ! S'il avait encore sa tête… Ma boîte est foutue, vous avez beau dire, il y a du raisiné, des saletés, c'est immonde, ça cocotte ! Trente ans de quai et c'est moi qui écope de ce cadeau !

— Le mieux, c'est de s'abstenir de toucher au corps, conseilla Raoul Pérot.

— Faudrait me payer !

— Refermez et restez dans les parages, au café par exemple, tous, parce que la police voudra vous interroger.

— Moi aussi ? chuchota Victor.

— Non, vous, vous décanillez, il serait préférable que vous demeuriez hors du coup le plus longtemps possible, je vais prévenir les bouquinistes, mais préparez-vous à ce que l'un d'eux mentionne votre présence un de ces quatre… Pour l'heure, motus, parce que si Valmy rapplique, il sera furieux, et la fête de ce soir serait gâchée ; je vais seriner ça au parrain de Joseph. À partir de demain, je ne réponds de rien, dit Raoul Pérot, vivement contrarié. Fulbert, soyez assez aimable pour clore mon étalage, je file à la Préfecture. C'est une malédiction, mon ancien boulot me colle à la peau, grommela l'ex-commissaire en se dirigeant vers le quai des Orfèvres.

Après une matinée solitaire dans la librairie Elzévir, Joseph avait décidé de déjeuner rue de Seine. Arthur se portait à merveille, il rampait sur un tapis, bavait en suçant son lapin en peluche, Daphné trottinait après un ballon, Iris, moulée dans un peignoir vieux rose, sauta au cou de son mari et le coiffa d'un melon neuf, assorti d'un « Joyeux anniversaire ! » qui l'emplit de remords.

— Tu t'es souvenue…

— Bien sûr ! Mais au réveil j'étais alarmée par la santé d'Arthur, et puis ta mère m'a suppliée de patienter jusqu'à ce soir parce qu'elle est sortie t'acheter un présent. Je ne pensais pas te voir à midi, je n'ai pu résister.

— Mon amour, si tu savais ce que ça m'émeut !

Il s'admira dans la glace, se trouva beau.

— Ma puce, ça t'ennuie si je sors ? Je rentrerai vers dix heures du soir. J'ai rendez-vous avec un copain d'enfance.

— Je le connais ?

— Non, il s'appelle Marcel Bichonnier il gère une fabrique de confettis, rue de Chaligny, entre l'hôpital

Saint-Antoine et la caserne de Reuilly. On a vendu des journaux ensemble quand on était gamins. Où est mon costume ?

— Tu vas te pomponner pour aller dans un atelier de confettis ?

— Euh, c'est que… Je veux l'impressionner, il me prend pour un écrivain réputé et… Si ça te tracasse, je peux décommander.

— Sherlock Pignot, je suis très mécontente, on dirait que tu doutes de ma compréhension, répondit-elle en dissimulant un sourire. Tu retournes à la librairie ? Fais attention de ne pas te salir quand tu te seras habillé.

Ils chipotèrent. Le ragoût de carottes et le cabillaud sauce blanche mijotés par Euphrosine ne ravissaient pas leurs papilles. Puis Joseph dévala l'escalier, fier de son couvre-chef.

L'heure de la sieste avait sonné pour la progéniture d'Iris, au grand dam de Daphné. D'un ton indigné, elle s'exprimait comme une adulte miniature, mais ne parvenait pas à prononcer les *r*.

— J'ai pas sommeil, c'est injuste, papa va *puni* des bandits et moi je suis obligée de me coucher, je le *diwai* à mémé Phosine et à tonton Toto !

Deux minutes plus tard, elle dormait aussi profondément que son frère. Leur mère s'assit à la table de la salle à manger, rongea un crayon avant de noter dans un carnet le début d'un nouveau conte :

Le jour où les statues…

Le jour où les statues se résolurent à quitter leur socle, Paris grelottait sous le froid d'un hiver précoce. Sans qu'elles se fussent concertées, elles s'étirèrent et se frottèrent les paupières. Ce qu'elles virent n'était guère rassurant. Des taches sombres dansaient devant elles, per-

cées de trouées inexplicables où s'engouffrait la peur de l'inconnu...

Joseph remontait à larges enjambées le boulevard Saint-Germain, préoccupé. Qu'avait donc Victor ? Il était arrivé à midi, pâle et muet. L'apparition d'un client souhaitant acquérir un *Don Quichotte* orné de gravures de Coypel et un Molière illustré par Boucher lui avait permis de se retrancher derrière son métier de libraire, et d'éviter de dialoguer. Se reprochait-il son indifférence à l'égard de son beau-frère ou était-il taraudé par l'altercation avec Mme de Salignac ?

« Il n'a pas réagi quand je lui ai annoncé que je prenais mon après-midi... Il aurait pu me complimenter de mon élégance ! Oh, je m'en fiche ! »

L'excitation d'être l'invité d'honneur des membres de l'Académie du Fantastique chassa son amertume. Le garçon de la *Brasserie des bords du Rhin* lui avait confirmé qu'une table avait été retenue le soir par ces messieurs-dames.

« Ils apprécient mes feuilletons, c'est bath ! Oui, mais comment je vais utiliser mon temps d'ici huit heures du soir ? Et si j'allais vraiment chez Bichonnier, ça fait une paye qu'on ne s'est vus... Oui, bonne idée, je ne me sentirai pas fautif d'avoir menti à Iris. »

S'orienter. Se créer des repères. La topographie de la ville avait tellement changé ! Le cadran bleu de la fontaine de la Samaritaine s'était envolé. Évaporé dans un monde parallèle, le *Biribi des vertus*, un tripot où l'on jouait aux dés, aux cartes, où l'on s'abreuvait d'un mauvais alcool en braillant les vers de *Dom Juan* : *C'est la passion des honnêtes gens, et qui vit sans tabac n'est pas digne de vivre*[1]... Seul le fleuve lui était familier, un ami que l'on a plaisir à retrouver.

Amadeus abordait le socle de la statue d'Henri IV lorsque, parmi un tourbillon de particules dorées, il lui sembla distinguer un alignement de livres sur les parapets du Pont-Neuf. Une rengaine lui trotta par la tête :

Sujet à la pluie, à la grêle,
Suivant les caprices du vent,
J'expose aux yeux de tout-venant
Le beau métier dont je me mêle,
Je vends des livres tous les jours,
D'histoire, de fables, d'amour,
Sur le pont où je m'arrête[1].

Le ferraillement d'un omnibus à triple attelage fit exploser le mirage.

Amadeus traversa face à la rue Dauphine, longea l'Institut, l'École des beaux-arts et bifurqua rue des Saints-Pères. Il aimait l'atmosphère presque campagnarde de cette artère bordée de façades patinées par les ans. Il aperçut l'enseigne de loin : *Elzévir*.

LIBRAIRIE ELZÉVIR
Fondée en 1835
LEGRIS MORI PIGNOT ASSOCIÉS
Ouvrages anciens et modernes

Main en visière, Amadeus examina la boutique. Il identifia l'homme croisé la veille rue Pierre-Lescot. Il tirait nerveusement sur une cigarette, le regard perdu sur un buste de Molière posé au centre d'une cheminée de marbre noir.

Amadeus poussa la porte et repéra les lieux.

1. Dit par Sganarelle dans le *Dom Juan* de Molière.
2. Complainte d'un bouquiniste du Pont-Neuf qui figure dans un ballet représenté en 1650.

Au tintement du carillon, Victor sursauta en brassant l'air comme un écolier pris en faute. Il connaissait vaguement ce client pour l'avoir remarqué sur les quais, un original, harnaché d'un costume composite, qui semblait surgir d'un temps incertain.

— Bonjour monsieur, vous cherchez un auteur particulier ?

— Pourrais-je admirer les raretés que vous celez dans le saint des saints ? demanda-t-il en désignant la pièce adjacente tapissée de livres.

— Je vous en prie.

Amadeus tomba en arrêt devant une armoire vitrée fermée à clé. Il se pencha. À l'intérieur trois lutrins arboraient des merveilles. Amadeus déchiffra les titres à mi-voix :

— Fontenelle, *Entretiens sur la pluralité des mondes*. À Paris, chez la veuve Regnard, 1769.

« Helvétius, Claude Adrien, *De l'esprit*. À Paris, chez Durand, 1758.

« Swift, Jonathan, *Le Conte du tonneau*. À La Haye, chez Henri Scheurleer, 1732.

Soudain, il s'immobilisa. Une silhouette replète venait de se refléter dans la vitre de l'armoire. Il se glissa subrepticement vers un angle mort pour ne pas être vu. C'était la femme de la rue Pierre-Lescot, l'amie de la concierge du 18 *bis*. Ses soupçons étaient fondés : elle et le libraire avaient partie liée.

Les jambes douloureuses, Euphrosine s'était traînée aux Grands Magasins du Louvre où elle avait choisi la cravate de chez Charvet et la brosse à habits en soie de Kent qu'elle destinait à son fils. Ces emplettes avaient largement ébréché ses économies, mais la félicité de son minet était essentielle à sa propre sérénité. L'argent n'avait d'intérêt que si on le dépensait. Elle n'avait pas revu Victor depuis la veille et s'interrogeait sur ce que Raoul Pérot et lui avaient conclu de leur visite à Philomène. Incapable de résister, elle s'était faufilée dans la librairie. Joseph était absent, une chance, mais au moment de poser sa question, le courage lui manqua et elle ne put que murmurer un bonjour étouffé.

— Non, madame Pignot, aujourd'hui on oublie les drames, on est heureux, c'est l'anniversaire de votre fils, il faut aller vous bichonner, lui intima Victor en l'entraînant vers la sortie. Oh ! pendant que je vous tiens, je vous serais reconnaissant de m'apporter discrètement, ce soir, le recueil que Mme Lacarelle avait confondu avec le *Traité des confitures*. Je ne crois pas que vous l'ayez déposé chez elle hier au soir.

— Aujourd'hui, on oublie les calamités, monsieur Legris, c'est bien vous qui l'conseillez, non ? rétorqua-t-elle d'un ton rogue en claquant la porte le plus violemment possible.

Amadeus sourit.

« En plein dans le mille, ils se connaissent ! »

Il expira à fond et réintégra la boutique.

— Êtes-vous monsieur Legris ? On m'a vanté votre érudition. Je désire l'Helvétius en vitrine.

— Il est assez onéreux.

— Je n'en doute point. C'est un livre fort précieux qui a provoqué un véritable scandale lors de sa parution et que la Sorbonne censura : « Nous avons choisi le livre de l'Esprit comme réunissant toutes les sortes de poisons qui se trouvent répandus dans différents livres modernes. »

— Vous êtes très cultivé, cependant... Le montant...

— Tranquillisez-vous j'ai les moyens. Sachez, monsieur, que je sais établir la distinction entre le besoin et l'envie, si je ne peux satisfaire mes convoitises, je m'en passe. Je suis aussi preneur des écrits d'Étienne Dolet, les originaux, ils datent du XVIe siècle. Ce qui est antérieur m'intéresse également.

— Hélas, monsieur, je n'ai jamais eu les Dolet en main. Nous négocions rarement des ouvrages si anciens. Peut-être découvrirez-vous votre bonheur à la Bibliothèque nationale ? suggéra Victor en cherchant vainement un cendrier.

— Probablement. Combien vous dois-je ?

Victor se résigna à escamoter son mégot sous le comptoir et compta les billets.

Tandis qu'il empaquetait l'ouvrage, il se crut obligé de meubler le silence.

— Vous êtes vêtu avec raffinement. Votre costume est de quelle époque ?

— D'une époque mouvementée ! répondit Amadeus.

— De quelle période parlez-vous ?

— D'autrefois.

— Quand, autrefois ?

— Oh ! hier, avant-hier, maintenant, où situer la démarcation ? Les apparences sont trompeuses.

— Qu'entendez-vous par « apparences » ? demanda Victor, décontenancé.

— Les modes sont des leurres. Le progrès et la cohorte de complications techniques qu'il produit n'ont pas bouleversé d'un iota les mentalités, les idées reçues et la versatilité de la majorité de l'espèce humaine. Chaque nouvelle génération s'imagine détenir le savoir du monde, avant elle, rien n'a existé. Voyez-vous, monsieur, si nous voulons échapper à l'anxiété et à l'ennui du quotidien, nous devons éviter de nous vautrer dans le passé et de nous projeter sans cesse dans le futur. Jouissez des minutes qui s'écoulent, alors seulement vous plongerez au cœur du mystère.

— Mais…

Amadeus porta deux doigts à son tricorne et tourna les talons.

— Encore un détraqué, grommela Victor.

La tension nerveuse cédait à une profonde lassitude, il se sentait fébrile, nauséeux. Le sol se dérobait sous ses jambes. Il considéra les billets serrés dans son poing, se soutint au comptoir. Le timbre du tiroir-caisse explosa sous son crâne. Il crispa les mâchoires, le corps à la tête tranchée s'acharnait à le hanter.

Dès qu'elle eut franchi le seuil de son logement, rue Visconti, Euphrosine s'enferma à double tour et appuya sur la poignée afin de s'assurer qu'elle résisterait à une brusque poussée.

« Mourir comme ça, dans les confitures ! On n'est même plus en sécurité chez soi ! Qu'au moins le dîner de fête soit correct, ça me consolera. Je vais m'attifer. Réparer les outrages des ans, c'est une affaire délicate. »

Elle s'examina dans une glace et exhala un soupir consterné.

— C'est moi, cette vieille peau ?

Elle distingua une petite fille qui la tirait par la manche… La vision se brouilla, un visage oublié se substitua à son reflet, celui d'une Euphrosine de dix-neuf ans, dépourvue de rides et de cheveux gris, persuadée que la chance allait tourner, qu'un soupirant surgirait et l'enlèverait au pays où les rêves deviennent vrais. Gabin. Il n'était ni jeune ni beau, cet homme rondouillard rencontré sur le quai Voltaire un jour qu'elle se rendait au bateau-lavoir, son panier de linge sale au bras. Il avait soulevé sa casquette, une conversation s'était engagée. Elle avait espéré briller à ses yeux en s'extasiant sur Alexandre Dumas dont elle n'avait lu que quelques chapitres. Il l'avait complimentée sur sa robe cousue de ses propres mains.

— La jeunesse s'est flétrie, mon pauvre Gabin ! Pourquoi a-t-il fallu que tu meures si vite ? Tu nous as fichus dans la mouise.

Le reflet où elle avait cru voir sa silhouette et celle de son prince marchand s'effaça. Elle devait surmonter son angoisse, ce soir on arroserait l'anniversaire de Joseph. Elle sonda son armoire, en quête d'une toilette de circonstance. Parfumées à la naphtaline, des boîtes en carton s'empilaient : vêtements trop étroits pour son corps empâté, lettres de Gabin écrites pendant la guerre, colifichets, layette. Une vie résumée par des riens chargés d'une valeur sentimentale. Des riens ! Ce jouet cassé. Joseph avait neuf ans, ils musaient ensemble sur les Boulevards où se dressaient les baraques de Noël. Le mouflet s'était figé devant un étalage d'automates en fer-blanc, fasciné par un fort des Halles qui charriait une brouette. Six sous, elle n'en possédait que quatre.

— J'vous accorde une fleur, ma p'tite dame, parce que vous avez de belles châsses ! avait proposé le camelot avec un clin d'œil.

Elle essuya une larme et poursuivit son inventaire : un jeu de loto, un bilboquet, un ours en peluche privé d'oreilles.

— Y a que des crève-cœur ici, je trouverai des nippes à côté.

Elle entra dans la chambre de son fils, laissée telle quelle depuis son départ en 1893, lorsqu'il avait épousé Iris. Le couple s'était provisoirement installé au-dessus de la librairie, dans l'aile gauche de l'appartement naguère dévolue à Victor Legris. Chaque fois qu'elle poussait la porte de cette pièce où elle s'était contentée de ranger sa modeste garde-robe, son cœur se serrait.

Elle fouilla la penderie, s'empara d'un costume en lainage vert, cadeau de Djina à l'occasion de la naissance d'Arthur. Un châle noir et un chapeau piqué de plumes d'autruche complétaient la tenue.

« J'n'ai que mes bottines éculées. Bah ! La jupe est si longue qu'on n'les verra point, c'est égal, j'vais les astiquer quand même. Où est le cirage marron ? »

Elle passa dans la remise attenante au logement.

« Si je cassais ma pipe, là, à la seconde, ils auraient du chagrin et puis ils m'oublieraient, comme on oubliera Philomène. Je suis seule au monde, pas de compagnon, j'suis chaste et pure depuis un quart de siècle ! Je m'suis sacrifiée, j'n'ai plus de forces… Moi qui voulais transformer cet endroit en salle de jeux pour les enfants ! »

Elle contempla la photo de Gabin punaisée au mur.

— Quand je pense que tu me répétais à tout bout d'champ : « Phosine, t'es bâtie à chaux et à sable » !

L'année précédente, après que Joseph eut liquidé le hangar hérité d'une brocanteuse, elle l'avait supplié d'entreposer de nouveau chez elle ses collections de journaux stockées au sous-sol de la librairie. C'était tellement triste, ce lieu vide ! Il y avait consenti, mais il venait trop peu souvent visiter son fief.

« Faut que je planque cet ouvrage que je n'ai pas remis à la place du *Traité des confitures* chez cette infortunée Philomène… C'est sa faute ! Quelle idée de l'avoir couvert de cet affreux papier, j'suis bête, mais bête, qu'est-ce que je vais en faire ? »

Dès qu'elle eut épuisé ses litanies sur sa stupidité, elle songea que le plus commode serait de le brûler, mais elle se souvint des convictions de son Gabin :

— Un livre, c'est sacré ! Ce sont nos meilleurs partenaires, les dépositaires du savoir de l'humanité, le patrimoine de nos ancêtres. On ne détruit pas les livres. Celui qui encourage l'autodafé est un assassin en puissance.

« Ah ! Gabin, mon Gabin, si seulement tu m'avais épousée avant de clore ton parapluie, je serais une Pignot et non une Courlac ! Enfin, t'as reconnu notre rejeton, c'est toujours ça ! »

Elle considéra le mince volume où un lien avait infligé une marque sur les tranches. Elle ouvrit le bahut empli de douilles de cartouches et le glissa sous une écharpe mangée aux mites. Le battant repoussé, elle effleura de l'index des éclats d'obus et trois casques d'artilleur allemands, reliques de la guerre de 70 pieusement conservées.

« Côté poussière, y a du relâchement, bon, on attaquera quand les réjouissances seront finies. »

Elle avisa des pots de confitures sur lesquels des étiquettes calligraphiées à l'encre violette indiquaient : *Mirabelles 1897.*

Un bref sanglot la secoua.

« Jamais je n'arriverai à les entamer, quel gaspillage ! Tant pis, je les offrirai à Micheline Ballu ! Ça me donne faim. Je me demande ce qu'il y aura au menu. Il est généreux, m'sieu Mori, de régaler la famille, il paraît que c'est un établissement chic. C'n'est pas le tout, je dois me préparer. »

Elle se moucha, alla chercher le cirage, une brosse et un chiffon et se mit en devoir de lustrer ses bottines.

« Les vendeurs des Grands Magasins du Louvre auraient pu nouer des faveurs à leurs emballages, je vais m'efforcer d'améliorer ça… J'ai mal aux jambes, je suis éreintée, si je m'écoutais… Faudrait que j'avale un petit morceau. »

En dépit de son estomac barbouillé par la traversée Newhaven-Dieppe, Djina avait fait honneur au déjeuner proposé par le wagon-restaurant à la lueur d'une lampe à abat-jour rose. Elle somnolait maintenant dans le compartiment, la tête au creux de l'épaule de Kenji. Les pieds posés sur une bouillotte, elle se laissait bercer par la conversation des passagers à laquelle Kenji ne participait que par onomatopées.

Une jeune Anglaise, excitée par son premier voyage à Paris, commentait, entre deux gorgées d'un thé tiédi sur un réchaud à alcool portatif, les dangers de la contagion liée aux tapis des voitures truffés de microbes.

— J'ai lu qu'on préconisait l'emploi du linoléum, c'est si facile à nettoyer avec une serpillière !

— À condition qu'elle soit imprégnée d'un antiseptique, répondit une dame à lorgnon qui décortiquait les faits divers d'un journal.

— Il conviendrait surtout de veiller à l'hygiène des troisièmes classes. Le pire, ce sont les trains de ligne qui transportent les phtisiques dans le Midi, ajouta un courtier en vins, sollicitant l'approbation de Kenji qui feignit de dormir.

— Et les crachoirs ? s'écria l'Anglaise.

— On les compte sur les doigts. Il serait judicieux d'inviter les gens à les utiliser, comme dans les omnibus.

— Encore une rentière trucidée à son domicile, le crâne immergé dans un chaudron à confitures, marmonna la dame à lorgnon.

Kenji pressa la main de Djina et s'évada en se remémorant les tendres nuits passées auprès de sa bien-aimée. En raison du froid, ils ne s'étaient pas promenés dans les parcs aussi longtemps qu'il l'eût souhaité, en revanche, ils avaient hanté plusieurs musées. Leur favori était la National Gallery. Ils flânèrent dans la salle des primitifs flamands et admirèrent *La Vierge et l'Enfant dans un jardin*, de Hans Memling, à cause de sa pureté et de ses coloris très vifs, et s'attardèrent devant les maîtres italiens. Kenji marquait de fréquentes pauses face aux Crivelli, dont les discrètes décorations potagères, en particulier les concombres, l'amusaient follement.

Il vérifia la présence du paquet casé dans le filet de la banquette opposée. L'achat des livres à l'origine de cet aller-retour l'enchantait. Il était tellement absorbé par ses pensées qu'il ne remarqua pas que le convoi ralentissait à l'approche des hangars monumentaux de la gare de l'Ouest. Un coup de sifflet annonça le tunnel des Batignolles, l'Anglaise en renversa son thé.

— *My God* : Paris !

Djina défroissa sa jupe, elle était heureuse de rentrer et mélancolique de retrouver la monotonie de journées plus ternes où elle ne rejoindrait Kenji que le soir.

— Ça, mademoiselle, c'est la rue de Rome, voilà, on est gare Saint-Lazare. Vous descendez à l'hôtel *Terminus* ? s'enquit le courtier en vins.

Mais l'Anglaise attrapait sa mallette et fourrait son réchaud dans un sac.

— *Good by, sir*, mon fiancé se languit.

Frustré, le courtier en vins la regarda se perdre dans la foule.

Au coude à coude, Djina et Kenji se forcèrent une trouée au milieu de la foule. Des pieds, des pieds partout, prêts à écraser les leurs. Des chaussures vernies à bouts arrondis ou carrés, des talons effilés, des bottines de chevreau, des croquenots de bagotiers, des godillots de lampistes… Ce flot ininterrompu de semelles endiablées courait au-devant de la vie, de la mort. Des appels fusaient, des talons pilaient, se mettaient de nouveau en branle, se poursuivaient, se croisaient en un ballet désordonné.

Les souliers bruns s'engagèrent dans l'escalier plongeant sous l'immeuble. Une porte massive s'ouvrit. Une bougie fut posée sur un établi, des mains gantées soulevèrent le couvercle d'une malle, saisirent un objet rond enveloppé de chiffons et le déposèrent au fond d'un cabas. Quelle situation tortueuse ! On se met à accomplir une chose simple et nécessaire, et aussitôt surgissent des dizaines de détails également nécessaires mais qui, vu leur nombre, finissent par créer des complications quasi inextricables. Sérier les tâches, le temps pressait. Il fallait se débarrasser cette nuit de ce crâne compromettant. Le plan était peaufiné, la mystification d'ores et déjà amorcée.

Trois ballons jaunes gonflés à l'hélium avaient été dérobés à l'heure de la pause à une cardeuse de matelas installée avec ses collègues sous le pont du Carrousel. Ce larcin avait provoqué un joli scandale, la propriétaire affirmant que la coupable était cette péronnelle d'Aspasie Boutefas, une vieille fille jalouse des enfants des autres.

Sous la voûte du pont Royal, un modeste chantier dressait ses palissades à un mètre du mur dont les parpaings descellés exigeaient des travaux. Une silhouette accroupie, dissimulée à la vue, manipulait un objet rond englué dans un filet. Celui-ci fut relié aux fils cramoisis qui maintenaient les ballons entre eux. La silhouette camoufla son précieux chargement sous une pile de sacs vides et le recouvrit de gravats avant de s'éloigner rapidement.

Quand le jour déclinant chassa les cardeuses divisées en deux camps, celui d'Aspasie Boutefas et celui d'Angélique Frouin, prémices de l'antagonisme des Français selon qu'ils seraient ou non partisans du capitaine Dreyfus, les ballons furent délivrés. Ils hésitèrent un long moment, à l'affût d'un souffle susceptible de les entraîner. Enfin, il y eut un appel d'air. Les ballons et leur fret montèrent, montèrent, de plus en plus haut. La grappe jaune tournoya au-dessus de la Seine, obliqua quai du Louvre, puis louvoya en direction du jardin des Tuileries. S'accrocherait-elle à une branche, ou au mitron d'une des cheminées d'un édifice, rue de Rivoli ? Qu'importe ! Tôt ou tard, on la trouverait. Le sol crissa, les souliers bruns rejoignirent le quai Voltaire, atteignirent le Pont-Neuf et dévalèrent les marches qui menaient à la pointe de l'île de la Cité.

Les ballons continuaient leur voyage. Brinquebalée au gré du vent, une tête aux yeux dilatés survolait un Paris ignoré. Une aiguille de pierre jaillit de la place de la Concorde, suivie d'une interminable avenue où s'alignaient davantage d'arbres que d'hôtels particuliers. Tout en bas palpitaient des lumignons qui aboutissaient à l'Arc de Triomphe. On eût dit qu'une boîte à jouets avait été répandue sur le sol. Babioles, ces immeubles aux toits ardoise. Babioles, ces attelages miniatures tractés par de minuscules chevaux. Un vaste jeu de construction, la perspective des Ternes, des Batignolles, de Montmartre.

Une haleine froide infléchit la course de l'étrange aérostat vers une étendue végétale lentement avalée par le crépuscule. Douze heures s'écouleraient avant qu'un couple de pies du bois de Boulogne vînt picorer cette grappe jaune avachie dans un fourré qui la retiendrait prisonnière quatre longues nuits et trois longues journées.

CHAPITRE IX

Même jour, soirée

Si Tasha n'avait jamais raffolé de toilettes élégantes, son goût des robes amples s'était accentué depuis la naissance de sa fille. Victor le lui reprochait et insistait sur l'influence de sa tenue eu égard à son métier. Ne recevait-elle pas, lors des séances de pose, des gens du monde, espèce conventionnelle en diable ?

— Mon pauvre Victor, tu prends de la bouteille, tu t'embourgeoises ! La prérogative d'une artiste, c'est de s'habiller comme elle le conçoit !

Ce soir-là, uniquement parce que c'était l'anniversaire de Joseph, elle se para d'un corsage bleu turquoise et d'une jupe en cachemire chamois à ceinture plissée. Trois gouttes de *Benjoin*, puis elle releva sa longue natte en chignon, mais resta fidèle à son bibi piqué de marguerites.

— Je vais à l'appartement, presse-toi.

Victor endossa une chemise blanche et troqua son costume fripé contre un complet fraîchement repassé. La réflexion de Tasha l'inquiétait. Il s'examina dans le miroir en pied et écourta sa moustache. Il mouilla son peigne afin d'aplatir ses cheveux et constata la présence de fils argentés sur ses tempes. Il les arracha délicatement, s'étudia de près, virevolta, adopta diverses postures flatteuses. Trente-huit ans bientôt, quelques rides d'expression mais pas de bedaine. L'âge aidant, devenait-il conformiste ? Il pouvait des heures d'affilée ressasser des idées obsédantes. Il cherchait les mots salvateurs qui chasseraient cet état dépressif, mais ils se défilaient. Il avait alors le sentiment de perdre une partie de lui-même et d'être le spectateur impuissant de ses propres actions. Était-ce dû à la lassitude, à l'anxiété ou à la crainte du changement ? Agir, voilà la solution à ces questions métaphysiques. Se noyer dans le présent.

Il saisit son nœud papillon, et peu à peu, son environnement disparut, laissant place à des images persistantes… Le corps de Philomène Lacarelle, le crâne fracassé, étendu sur le sol de sa cuisine, se superposa à l'horrible décapité tassé dans la boîte de Fulbert Bottier. Une éternité parut s'écouler avant qu'il reprenne contact avec la réalité. Son estomac se souleva. Il s'aspergea le visage d'eau froide, acheva d'agrafer son nœud papillon et rallia l'appartement.

Voir Tasha penchée vers le berceau le rassura. Puis il discerna un landau où gesticulait le fils de Joseph et se sentit agrippé aux mollets par les petites mains vigoureuses de Daphné. Iris avait déposé ses enfants rue Fontaine, ne manquait que Mélie, chargée de les garder.

Tasha le dégagea de l'étreinte de sa nièce, enfila des gants. Un bref coup d'œil à son époux la persuada qu'il était préoccupé.

— Tu vas à un enterrement ? Est-ce le dîner qui t'ennuie ? Tu es pâle, ça va ?

— Non, je… Écoute, je m'étais juré le secret, mais j'appréhende qu'on n'y fasse allusion tout à l'heure. Ce matin, quand j'ai apporté des revues à Raoul

Pérot, le parrain de Joseph a découvert le cadavre d'un inconnu dans l'une de ses boîtes.

— Oh, non !

— Ce que j'ai vu m'obsède. C'était abominable. L'homme n'avait plus de tête.

Elle se figea. Elle était incapable de bouger. Elle murmura d'une voix éteinte :

— Moins fort, Daphné pourrait entendre… Tu ne vas pas t'en mêler !

— Si, je le redoute, je suis témoin. Mon rôle se bornera à ça, je t'assure. Raoul Pérot était avec moi, je lui fais confiance, il va régler le problème. Le chapitre est clos, s'il te plaît, et pas un mot devant Joseph.

— Tu peux compter sur moi, mais moi, puis-je compter sur ta parole ? Tu avais promis de ne plus… Enfin, Mélie, ce n'est pas trop tôt !

Mélie ravala son amertume de n'avoir pas été invitée aux agapes.

— *Am be totjorn lo temps de 'ribar tard.*

— C'est du suédois ? demanda Victor avec un rire forcé.

— Du suédois ! C'est la langue de par chez nous : « on a bien toujours le temps d'arriver tard ».

Pendant que Tasha prodiguait ses ultimes recommandations à Mélie, Victor fit un saut à l'atelier, il avait oublié sa canne. Au moment de sortir, il fouilla les poches de son veston de travail, prit le morceau de ficelle rouge ramassé chez Philomène Lacarelle et le rangea dans son portefeuille.

Adeline Pitel se barricada dans le deux-pièces occupant la moitié du premier étage. La lumière était denrée rare, aussi s'accordait-elle le luxe de plusieurs chandeliers qu'elle allumait à toute heure et en toute saison. Elle y plantait des cierges fournis gracieusement par la cathédrale, le clergé survivrait. Ne devrait-il pas la complimenter d'employer ses loisirs à exalter le christianisme ?

Elle fit brûler un fagot dans la cheminée et accommoda son repas qu'elle prenait de bonne heure afin de consacrer ses soirées au travail et à la lecture. Une escalope de veau et une généreuse portion de cardons au gratin cuits le matin et réchauffés au bain-marie furent englouties sur un coin de table. Elle repoussa son assiette et évalua la menue monnaie accumulée dans un bocal à confitures. Enchantée d'avoir si peu dépensé en une semaine, elle songea avec nostalgie aux cinquante centimes hebdomadaires distribués après la messe. N'était-elle pas trop prodigue ? Elle secoua la tête. Cela valait mieux que de dilapider sa cagnotte en revues de mode, à l'instar de son neveu Ferdinand. Elle lui avait pourtant inculqué le culte de l'économie, valeur suprême de l'existence terrestre. Quelle idiote elle avait été de se laisser attendrir par un orphelin de huit ans, à la mort de sa sœur Élisa ! Elle avait nourri l'enfant, elle l'avait gavé de choux et d'ambition sociale, tout cela pour qu'à quinze ans il choisisse d'entrer en apprentissage chez un savetier ! Il louait son échoppe à la veuve de son mentor, deux numéros plus haut, et, quand il ne martelait pas les talons des souliers ou ne les bourrait pas de peau de mouton, il approfondissait dans l'appartement mitoyen de celui de sa tante des ouvrages ayant trait à son métier ou à d'autres fadaises !

Elle-même possédait une jolie bibliothèque héritée de ses parents et ne refusait pas d'y incorporer les dons du papetier de la rue d'Arcole que ses pratiques honoraient parfois de livres dépareillés, d'actes notariés sur vélin ou de textes en papier chiffon. Au moins cela ne coûtait rien, et avec de la chance et de la persévérance on y dénichait des merveilles. Elle sillonnait les quais pour compléter sa collection, mais attention, interdit de débourser plus que nécessaire.

Ce soir, son beau galant ne viendrait pas.

« Parfait, j'ai du pain sur la planche. »

Elle plongea assiette et couverts dans une bassine d'eau savonneuse puis ordonna sur la nappe flacons d'encre, pinceaux, plumes d'oie, cartes vierges et un livre d'heures ancien orné d'exquises miniatures colorées dont elle allait s'inspirer. Elle ne bénirait jamais assez la Providence de s'être liée avec cette vieille folle de la rue Pierre-Lescot qui cherchait à la circonvenir pour qu'elle devienne membre de son club à la noix.

« Les Croque-Fruits, tu parles d'un nom ! Elle peut se brosser, cette enquiquineuse ! »

Elle se mit à rire.

« Une enquiquineuse de première, soit, mais une enquiquineuse qui me prête des documents rares. Ce livre d'heures est un bijou. Ce soir, après ma course, je vais créer une œuvre inédite tirée de l'Évangile selon Matthieu :

> « … Et voici, un homme s'approcha, et dit à Jésus : Maître, que dois-je faire de bon pour avoir la vie éternelle… ? »

— Sûrement pas des confitures, marmonna-t-elle.

Satisfaite de l'agencement de son matériel, elle passa son manteau, ajusta son châle sur ses épaules et s'engagea dans l'escalier.

Il était plus raisonnable que la toilette de chez Rouf offerte par Mme Djina demeurât captive d'un tablier pendant la tâche qui s'annonçait ardue. Euphrosine affrontait sa provision de confitures où elle se figurait distinguer de petits yeux méchants qui lui reprochaient sa pusillanimité.

— Sotte que je suis, c'est des morceaux de prunes. Allez, applique-toi, surtout aucun pâté, soigne tes pleins et tes déliés.

Malaisé d'ajouter à l'encre violette *Pour Micheline Ballu* et de convertir en *8* le dernier chiffre de *1897* sur les étiquettes parant déjà des pots scellés d'une ficelle rouge. Elle en louchait. Quand elle eut terminé, fière de l'absence de ratures, elle emballa chaque pot d'un papier à fleurs. Elle les casa dans un panier où elle ajouta les deux cadeaux destinés à son fils, achetés aux Grands Magasins du Louvre, ainsi que la loupe de son défunt Gabin et deux cadres argentés contenant les photos d'Arthur et de Daphné, œuvres de Victor. Enfin, elle traça, au dos d'un chromo : *Joyeux anniversaire, mon minet, de la part de ta maman qui t'aime.*

En reniflant d'émotion, elle rangea ses paquets. Il n'était que temps, on tambourinait à la porte.

— Qui c'est ? s'enquit-elle d'un ton méfiant.

— La belle-famille, répondit une voix ironique.

Elle introduisit Djina et Kenji qui entreposa la valise et les livres dans un coin.

— Originale votre tenue, une soubrette en falbalas.

Elle dénoua prestement les cordons de son tablier.

— De quoi ai-je l'air ?

Elle pirouetta devant Djina.

— Magnifique. Vous avez maigri, ma parole !

Euphrosine se garda de révéler qu'elle avait peiné sur de savantes retouches pour élargir l'ensemble.

Kenji s'impatientait.

— Ces dames consentent-elles à quitter le salon ?

— Oh ! m'sieu Mori, j'ai un service à vous demander, déposer ces pots chez Mme Ballu qui nous accompagne.

Kenji s'exécuta à contrecœur, les bagages lui avaient scié les lombes et voilà qu'il était contraint de soulever un poids encore plus lourd.

— Que transportez-vous ? Des kilos de plume ou des kilos de plomb ?

— J'm'en s'rais chargée, seulement entre mes varices et mes reins, c'est un calvaire.

— Plaignez-vous, on s'apitoiera. Taisez-vous, on vous raillera.

— Quel rapport avec mes rognons ?

— Pas le moindre, ma chère, marmotta Kenji avec une grimace de douleur.

La neige fondue et le froid avaient persisté tout l'après-midi. Une brume malsaine envahissait les ruelles avoisinant la rue Saint-Denis. Muni d'un litre de picrate, le père Mirette longea une procession de sans-logis agglutinés face à la vitrine illuminée du numéro 35. Un nom : *FRADIN*, se détachait en lettres colorées sur le verre dépoli de l'établissement. Pas d'invective, nulle exubérance. Ceux qui venaient là discutaient à mi-voix avant de franchir la porte à double battant. Quatre sous, tel était le prix à payer pour passer une nuit à l'abri et apaiser sa faim d'une soupe chaude. Ceux qui ne possédaient pas cette modique somme trouveraient un gîte sous les ponts, sur les fortifs ou les boulevards extérieurs, l'estomac dans les talons.

Le père Mirette échangea un salut avec un jeune déshérité qui se tenait en retrait.

— Tu viens te taper la cloche, Juju ? T'as tes quatre ronds ?

— Non… j'me suis coltiné des cageots aux Halles mais je n'ai récolté que trois sous cinquante, j'crois bien que j'vais serrer mon ceinturon d'un cran.

— Tiens, n'en v'là deux, tu boiras à ma santé.

— T'es chic, Mirette, j'te l'revaudrai.

Le père Mirette se dirigea vers la rue Brisemiche. Il avait élu domicile dans l'une des caves d'un immeuble voué à la démolition. Il se réfugia sous le porche pour allumer une chandelle et perçut un léger grattement.

— Merde, un intrus ? Manquerait plus qu'ça !

Indécis, il piétinait dans la gadoue quand il fut empoigné par le col de sa veste, un objet pointu pesa sur son échine.

— Bonsoir, Mirette, je suis derrière toi. Cesse de te tortiller comme un asticot, tu es déjà aveugle, ce serait dommage que tu deviennes muet.

— Vous vous gourez de jobard, je suis à sec !

— Tu vas me tirer les larmes, Mirette.

La voix murmurait à son oreille d'un débit égal dénué d'intonation.

— Sois attentif, Mirette. Tu ne me connais pas, mais moi je te connais. Je t'observe, je ne te quitte pas des yeux. Tu te souviens du 10 janvier ? C'est le jour où tu as vidé les troncs de Saint-Eustache. Entre nous, c'est très vilain de faire main basse sur les deniers du culte, tu devrais avoir honte ! Bon, à tout péché miséricorde, je t'absous. En fin de journée, as-tu remarqué quelqu'un qui sortait de chez Philomène Lacarelle ?

— Non, souffla Mirette.

— Le mensonge fait dîner mais ne fait pas souper, Mirette. Si j'enfonce ma lame, tu risques de jeûner définitivement.

— Ben… Y a eu des allées et venues, pour sûr. Un type emmitouflé jusqu'aux oreilles a décampé de sa maison avec deux cabas, le soir où vous dites, j'ai pas vu sa trombine, et pis deux-trois jours plus tard une grosse bonne femme a jailli de chez la Philomène, elle avait le feu au popotin.

— Une femme ? Qui ?

— Une copine à la Philomène.

— Tu sais où elle loge ?

— Non, mais elles allaient parfois écluser une lichette chez *Moraille*, le mastroquet de la rue de Turbigo.

— Tu es gentil avec moi, Mirette. Écoute bien. Tu vas probablement être interrogé par les flics, voilà ce que tu vas leur servir, apprends-le par cœur, c'est ton intérêt si tu veux continuer à jouir du bon air de la capitale.

On lui chuchota des instructions. Puis, d'un coup, la pression entre ses omoplates s'évanouit. Mirette coula un œil de côté sans oser esquisser un mouvement. À la lisière de ses cils, il entrevit une paire de souliers bruns qui s'éloignaient rapidement vers la rue des Lombards. Il lui sembla sentir un galet froid coincé au fond de ses amygdales, son pouls battait le tambour. Les environs étaient déserts. Il s'obligea à respirer lentement. Il enflamma la mèche de sa chandelle, inspecta chaque recoin du couloir, descendit les marches en colimaçon et regarda partout dans la cave avant de se laisser tomber lourdement sur un amoncellement de chiffons qui lui tenait lieu de literie. Il pouvait maintenant s'adonner à des pensées futiles : ce qu'il allait manger, par exemple. Mais d'abord, déboucher le litron de rouge.

Léonard et Pétronille Lippmann avaient fui l'Alsace et la Lorraine après la guerre de 70 parce que, à l'instar de nombreux compatriotes, ils refusaient d'obéir au Kaiser. Ils avaient ouvert leur *Brasserie des bords du Rhin*[1] sur le boulevard Saint-Germain. Bientôt, d'ex-membres du groupe des Hydropathes, des Hirsutes, ou des Décadents, dont Jean Moréas, Laurent Tailhade et Mounet-Sully, se mirent à fréquenter ce restaurant devenu assez vite le rendez-

1. En 1920, un Aveyronnais, Marcellin Cazes, rachète l'établissement. La brasserie Lippmann devient *Lipp*.

vous à bon marché de littérateurs dont le plus célèbre avait été Verlaine. Les peintres, les critiques, les journalistes ne dédaignaient pas de s'attabler derrière la belle façade d'acajou précédée d'une statue en bronze de Diderot, à son aise dans un confortable fauteuil, le bras sur un accoudoir. Quant aux quidams entrés par hasard boire un demi, ils ne résistaient pas longtemps aux quolibets lancés par les élites de la culture moderne.

Joseph pénétra dans une salle meublée de banquettes de moleskine. Si Académie du Fantastique il y avait, comment allait-il en identifier les sociétaires ?

Un garçon à chemise noire et long tablier blanc s'inclina devant lui.

— Monsieur Pignot ? Vos amis vous attendent.

Joseph prit son souffle et le suivit au fond de la brasserie.

— Joyeux anniversaire ! clamèrent en chœur Victor, Tasha, Kenji, Djina, Euphrosine, Iris, Micheline Ballu, Raoul Pérot et Fulbert Bottier, verre levé.

Interdit, Joseph demeura immobile.

— Alors c'était vous ! Vous m'avez eu, murmura-t-il, plus ému qu'il ne l'eût voulu.

— Tu auras tes cadeaux au dessert, mon minet, mais il faut que tu saches que c'est Iris qu'a tout organisé et qu'c'est m'sieu Mori qui régale. Assieds-toi à la place d'honneur.

Les patrons, à qui, vu leur embonpoint, leur cuisine traditionnelle avait dû profiter, tinrent à le féliciter. Un garçon leur servit d'office de la bière mousseuse assortie de bretzels et énonça d'un ton sans réplique :

— Choucroute garnie, vin d'Alsace et baba au rhum.

— Eh ben ! Pour du léger, c'est du léger, la nuit sera mouvementée, marmonna Euphrosine.

— Détrompez-vous, madame, le gewurztraminer est tellement fruité que ça glissera comme sur un toboggan ! expliqua le garçon.

— Est-ce Alfred Jarry qui s'en va ? demanda Victor.

— Exact, monsieur, il a son ardoise chez nous, la maison encourage les Lettres et les Arts.

On trinqua. Kenji relata le séjour à Londres, Djina livra ses impressions. Micheline Ballu loua la générosité d'Euphrosine. La bière et le bonheur d'être le point de mire de l'assistance ranimaient le moral de Joseph qui nota que Fulbert Bottier paraissait soucieux.

— Y a un truc qui vous tourneboule, parrain ?

— Non, non, Je dois couver un rhume.

Joseph connaissait bien le bonhomme, il savait que quand celui-ci tripotait nerveusement ses lunettes, il était en proie à un trouble plus profond qu'un rhume. Il n'insista pas, mais surprit les mimiques échangées entre Victor et Raoul Pérot. Que lui cachait-on ? Un ange pirouetta entre les lustres et, pendant ce bref laps de temps, on entendit la conversation de deux écrivailleurs installés à la table voisine.

— Il faut se préparer à des poursuites à l'encontre de ce vidangeur de Zola. Seule une demi-douzaine de députés socialistes l'a soutenu. Cet après-midi le Palais-Bourbon vitupérait l'article de *L'Aurore*. Les députés se serrent les coudes, tous unis, les cléricaux, les modérés, les républicains de gauche, les radicaux et la majorité des socialistes. Albert de Mun a tenté de réclamer des mesures contre ce *J'accuse* à la tribune, quel tollé ! Le Centre a protesté de concert, un chœur de vierges effarouchées.

— Un tel barouf pour un youpin, c'est un peu fort !

Consternés, les convives posèrent leur fourchette. Djina et Tasha étaient écarlates, des trémulations involontaires affectaient les mains de Victor. Blessée, furieuse de cette injure qui visait sa famille, Euphrosine repoussa sa chaise.

— Je vais montrer à ces démarqueurs de linge[1] de quel bois je me chauffe, grinça-t-elle, les lèvres tordues sur un rictus.

Micheline Ballu la retint de justesse et s'écria d'un ton enjoué :

— Savez-vous qu'à l'Ambigu on répète *La Pocharde* ? Moi, j'adore les drames de Jules Mary, ils finissent toujours bien, la justice triomphe.

— Bravo, madame Ballu ! approuva Kenji. Levons nos bocks à l'équité, à la liberté de penser et à l'égalité de chaque occupant temporaire de notre terre-patrie, minuscule grain de poussière d'un maelström dont la signification nous est étrangère.

— J'apprécie votre philosophie, cependant je doute qu'elle réussisse à endiguer ce flot de haine qui se déverse sur la France.

— Mon cher Victor, quand votre verre est à moitié vide, dites-vous qu'il est à moitié plein. Garçon, de la bière pour tous !

Tout en ayant l'air de s'intéresser à ce dialogue, Joseph ne manqua pas d'observer la mine de conspirateur de son parrain penché vers Raoul Pérot. Que pouvaient-ils se raconter ? Les deux compères, en bout de table, étaient trop éloignés. L'expression aussi neutre que possible, il se décolla de son siège sous prétexte de saisir une carafe d'eau. Ses oreilles prises en sandwich entre les jacassements des femmes et les murmures des bouquinistes parvinrent à isoler des lambeaux de phrases :

— C'est horrible… vue m'obsède, pourquoi *mes* boîtes ?… Où est la tête ?

1. Journalistes qui s'approprient l'article d'un confrère en changeant par-ci par-là quelques termes au fil du texte.

—… a pu être jetée dans la Seine, mâchouilla Pérot, la bouche en coin.

— Valmy va me cuisiner, je… Et la Boulangère ?

Fulbert stoppa net sous le « chut » péremptoire de Victor.

Joseph lorgna son beau-frère à la dérobée.

« Il est arrivé quelque chose de grave, il est question de Valmy, Victor est impliqué, ma main au feu. »

Une fois le baba englouti et le kummel offert par la maison sifflé, Joseph fut comblé de cadeaux, mais il était absent. Ces bribes d'une énigme difficile à débrouiller le perturbaient tant qu'il ne prêta qu'une attention distraite aux présents de sa mère. Il déroula la cravate bleu canard, caressa les poils de la brosse à habits, orienta la loupe sur le visage de Micheline Ballu dont les paupières se muèrent en capotes de fiacre. Les photos de ses enfants lui arrachèrent un laconique « ravissant », à peine s'il lut le texte du chromo. Meurtrie, Euphrosine songea que sa croix pesait de plus en plus sur ses épaules.

Joseph reprit pied lorsque Fulbert lui tendit un pistolet d'officier à silex.

— C'est une pièce de collection. Elle date de 1805. Je l'ai achetée au Tyrolien.

— Un Tyrolien ? Il sait iodler ?

— Tu le connais, c'est mon voisin de quai, Georges Moizan, l'homme à l'inamovible chapeau à plumes. Non, non, mesdames, aucun danger de commettre un meurtre avec cette arme, elle est purement décorative.

En prononçant le mot « meurtre », Fulbert devint livide. Euphrosine serra les dents, assaillie par la vision de son amie trucidée, et chancela dans les bras de Victor. Raoul Pérot les gratifia illico d'un second kummel.

— Ne forcez pas sur l'alcool, ou bien c'est ici que sera créé le mélodrame de Jules Mary, conseilla Kenji. Joseph, Djina et moi, nous vous offrons ces deux livres afin que vous perfectionniez votre anglais.

Joseph considéra *The Big Bow Mystery*[1], d'Israel Zangwill, et *Murder Considered as One of the Fine Arts*[2], de Thomas De Quincey.

Mystery, *Murder* ravivèrent sa méfiance à l'endroit du trio des acolytes.

« Non, mais, ces comploteurs me prennent-ils pour un benêt ? Il y a anguille sous roche, je découvrirai le pot aux roses. »

Au cours des séparations devant l'église Saint-Germain-des-Prés, Euphrosine supplia Joseph de passer la nuit près d'elle.

— J'ai un réveil sur l'estomac qui fait tic-tac à l'envers.

— Pas étonnant, avec ce qu'on a ingurgité.

— C'n'est pas lié à la ripaille, mon minet, c'est une alarme intérieure qui me rend patraque.

Victor et Tasha les escortèrent rue Visconti, avant de raccompagner Iris rue de Seine, où il avait été convenu que Mélie ramènerait les enfants le lendemain.

— Tu n'auras pas peur d'être seule ? demanda Victor à sa sœur.

— Non, c'est la première fois depuis longtemps, je vais pouvoir jouir du silence.

Il la pressa contre lui et prit conscience que leurs relations fraternelles s'étaient relâchées ces derniers mois. Il éprouva un brusque regret de cet éloignement.

1. *Le Grand Mystère du Bow* (1891).

2. *De l'assassinat considéré comme un des beaux-arts* (1827).

Joseph se fût dispensé de dormir dans sa chambre de jeune homme, mais, face au désarroi de sa mère, il osa murmurer :

— Tu sais, maman, je t'aime.

Euphrosine ouvrit la bouche, le souffle court. Soudain secouée de sanglots elle s'affala sur la poitrine de son fils. Il l'aida à s'asseoir et, comme autrefois, prépara les bouillottes.

— Rien n'a changé, ici. Allons, maman, cesse de pleurer, tu me fais perdre mes moyens. Quand je suis avec toi, j'ai l'impression de ne pas avoir plus de raison qu'un enfant.

— Dis pas d'bêtises, mon minet, seulement… seulement… Garder ça pour moi, c'est trop lourd.

Elle se moucha et ajouta d'une voix hachée :

— Faut que j'te relate toute l'affaire, ça m'ronge, mon cœur va éclater. C'est mon amie Philomène, elle a piqué du nez dans son chaudron à confitures et si je n'm'étais pas trompé de livre l'autre jour, je n'aurais jamais subi une telle secousse, sans compter que j'suis suspecte même si on a fini par harponner le bon bouquin ! débita-t-elle en passant, d'un geste las, une main sur son front.

— Maman, je n'ai rien compris. Respire à fond et recommence, dans l'ordre, avec des explications claires.

Elle obtempéra. Quand elle eut terminé, Joseph fut partagé entre l'affolement et la colère. Affolement d'apprendre que sa mère était mêlée à un meurtre, colère d'avoir été mis au placard.

— Je lui ai souvent recopié des recettes, à Philomène, continua Euphrosine. Et puis je lui récoltais des pots destinés à ses marmelades. Ne t'inquiète plus du *Traité des confitures*. Sans m'sieu Legris j'étais cuite. Il l'a remis en place dans la librairie.

— Il aurait dû me le dire ! fulmina Joseph.

— Il est peu expansif.

— Tu parles ! Cachottier, oui ! Allez, maman, va te reposer, il est tard. Au fait, le second livre, celui que Philomène avait conservé, tu as dû le ranger quelque part, où est-il ?

— Euh… Faut que j'réfléchisse.

— À quoi il ressemble ?

— Ben… Il était couvert du même papier que le *Traité des confitures*, marbré, bleu et rouge, sinon je ne me serais pas emmêlé les pédales.

— Bonne nuit, sois tranquille, je suis là.

— Quand vous devenez vieux, on vous traite en nourrisson, on vous expédie au pucier.

Joseph préféra se taire. Il sentait l'angoisse peser sur sa poitrine. Il déballa ses cadeaux sur son lit, son regard tomba sur les deux bouquins en anglais.

« *Mystery*, *Murder*… On me tient à l'écart, je suis l'*Homme invisible* !… Je leur réserve un chien de ma chienne, aux trois mousquetaires. Je vais circonvenir Pérot, il ne résistera pas à ma générosité, il abaissera ses défenses. Je sais ce que je vais lui offrir pour garnir ses boîtes, j'ai dû stocker ces pavés dans la remise. »

Sur la pointe des pieds il gagna son sanctuaire. Il inventoria les piles de magazines et de quotidiens collectionnés depuis des décennies. Là, en haut d'une étagère, il avisa ce qu'il briguait : quatre cartonnages beiges intitulés *Chroniques de Jean Froissart*.

« Du papier marbré bleu et rouge… Si je pouvais en dégoter au milieu de ce fatras, j'en envelopperais les *Chroniques*... Ah ! il serait dérouté, le Pérot, j'orienterais la conversation de telle sorte qu'il serait complètement déboussolé et je le forcerais subtilement à cracher le morceau. »

Il exhuma des gravures, des lithographies, des cartes de géographie, des images d'Épinal. Les seuls papiers dignes de couvrir les livres étaient marron ou verts. Devant l'ampleur des recherches, il allait renoncer quand il eut l'idée de fouiller le bahut.

— Nom d'une pipe en bois !

Il s'empara d'un mince volume protégé d'un papier tacheté de rouge et de bleu, enfoui sous une écharpe mitée. Un infime fragment de ficelle vermillon s'en échappa. Il inspecta l'ouvrage. À bien examiner les écritures et le support, il s'agissait de deux textes tracés par des mains différentes. Le premier sur vélin, rédigé en latin et en français. Du latin, très peu pour lui. Le second sur papier chiffon dont un feuillet avait été arraché. Un journal ? Mot après mot, il déchiffra péniblement la calligraphie tarabiscotée :

> *... Margot Fichon a livré un secret merveilleux que je m'efforce de localiser. Si je n'y parviens pas, je soumets au discernement des initiés futurs certains éléments qui, je le souhaite, permettront d'achever la quête à laquelle j'ai consacré ma vie et...*

Frustré, Joseph demeura pensif.

— En voilà un jargon ! Est-ce un rébus ? J'étudierai ça demain, parce que là...

Le mélange bière, vin blanc, kummel s'avérait redoutable. Il s'allongea sur le canapé déglingué et plongea d'un coup dans un sommeil peuplé de visions incohérentes. La trame d'un prochain feuilleton émergeait vaguement d'un marécage de confitures où se débattait une commère, un livre dans chaque main.

CHAPITRE X

Samedi 15 janvier

Vouée au commerce de la faïence, de la porcelaine et du cristal, la rue de Paradis n'en abritait pas moins diverses autres boutiques. Parmi elles, la chapellerie féminine d'Annie Chevance proposait aux chalands deux vitrines contenant des grappes de modèles aux couleurs chatoyantes. *Au Chapeau chic*, telle en était l'enseigne, sur laquelle les lettres jaune vif surmontaient un feutre rose piqué de cerises.

Le magasin recueillait les suffrages des artistes, des ingénues et des divettes qui, selon la coutume, lui accordaient leur visite les derniers jours de la semaine après avoir dévalisé les salons de couture.

On traversait une pièce de dimensions réduites où deux femmes d'âge mûr étaient penchées sur les livres de comptes et se chargeaient de recevoir les clientes.

Au bout d'un corridor si modeste qu'on ne s'y attardait guère s'encastrait, entre deux salons d'essayage, le bureau de la patronne, sobrement meublé d'une table jonchée de livres et de revues, d'une chaise et d'une armoire. C'était là qu'Annie

Chevance avait réalisé son rêve de jeune apprentie : créer des couvre-chefs originaux et extravagants qui donnaient le ton sans pour autant céder à la vulgarité. Des années durant, elle s'était documentée, dès qu'elle en avait le loisir, dans les albums d'estampes que son budget parcimonieux lui permettait de chiner sur les quais.

En avait-elle admiré, des costumes Henri III, Henri IV ou Louis XIII ! En avait-elle détaillé, des toiles de grands maîtres, de Rubens à Mme Vigée-Lebrun en passant par Gainsborough et Lawrence ! Les artistes contemporains ne l'intéressaient que médiocrement, aussi remarquait-on toujours une touche ancienne dans ses réussites les plus audacieuses.

Elle était fille unique d'une brodeuse en chambre, veuve à vingt-deux ans, qui l'avait élevée seule et avait reporté sur elle ses ambitions déçues.

— Tu seras une dame, je te le jure.

Aucun destin ne paraissait plus digne d'envie à la jeune mère que celui de modiste. Issues de la moyenne bourgeoisie, ces travailleuses de l'aiguille se considéraient comme des aristocrates, au fait des usages mondains et plus cultivées que leurs consœurs de la mode.

Secondant sa mère sans ménager sa tâche, Annie Chevance s'était appliquée à se montrer d'une sagesse exemplaire. Foin des bals du samedi soir et des hommes, roquentins ou galapiats. Elle ne sortait jamais en cheveux, ne se promenait pas bras dessus, bras dessous avec ses camarades, et à sa jupe, d'une propreté irréprochable, ne s'accrochait nul brin de fil.

Distinguée, vertueuse et sûre d'elle, elle avait gravi tous les échelons de sa profession, d'abord ouvrière construisant l'armature générale, puis apprêteuse revêtant cette forme de tissu, garnisseuse et finalement première. Elle avait vite compris qu'une femme moderne n'achetait plus un chapeau de soixante francs mais plutôt trois chapeaux de vingt francs. Elle s'était employée à inventer des modèles élégants mais économiques. Et, enfin, elle avait investi le fruit d'années de labeur dans la location de son salon, rue de Paradis, un nom qui l'avait séduite. Songeant maintenant à épouser un rond-de-cuir de ministère, elle continuait d'avancer vers son avenir d'un pas ferme.

De même, en cette aube givrée et sans nuages, les souliers bruns claquaient sur le trottoir vide face au magasin *Au Chapeau chic* où ils ne marquèrent qu'une légère hésitation.

Casquette bleue à pont, blouse de toile écrue, moustache de vétéran, l'allumeur de becs de gaz éteignait l'un après l'autre, de sa longue perche, les réverbères de la rue Visconti.

Euphrosine s'était éveillée de fort méchante humeur, pestant contre un torticolis, un lumbago et une sourde douleur à la jambe droite. Ces trois maux étaient plus qu'elle n'en pourrait supporter, sauf si elle s'allouait un remontant. À la faveur des ronflements émis par son rejeton, elle s'octroya un sucre imbibé de chartreuse. C'était tellement bon qu'elle en croqua un second. Rassérénée, elle se livra à une toilette sommaire, s'habilla et prépara un déjeuner approprié à son fils, bol de café crème, cinq tartines beurrées et une assiettée de pruneaux.

Quand Joseph, les yeux bouffis, des épis sur le sommet du crâne, s'assit devant cet étalage de nourriture, il se contenta d'avaler deux gorgées du café trop blanc et grignota une demi-tartine.

— Quelle heure qu'il est ?

— Huit heures.

— T'aurais dû me tirer du lit. Faut que je fonce dire bonjour à Iris avant de cavaler à la librairie.

— J'irai, moi, rue de Seine, et j'espère que cette cruche de Mélie aura ramené les enfants. Ben, mange donc des pruneaux, c'est excellent pour la paresse intestinale.

— Merci, tout va bien de ce côté, grogna-t-il en écartant l'assiette. Dis, maman, le livre, enfin l'espèce d'ouvrage couvert de papier bleu et rouge que tu as pris par erreur chez cette femme…

— Qu'elle m'a remis par erreur, la pauvre, rectifia-t-elle.

— Oui, bon, c'est quoi au juste ?

— Euh… J'l'ai à peine examiné, j'étais turlupinée ! Tu m'bassines, à la fin !

Sans un mot, Joseph brandit le manuscrit trouvé la veille.

— Ben ça ! Tu as une sacrée veine de l'avoir épinglé dans ce fatras !

— Raconte-m'en davantage sur Philomène Lacarelle. Tu lui connaissais des amis, des relations ?

Euphrosine commença par renâcler et profita d'un moment d'inattention de son fils pour verser un peu de chartreuse sur un sucre qu'elle enfourna. La langue embarrassée, elle bégaya :

— J'suis… as une… aft…

— T'as des aphtes ?

— Je ne suis pas une caf-teu-se, articula-t-elle. En dehors de sa dévotion au général Boulanger, et puis aussi de sa passion des confitures… Oui, ça me revient, elle avait fondé une sorte de cercle, un club du type de ceux où les richards potinent, tu vois le genre, ces femmes que t'appelles des moukères et qui sonnent la bonne pour ramasser leur éventail, fainéantes, j'te les flanquerais au turbin, moi, et vlan sur le carreau des Halles !

— Maman, tu t'éloignes du sujet. Quel club ?

— Un club où ses copines et elle discutaient confitures, échangeaient des recettes, se divulguaient des secrets de fabrication. Elle aurait aimé que j'en fasse partie, mais, non merci, les confitures, je les savoure, je n'écris pas une encyclopédie dessus, parce que j'ai déjà mon *keepsake* qui me prend du…

— Maman… Le club ?

— Il a un drôle de nom. *Les Croque…*

Elle loucha vers la bouteille de chartreuse.

— Mitaines ? Morts ? jeta Joseph, agacé.

— Fruits ! Les *Croque-Fruits* ! Pas question de vendre leurs pots, elles se réunissaient chez l'une ou chez l'autre, par plaisir, elles dégustaient leurs confitures, elles les distribuaient autour d'elles. J'en ai même donné à Iris, et Daphné…

— C'était qui, l'une ou l'autre ?

Euphrosine se gratta la nuque.

— J'ai la mémoire aussi desséchée qu'un vieux pruneau… Note que tu as tort de ne pas goûter aux miens, parce qu'ils macèrent dans leur jus depuis vingt-quatre heures et que… Les filles des Croque-Fruits, j'en ai rencontré deux chez Philomène, on a pris le café ensemble. Y en a une qui trime dans une boulangerie, c'est Chantal, je crois, la deuxième, son nom m'échappe, c'est une modiste, elle tient boutique dans une rue où je prie d'aller après mon trépas.

— Le passage d'Enfer ?

— Moque-toi de ta mère ! Paradis. La rue de Pa-ra-dis !

Joseph repoussa sa chaise, enfila sa veste, se coiffa de son melon neuf et enfourna le recueil dans sa poche. Euphrosine le retint par la manche.

— Tu t'en vas ? Tu m'abandonnes sur le bord du talus ? J't'ai dit qu'j'irai rue de Seine, plus tard, je m'sens mal, reste encore un chouïa, mon minet !

— Désolé, maman, on m'attend. Quand tu te souviendras des noms, copie-les, s'il te plaît !

— Jésus-Marie-Joseph ! murmura sa mère en lui tendant sa joue.

Fulbert Bottier errait dans les couloirs de la Préfecture de police. La nouvelle de l'assassinat de Philomène Lacarelle ajoutée à la sinistre découverte dans ses boîtes avait annihilé son énergie. Il aperçut Victor Legris échoué sur un banc. Un instant, il fut tenté de lui soutirer des précisions, mais la survenue d'un individu sournois escorté de deux gardiens de la paix vers les services du bertillonnage le rendit muet.

Victor eut juste le temps de le saluer qu'une porte s'ouvrit et se referma aussitôt sur Raoul Pérot, la mine abattue.

— Il va bientôt vous convoquer. Il apprécie la situation. Il est plus pontifiant que jamais ! Je me suis fait tancer, ma seule excuse est d'avoir quitté la grande famille et opté pour ce qu'il nomme un gagne-pain de clochard. À la fin de l'entretien, il s'est radouci, c'est peut-être parce que dorénavant il a un bureau spacieux.

— Il est monté en grade ? demanda Victor.

— On l'a récompensé, désormais il est commissaire principal pour avoir résolu l'affaire de la foire du Trône l'an dernier.

— Avec mon aide et celle de Joseph, remarqua Victor d'un ton amer. Tant mieux. Qu'avez-vous appris ?

— Il a reçu un rapport sur le meurtre de la femme Lacarelle. Le médecin légiste a déterminé qu'elle était morte à peu près depuis trois jours quand les agents du commissariat l'ont trouvée le 13 au soir, il en a déduit qu'elle avait été tuée le 10. D'après les dépositions des voisins, elle écumait les étalages des bouquinistes. Il paraît qu'elle payait rubis sur l'ongle des parchemins sur vélin, allez comprendre pourquoi ! Elle se moquait des titres et du contenu. Selon lui, puisqu'elle était une cliente assidue des quais et que tous les marchands subissaient ses visites, il y a sans doute un point commun entre son assassinat et celui de l'inconnu sans tête logé dans une de vos boîtes.

Fulbert ôta ses verres opaques d'un geste nerveux et se mit en devoir de les essuyer.

— C'est lui tout craché, ça ! s'exclama Victor. Établir une corrélation entre deux crimes alors qu'il ne détient pas la moindre preuve ! Sur quels indices se fonde-t-il ?

— Je l'ignore. En ce qui concerne la femme Lacarelle, pas un mot relatif à votre venue chez elle. En revanche, pour ce qui est du décapité, je n'ai pu cacher votre présence sur les lieux. Il jubilait : on aurait dit un chat lapant une jatte de lait. J'ai spécifié que c'était fortuit, il a rétorqué qu'il n'y a pas de fumée sans feu. Il est très monté contre vous, Victor.

— Il devrait pourtant me témoigner de la reconnaissance, je ne suis pas étranger à l'amélioration de ses conditions de travail.

— Un conseil : maîtrisez-vous, il est aussi imperméable à l'humour qu'un *waterproof* à la pluie. Laissez la police se dépatouiller et muselez votre bouche. Je vous quitte, je vais profiter de l'accalmie pour finir de remplir mes boîtes.

— Et moi ? hasarda Fulbert Bottier.

— Oh, n'ayez crainte, votre tour viendra !

Le commissaire principal Augustin Valmy tira de son étui une courte lime métallique et la frotta doucement sur l'ongle de son pouce gauche. Au bout de trois minutes, il s'arrêta et contempla le bureau dont il bénéficiait depuis deux semaines. Ce lieu, de belles proportions, valait pour lui les plus captivantes salles du Louvre. Oubliés, les affreux rectangles marron qui l'étouffaient ! Les murs avaient, suivant ses instructions, été peints en blanc. On y avait accroché un large plan de Paris et deux gouaches médiocres de Fouché et de Vidocq. Le bureau comportait de nombreux tiroirs. Un meuble de notaire occupait la cloison qui côtoyait un cabinet de toilette pourvu d'un évier et d'un miroir. Le commissaire se réservait un fauteuil haut sur pieds qui lui permettait de dominer son interlocuteur, assis en vis-à-vis sur une chaise.

« Ce libraire devrait être mûr. »

Augustin Valmy se leva, s'étira et entrebâilla la porte.

— Monsieur Legris, seriez-vous assez aimable pour me consacrer quelques instants ?

Victor pénétra dans le bureau avec autant de répugnance que s'il allait consulter un médecin. Augustin Valmy n'avait pas changé : des yeux bleu ardoise enchâssés dans un visage flegmatique, des cheveux noirs calamistrés séparés par une raie médiane, un costume à la coupe impeccable. Pendu à une patère, un manteau de vigogne. Des gants de suède dépassaient d'une des poches.

Victor s'installa sur le siège inconfortable.

— Je dois me rendre à la librairie…

— Je ne vous retiendrai pas longtemps, monsieur Legris. Que pensez-vous de mon nouvel aménagement ?

— Quoique monacal, c'est tout ce qu'il y a de coquet.

— C'est mon laboratoire, j'y étudie les humains, leurs vices, leurs roueries, leurs mensonges. Je vous étudie, vous, par exemple, qui, par une bizarrerie que je ne m'explique pas, êtes toujours lié à des histoires macabres. Si nous discutions de ce cadavre privé de sa partie supérieure ?

— Il est exact que j'étais présent lors de sa découverte, cependant, c'est pure coïncidence.

Le commissaire Valmy ébaucha un sourire et se lima les ongles.

— L'odeur ne vous a pas intrigué ?

— L'Odeur ? Est-ce une allusion à ce bouquiniste du quai Voltaire ?

— Il a un nom que je sache, il se nomme François Verjus. Je vous prierai de ne pas vous gausser de moi. Outrage à fonctionnaire de la police, cela va chercher loin.

— Je suis sérieux.

— Moi aussi, décréta le commissaire, sa lime pointée sur Victor. Je vous parle d'une odeur caractéristique de fruits caramélisés. Le corps de la victime en était imprégné.

— C'est singulier, non je n'ai rien senti, j'étais horrifié, je me suis tenu en retrait.

Tandis que l'excitation l'envahissait, Victor s'efforçait de demeurer impassible. Comment ne pas rapprocher ce renseignement des confitures de Philomène Lacarelle ? Valmy avait-il vu juste ? Les deux homicides étaient-ils liés ?

— Je ne suis pas idiot, Legris, je décèle une lueur d'intérêt dans vos pupilles. Mise en garde : cessez de piétiner mes plates-bandes, vous avez le fâcheux penchant de regarder sous le tapis.

— Je ne saisis absolument pas…

— Votre ami Pérot vous a sûrement mis au courant de la mort violente d'une fidèle des quais.

Il lissa un papier et posa sa lime sous un nom.

— Philomène Lacarelle, rentière, ex-femme de ménage. Je me moque des conjectures et des suppositions dont vous êtes l'éminent spécialiste. Ce que je désire, c'est travailler sans ingérences. Si vous persistez à me barrer la route, j'utiliserai les moyens les moins orthodoxes afin de vous boucler quelque temps. Votre charmante épouse sera perturbée, mais moi, j'aurai le champ libre. Vous me suivez ?

— Parfaitement, monsieur le commissaire principal.

— Quand on possède plus d'informations que ne saurait en contenir le cerveau, le mieux est de se décharger dans l'oreille d'un confesseur.

Augustin Valmy jeta un regard froid à Victor et enchaîna :

— Avez-vous quelque chose de lumineux à ajouter ? Non ? Vous pouvez disposer.

— Au revoir, monsieur le commissaire principal, je vous remercie de votre mansuétude.

— Et dites à M. Fulbert Bottier qu'il est attendu.

Des grains de poussière peuplaient un pâle rayon de soleil égaré dans la librairie Elzévir. En équilibre instable sur l'escabeau, Joseph rangeait les huit tomes d'une superbe bible de 1667 reliée par Boyet en maroquin doublé. Du coin de l'œil, il surveillait divers clients adonnés à semer le désordre et, qui sait, à chaparder. Il fut soulagé d'entendre le pas furtif de Kenji descendre l'escalier à vis, puis une voix affable s'enquérir de la santé de M. Mendole, de M. Friquet et de Mlle Mirande.

Joseph en profita pour s'esquiver. Il tomba hélas sur Mme Ballu, qui lui coupait la retraite.

— Alors, monsieur Pignot, qu'est-ce que vous projetez de nous pondre comme histoire à dormir debout, cette année ? questionna-t-elle, appuyée au manche de son balai au beau milieu du trottoir.

Les yeux mi-clos, le chignon écroulé, elle évoquait un vieil épagneul goûtant un redoux inespéré.

— J'suis pas une poule ! Un projet, ça se mûrit, l'inspiration ne suffit pas, encore faut-il jouir du calme pour ciseler les mots.

— C'est vrai qu'avec vos deux marmots... Mais votre mère se dévoue corps et âme, et vos associés font rouler le commerce !

— Sacrédié ! Pour qui me prenez-vous ? Une loque incapable de se débrouiller sans secours ? Je travaille, moi, madame !

Et il fila en direction du boulevard Saint-Germain. Micheline Ballu faillit en lâcher son balai.

— Ah, les hommes, c'est une drôle d'invention, ils vivent selon un système très différent du nôtre !

Joseph ne reprit son souffle qu'à proximité du kiosque à journaux. Il acheta *Le Passe-partout* et alla s'affaler sur un banc, où il demeura prostré, trop fatigué pour lire. Tout lui pesait, la choucroute mal digérée, la nuit chez sa mère, l'étrange manuscrit, Mme Ballu... Il déplia le quotidien et contempla le titre :

UN CORPS DÉCAPITÉ
DANS LA BOÎTE D'UN BOUQUINISTE

> « Le 14 janvier, M. Fulbert Bottier, un bouquiniste du quai Voltaire, a trouvé un cadavre dans l'une de ses boîtes. Le corps vêtu du plus strict minimum était privé de sa tête et n'a pu être identifié. La police recherche toute personne susceptible de fournir des renseignements à ce sujet, et a commencé d'interroger les marchands de livres dont les étalages se situent aux alentours de cette sinistre trouvaille. »

Joseph parcourut en aveugle la rue des Saints-Pères, le quotidien déployé, ce qui lui valut les invectives de deux étudiants bousculés devant l'École des ponts et chaussées. Il manqua même percuter Victor au moment où celui-ci s'apprêtait à pousser sa bicyclette dans la librairie.

— Ben, vous êtes joliment en avance ! Panne d'oreiller ?

— Non, problème de pédalier. Quelle humeur ! De mauvaises nouvelles dans la presse ? Zola ?

— Ne déviez pas la conversation, grommela Joseph en le suivant jusqu'à l'arrière-boutique où Victor remisait son vélo.

Les clients s'étaient évaporés et Kenji avait regagné l'étage.

— Je viens de lire un article qui me bouleverse. Un assassinat abominable, vous ne devinerez jamais.

— Je présume qu'il relate la découverte du décapité, à moins que ce ne soit le meurtre de Philomène Lac…

Victor s'arrêta net. Trop tard, déjà Joseph se plantait face à lui, rouge d'indignation.

— La langue vous a fourché ! Il n'y a rien dans la presse sur Mme Lacarelle. Vous, maman et Pérot avez eu vent de cette affaire, je le sais ! Vous m'avez mis hors jeu !

— Ne criez pas, Kenji pourrait nous surprendre. Nous voulions vous préserver, d'autant que vous êtes mêlé à cet imbroglio et que je devrais vous morigéner vertement. N'avez-vous pas emprunté à notre fonds un livre précieux concernant les confitures ? Euphrosine l'a prêté à son amie Philomène Lacarelle, et, après s'être aperçue que celle-ci lui avait rendu un autre ouvrage, est allée chez la malheureuse : Philomène avait le crâne défoncé. Votre mère, affolée, m'a supplié de l'aider, rappelez-vous, vous lisiez à voix haute la diatribe de Zola ici même.

— La fuite de gaz, c'était de la frime !

— Précisément. J'ai ensuite réclamé le concours de Raoul Pérot, nous avons visité la maison de

Mme Lacarelle avant que la police ne soit avertie de son meurtre, et nous avons récupéré le *Traité des confitures*. Cette expédition doit rester un secret absolu.

Penaud, Joseph omit de déclarer qu'il était depuis peu en possession du livre remis par erreur à Euphrosine et caché par ses soins dans la remise. Il brûlait d'impatience à la perspective de l'examiner à loisir. Il le montrerait à Victor ultérieurement. Il lui secoua le journal au nez.

— Et ce macchabée sans caboche du quai Voltaire ? Vous êtes au courant, c'est donc que... Mon parrain n'est pas soupçonné ?

Victor toussota.

— Fulbert est dans la poisse. On a fourré le décapité à l'intérieur d'une de ses boîtes, c'était... impressionnant.

— Vous vous êtes bien gardé de me raconter ça ! Mon parrain était lunatique au restaurant, mais jamais je ne me serais douté...

— Pourquoi gâcher votre anniversaire ? Fulbert est bouche cousue, aussi pas un mot à votre mère, elle est assez chamboulée. Et puis c'est la reine des commères.

— Je vous interdis de médire de maman.

« Il a raison », pensa-t-il en talonnant Victor jusqu'à la table trônant au centre de la boutique. Machinalement, il saisit son plumeau et dépoussiéra les livres éparpillés sur le tapis vert protégeant le bois.

— Mordez-vous la langue et ne répétez à quiconque ce que je viens de vous confier, les indiscrétions sont redoutables en période de crise.

— Ces deux forfaits... Ils ont un rapport, selon vous ?

— Je l'ignore, et je préfère ne pas chercher à en apprendre davantage. Valmy est sur le coup et il éprouve à mon égard une sympathie plus que modérée. Inutile de prendre trop de risques. Votre famille, la mienne…

Victor atermoya et finalement décida d'avouer à Joseph que le corps du décapité était imprégné d'une odeur caramélisée.

— Bravo ! Si vous omettez des détails de cette importance, comment espérer qu'on progresse ! protesta celui-ci, choisissant d'attaquer plutôt que d'admettre ses torts. Caramélisé… J'ai une idée pour mon futur roman, *Mortel réveillon*. Le héros serait un diabétique en manque de sucre !

— C'est malin ! Au fait, est-ce vous qui m'avez parlé de la mort d'un libraire en chambre ?

— Cela n'a pas eu l'air de vous enthousiasmer.

— Il était ligoté avec de la ficelle, je ne me trompe pas ?

— Oui, pourquoi ?

— Auriez-vous conservé l'article ?

— Il est dans mon calepin. Dites, vous croyez que…

— Je ne crois rien, après avoir parcouru le compte rendu, je voulais être certain que ce Sosthène Larcher ne faisait pas partie de nos relations.

Victor adopta une expression impavide tandis qu'il s'efforçait de tout remettre en ordre dans son mental.

« Les pièces d'un jeu de patience, il n'y qu'à les assembler. »

L'esprit de Joseph abritait deux Jojo en réduction. L'un exigeait qu'on se précipitât dans cette enquête au parfum de marmelade, son double tergiversait sous prétexte que deux braves pères de famille n'avaient pas le droit de côtoyer de nouveaux abîmes.

— N'empêche, ce serait intéressant de s'enquérir des intimes de Mme Lacarelle. Selon ma mère, elle avait créé un club destiné aux amateurs de confitures, les Croque-Fruits.

— Vous semblez détenir des informations que vous distillez au compte-gouttes.

— Laissez-moi le temps. Ma mère connaissait deux des membres de ce club, une nommée Chantal, vendeuse dans une boulangerie, et une modiste.

— Si vous ignorez leurs identités, je vous souhaite du plaisir.

— J'avoue que les boulangeries, il y en a à foison, mais la modiste crèche rue de Paradis, elle pourra nous renseigner. Cessez de me considérer comme un bleu. Il faut que je vole à la rescousse de mon parrain, j'imagine à quel point il est inquiet. Qu'il ait festoyé avec nous hier soir ne lui procure hélas aucune protection puisque c'est dans la journée que la découverte du décapité a eu lieu. Il est bel et bien suspect ! En plus, ma mère a évoqué l'engouement de Philomène pour les bouquinistes, de là à supputer que Fulbert la fréquentait assidûment… Deux meurtres, vous réalisez !

— Deux meurtres ! Mazette ! s'exclama Kenji, figé à mi-hauteur de l'escalier à vis.

— Je causais de mon prochain feuilleton, répondit Joseph d'un ton désinvolte.

— Vous me prenez pour un imbécile ? Le cadavre du décapité dans les boîtes de votre parrain fait la « une » de tous les canards. Qui est la première victime ?

— Une femme.

— Son nom ?

— Je ne sais pas.

— Un conseil, freinez votre curiosité à propos de ces assassinats. Vous n'avez que trop joué avec le feu ces dernières années. J'ai une triste nouvelle, Lewis Carroll est mort hier.

— Mince alors ! Il était âgé ? demanda Joseph.

— Soixante-six ans, sept ans de plus que moi. Joseph, mettez en vitrine *Alice au pays des merveilles* et *De l'autre côté du miroir. Cyrano de Bergerac* vient de paraître chez Fasquelle, commandez-en vingt exemplaires. Prenez également contact avec la maison Stock pour qu'ils nous livrent leurs nouveautés avant le 22 janvier. Notez : *Un client sérieux*, de Georges Courteline et *Le Voleur* de Georges Darien. Victor, accompagnez-moi quai Saint-Michel, on m'a signalé des livres rares à prix modiques.

Sans prêter l'oreille aux protestations de ses associés, l'un parce qu'il restait seul, l'autre parce qu'on le poussait dehors, Kenji s'effaça courtoisement devant une cliente avant de remorquer son fils adoptif vers la Seine.

Ils cheminaient sans échanger une parole. Quai des Grands-Augustins, ils observèrent le manège d'un vieux bouquiniste, le père Grenaille, monnayant en douce à un lycéen des ouvrages extraits sans conteste de la bibliothèque parentale. Un peu plus loin, ils s'attardèrent à l'étalage d'une femme de vastes proportions cantonnée dans la vente de faux : fausses gravures sur bois signées Dürer ou Callot, faux autographes, fausses premières éditions, fausses pièces romaines.

— Monsieur Mori ! Je viens de dégoter un lot de bréviaires, rien que des XVIIe et XVIIIe !

— Non merci, madame Éliane, ces siècles nous ont certes légué de superbes sermons, mais aussi un raz de marée de textes religieux fort indigestes. À moins que vous ne m'accordiez un prix de gros…

— J'peux pas consentir, monsieur Mori.

Mme Éliane eut un mouvement d'humeur et courut renseigner une élégante séduite par un missel doré sur tranche.

— Eh bien, c'est le coup de foudre ? dit Victor à Kenji qui demeurait immobile.

— À votre avis, quelle est la longueur d'une boîte de bouquiniste ?

— Un mètre cinquante minimum, cela dépend des marchands. Pourquoi cette question, vous prévoyez de vous installer à côté de Raoul Pérot ?

— Quelle était la taille de ce décapité ?

— Du cou à la plante des pieds ? Sensiblement comme moi.

Kenji tendit la main, paume horizontale à la hauteur des épaules de Victor.

— Voilà la raison de son raccourcissement, il n'entrait pas dans la boîte de Fulbert.

Victor fixa Kenji avec stupéfaction.

— Je ne comprends pas ce qui a pu inciter le criminel à pourvoir sa victime d'un tel cercueil. Peut-être fomentait-il une mauvaise plaisanterie à l'encontre de Fulbert ? Ou alors voulait-il brouiller les pistes ? grommela Kenji en s'éloignant enfin, au soulagement de Mme Éliane.

— Vous n'éprouvez guère de compassion pour le parrain de votre gendre ! Un pépé de soixante ans !

Kenji pila net et desserra sa lavallière, il étouffait. Les prunelles étrécies, il avait l'apparence d'un chat sur le qui-vive.

— J'aurai cinquante-neuf ans dans quelques mois, j'aborderai donc ma soixantième année. Ne me donnez jamais du « pépé » ou je vous mords l'oreille, déclara-t-il d'une voix contenue.

Un instant il parut fatigué, vieilli, dépassé.

— Excusez-moi, en aucun cas je ne pensais vous blesser, vous êtes juvénile, svelte, sémillant, s'écria

Victor que l'anxiété gagnait à l'idée que les années s'étaient écoulées si vite.

— N'en jetez plus, grogna Kenji qui se remit en marche. Avez-vous une liste des suspects ?

— Euh… non, trop tôt.

— Tant mieux. J'espère que vous n'allez pas remettre le couvert, cela évitera à vos proches de se ronger les sangs. Suis-je assez clair ?

Sans se retourner, Kenji se jeta dans le labyrinthe des véhicules bloqués place Saint-Michel. Victor le suivit prestement, insoucieux de la gadoue qui crottait ses chaussures neuves.

Ferdinand Pitel aimait façonner des souliers.

Il avait appris le métier sur le tas avec un vieil artisan qui l'avait initié à les confectionner, de l'origine à la finition.

« Mon petit Ferdinand, il n'y a pas pire que la division du travail, ça vous tue l'envie de bosser, constamment les mêmes gestes. Tu finis par devenir un automate. Aujourd'hui, tout se fabrique en série, c'est l'ère de la spécialisation, on est monteur, couseur, fraiseur, rabatteur, bichonneur, coupeur, dix heures par jour, chacun dans son coin, où est le plaisir ? L'ouvrier ne voit jamais sa besogne achevée ! Les souliers, c'est une œuvre d'art, ça doit s'adapter aux ripatons et pas le contraire, du sur-mesure, mon gars, du sur-mesure. »

Ferdinand sortit son carnet de croquis et crayonna un spécimen de mule mordorée. Passionné de créations nouvelles, il y ajoutait toujours une touche d'originalité. Il traçait et combinait les différents empiècements des patrons. Il en faisait des gabarits de carton qu'il classait soigneusement dans des casiers qui garnissaient la surface des murs de son logis. Quand il en avait le loisir, il étudiait les modèles d'autrefois à la Bibliothèque nationale et dans des revues anciennes chinées sur les quais. Une casquette vissée sur ses boucles folles, un tablier autour des reins, une poignée de clous au bec transformaient le jeune homme en concepteur attaché à parfaire son œuvre. La bannière verte de la corporation des cordonniers de Thouars, ville natale de son prédécesseur, enjolivée d'une broderie représentant un pied à coulisse, surmontait son échoppe où seules les cloches de Notre-Dame rivalisaient avec les coups de marteau. Il était tellement concentré qu'il ne prenait conscience de l'heure que lorsque la porte livrait passage à l'une de ses pratiques.

En l'absence de visite, il s'arrêtait, fumait une pipe avant le déjeuner et s'en accordait une deuxième en milieu d'après-midi, si bien que, dans l'échoppe, à l'odeur du cuir se mêlait celle du tabac. Pendant ces courtes pauses, il ajustait mentalement les rouages de la machine qu'il projetait d'acheter d'ici l'automne. La piqûre et la pose mécanique lui répugnaient un peu, mais lui permettraient d'épargner ses efforts et ses doigts qu'il redoutait de mutiler avec l'alène.

L'image de sa tante Adeline se dessina en lui. Eût-elle été moins pingre, il se fût équipé plus tôt. Mais depuis cinq ans qu'il était à son compte elle ne lui octroyait pas un centime. Son unique largesse concernait le deux-pièces qu'elle lui allouait à titre gratuit sur le même palier qu'elle et dont elle était propriétaire. Le dernier dimanche du mois, elle l'invitait à partager une platée de choux ou de navets, et ne manquait jamais de lui rappeler qu'il lui était redevable de la profession qu'il exerçait.

Aux traits de sa tante se substituèrent les joues rondes, le nez retroussé et les yeux pervenche d'une certaine Chantal Darson qui, chaque dimanche, proposait perruches, canaris, graines et bottes de plantain aux badauds du marché aux Oiseaux. Le reste de la semaine, elle débitait des gâteaux dans une pâtisserie du boulevard de Sébastopol. Le logement qu'elle occupait rue du Vertbois près du Conservatoire des arts et métiers résonnait à tel point de trilles que ses voisins ne cessaient de se plaindre. En pure perte, puisque le gérant de l'immeuble avait cédé aux charmes de cette ravissante locataire.

Ferdinand Pitel l'avait rencontrée alors qu'il restituait une paire d'escarpins à une théâtreuse du quai aux Fleurs. Bien qu'il se ruinât en cadeaux, elle avait toujours refusé de recevoir chez elle ce cordonnier trop sérieux qu'elle surnommait malicieusement M. Mouron le bougon.

Il ressassait ses déboires en martelant la semelle d'un soulier lorsqu'il suspendit son geste. Un pas claquait sur le trottoir. Au-delà de la vitre embuée il aperçut Amadeus. Il se méfiait de ce mirliflore qui avait tout d'un charognard. Avait-on idée de jouer à des jeux de société avec une sainte-nitouche aussi mesquine que sa tante ? Aurait-il des visées sur ses biens ? Avec le chacal mieux vaut être sur ses gardes. Il entrebâilla sa porte et regarda la silhouette à long manteau se diriger vers le square Notre-Dame.

La fermeture était proche. Derrière sa caisse, Mlle Lévêque croisait les doigts pour que la cliente se décide.

— J'hésite. Celui-ci est capiteux, provocant, celui-là est moins tapageur. Que me conseillez-vous, Coralie ?

— Si j'étais Madame, j'opterais pour la simplicité, ça vous donne une allure distinguée, surtout une actrice telle que vous. Naturellement il est plus cher, mais il vous va si bien ! Je vous le fais livrer ?

De son bureau, Annie Chevance entendait ses employées affairées à ranger les chapeaux disséminés sur les banquettes.

— Je croyais qu'elle allait y passer la nuit ! s'exclama Coralie. Au revoir, tout le monde, à demain.

Lorsque ouvrières et vendeuses se furent volatilisées, Annie Chevance parcourut les deux salons où les parterres de modèles s'alignaient devant des boiseries laquées agrémentées de miroirs. Elle caressa une tige en fer terminée par un champignon, ainsi la capeline couronnée d'entre-deux avait trouvé acquéreur. Elle poussa une porte et s'attarda dans la pièce dévolue à la manutention. Un mobilier sévère attestait le sérieux avec lequel les formières bâtissaient l'ossature des couvre-chefs qu'elle créait. Les apprêteuses habillaient ensuite ces squelettes et les garnisseuses apportaient la touche finale. Annie Chevance affectionnait ce lieu secret. C'était là que les chapeaux, éclos en une palette flamboyante, se préparaient à coiffer de leurs frous-frous bourgeoises cabotines ou demi-mondaines.

Après avoir ramassé deux fleurs artificielles, elle tourmenta entre ses mains un morceau de velours, puis elle s'assura qu'aucune lampe à gaz ne brûlait et masqua les vitrines de contrevents. Elle quitta le magasin par la cour, ferma à clé et gravit un escalier précédé d'une marquise. Au troisième étage, elle louait un appartement transformé en bonbonnière. D'épais tapis, des chaises longues, un bureau, un papyrus à grosse tige et des plantes grasses décoraient le salon. Avant de se coucher dans sa mansarde, la bonne avait allumé une flambée. Annie tendit ses mains aux flammes. L'impression d'avoir vécu ce moment la troubla, ou s'agissait-il d'un imperceptible changement dans la disposition symétrique des gardeuses d'oies en bronze sur le manteau de la cheminée ? Elle était maniaque, c'était une manière de se protéger contre le chaos, il fallait que chaque objet demeurât exactement à la place qu'elle lui avait assignée. Elle fit le tour de la maisonnée, rien n'avait été déplacé, cependant le sentiment d'inquiétude persistait. Elle frissonna, sans doute un accès de fatigue. Elle gagna la cuisine, ceignit un tablier, retroussa les manches de son corsage et posa couverts et assiette à côté du réchaud. L'escalope et les pommes de terre étaient encore tièdes, elle les accompagna d'un ballon de rosé, les yeux rivés sur les rayonnages garnis de pots de confitures scellés d'une ficelle rouge. Elle ne se lassait pas d'admirer cette frise aux couleurs chatoyantes.

Elle se leva, rinça une douzaine de citrons, les trancha finement, les épépina et les mit à tremper dans un saladier d'eau fraîche. Demain, elle ferait des confitures. Sa solitude l'accabla brusquement. Elle s'était construit une vie axée sur le désir de réussite, le travail, toujours le travail, la condamnation au succès. Elle était comblée au-delà de ses espérances, mais la joie se dérobait, qu'elle fût le fruit de l'amour d'un enfant ou d'une simple gaieté intérieure. Et ce n'étaient pas les pots de confitures qui allaient lui tenir lieu de famille.

Déprimée, elle laissa tout en plan.

La chambre à coucher lui apparut pareille à un tombeau. Elle était dépourvue de fenêtre et, pour pallier ce défaut, elle avait fait peindre sur le mur un panorama en trompe-l'œil représentant un paysage marin au crépuscule. Le lit à baldaquin aurait pu accueillir trois personnes, mais à quoi bon ce monument puisque ne s'y allongeait qu'une femme solitaire de trente-quatre ans ?

Elle se dévêtit, enfila une chemise de nuit, avala le cachet de valériane qui modérait ses insomnies, se glissa entre les draps, éteignit la lampe et se redressa aussitôt, en proie à la panique. De quelle source émanait cet éclat fugace en provenance du vestibule ?

« Ne t'affole pas. »

Elle repoussa les couvertures, aux aguets, les yeux dilatés. Elle s'arma de courage et explora l'appartement. Le silence. Elle avait dû être le jouet d'hallucinations, peut-être fallait-il s'offrir une semaine de congé, sortir, voir du monde ?

La mèche d'un trognon de bougie s'enflamma. Annie Chevance dormait profondément quand la silhouette s'arrêta sur le seuil de la chambre à coucher, scrutant l'ombre qui s'y amoncelait. À pas prudents, elle s'avança, contempla la coiffeuse et la psyché au plateau recouvert de flacons de parfum aux bouchons de cristal. Elle sursauta à la vue d'un soleil qui, sous la lueur de sa bougie, semblait plonger à l'horizon d'une mer d'huile. Le lit à colonnes se trouvait sur la droite. La silhouette s'immobilisa. L'objet qui gonflait une poche de son manteau eût probablement rempli parfaitement son office, mais il avait déjà servi et risquait d'être identifié, tandis que ce fer à repasser en fonte, subtilisé dans la boutique, avait l'avantage de faire partie du lieu.

Un bras prêt à s'abattre se découpa sur la tête du lit. Annie Chevance ne souffrirait plus jamais du manque de sommeil.

CHAPITRE XI

Dimanche 16 janvier

Un vent mordant s'engouffrait dans les ruelles amarrées aux Halles. Des papiers et des épluchures tourbillonnaient sur les trottoirs et se plaquaient contre les fenêtres closes. La ville peinait à secouer sa torpeur, encalminée dans la nuit où les halos de quelques réverbères dessinaient un sillage aérien. Parmi les bruits confus du quotidien – chiens affamés, la truffe enfouie au fond de poubelles, chats en vadrouille, humains éreintés à l'orée d'une nouvelle journée de travail – résonnait le claquement de bottes renforcées de talons ferrés. De belles bottes bien astiquées qui se fondirent au milieu d'une flaque d'ombre, près de la devanture d'une boucherie chevaline. En dépit du froid, Amadeus attendrait. Sa houppelande à collet l'abritait des courants d'air et son brûle-gueule attisait en lui un feu réconfortant.

Se lever dès potron-minet, quand le passage du Caire dormait encore, paupières baissées sur les ateliers d'impression lithographique et les magasins tassés sous la verrière, tel était le bon plaisir de Gaétan Larue.

Sanglé dans son uniforme foncé d'employé municipal, coiffé de la casquette réglementaire qui l'apparentait à un facteur, il arpentait le tunnel désert dont il se prétendait le propriétaire.

Il émergea place du Caire, leva les yeux sur l'étroit balcon de son appartement. De là son regard dériva vers les trois télamons égyptiens aux yeux étirés, aux oreilles de vache et aux perruques fantaisistes, surmontés de cartouches gravés et d'une frise guerrière inspirée des tombeaux pharaoniques. Cette évocation de pacotille, qui le ravissait, célébrait l'entrée des troupes françaises au Caire le 23 juillet 1798 et l'enthousiasme suscité par cette victoire. Après une pensée émue au souvenir de sa première rencontre avec Angélique Frouin en ces parages, Gaétan Larue attrapa le cahotant omnibus C, véhicule assoupi qui le mena aux bains chauds de la rue Vivienne. Sa toilette expédiée, il serra autour de sa taille une double et large ceinture, indispensable instrument de travail, et grimpa sur l'impériale d'un second omnibus ralliant les Champs-Élysées. Pour quelle raison eût-il remarqué le fiacre à l'abri duquel l'épiait une silhouette emmitouflée d'une pèlerine ?

Gaétan Larue déplorait d'avoir été spolié du soin de ses chers platanes de l'avenue de Friedland. Ironie du sort, son habileté et sa souplesse lui avaient valu cette mutation. Les gros ormes qui lui étaient confiés s'épanouissaient au cœur d'un mobilier urbain envahissant et, comme la circulation ne pouvait longtemps être interrompue sur la plus grande artère de la capitale, on avait jugé adéquat de faire appel à sa virtuosité. *Évaluation fiable des obstacles. Méprise le vertige*, avait griffonné un rond-de-cuir dans son registre.

Ses collègues élagueurs enviaient ce qu'ils considéraient comme une promotion, tandis que lui regrettait des lieux moins fréquentés.

« Un pion, je ne suis qu'un pion qu'on manipule à sa guise ! »

Amadeus mouilla le bout de son index afin de gommer une éclaboussure sur sa botte droite. Il se rencogna dans l'angle d'un porche, observatoire discret. Quelle agilité ! Cet homme risquait sa vie sans barguigner. Grâce à une échelle, il se hissait jusqu'à la cime de l'arbre où des cordages reliés aux anneaux de sa ceinture lui permettaient de s'accrocher, un vrai singe ! Ses mains libres maniaient la serpe qui lui servait à entailler l'écorce. Une poussée suffisait ensuite à éradiquer la partie indésirable et à la balancer au sol sans endommager les branches inférieures. L'élagueur descendait chercher un pot de coaltar tiédi sur un réchaud et remontait jouer les équilibristes. Le voir enduire la blessure infligée au tronc pour prévenir la décomposition du tissu ligneux constituait un spectacle peu commun. Amadeus fut saisi d'une idée extravagante. Il imagina un de ces médecins illuminés qu'affectionnaient les romantiques allemands. Après avoir découvert le cadavre d'un trucidé fraîchement débité en rondelles, un savant s'évertuait à le rafistoler. Nul doute que E. T. A. Hoffmann eût su tirer un joli conte d'un tel postulat.

Restait à éliminer une tige éloignée. Gaétan Larue caressa la peau rugueuse et chuchota à l'arbre que cette opération était nécessaire, mais qu'il s'efforcerait de la rendre indolore et qu'il respecterait le rythme et la structure du tronc. Il était en communion avec le peuple des forêts exilé dans la ville, il captait les ondes, inaudibles pour la majorité des hommes, porteuses de ses peurs et de ses espoirs. Si ce langage avait été compréhensible à tous ! Si ces lilliputiens, qui se mouvaient à ses pieds, imbus d'une suprématie ridicule, avaient daigné écouter non seulement les premiers enfants de la terre, mais aussi les insectes, les oiseaux, les mammifères, les poissons, bref ce qui ne représentait plus qu'un décor de théâtre ! Hélas, les hominidés étaient bouchés à l'émeri. Le monde leur appartenait, la planète n'était qu'un trophée de chasse sur lequel poser la semelle. Gaétan Larue gloussa. Il savait qu'inverser les rôles était facile. La revanche était proche, les écrits anciens l'annonçaient.

Il enroula son cordage autour de l'orme, en noua l'extrémité dans un des mousquetons de sa ceinture puis progressa prudemment. Son cœur tambourinait, grisé. Il se sentait prêt à escalader le faîte de n'importe quel géant, fût-ce un cèdre ou un séquoia. Foin du long apprentissage qui lui avait inculqué cette maîtrise de lui-même, il était d'instinct l'égal d'un dieu.

Les doigts serrés sur le bâton fixé à la serpe, il émondait avec dextérité, dix mètres au-dessus de la chaussée où quelques gobe-mouches se démanchaient le cou. Impossible de tomber, il sortirait vainqueur de cette besogne qu'on lui avait attribuée, l'arbre serait rasé de près.

Amadeus était gagné par l'admiration qu'il avait toujours ressentie en présence d'êtres courageux. Ce gaillard-là aurait pu en remontrer à nombre de bravaches croisés au cours de ses pérégrinations. Voilà pourquoi il était crucial de le neutraliser avant qu'il eût percé le mystère responsable de tant d'infortune, à supposer qu'il l'eût déjà en sa possession. Vérifier, profiter de son absence, retourner place du Caire et forcer sa serrure devenaient des priorités. Et si la fouille de son intérieur s'avérait décevante, ne pas relâcher la surveillance.

Amadeus fit demi-tour sans se soucier de la bise acharnée à fouetter sa pèlerine. Il souriait, davantage par habitude que par envie. Il en avait maté d'autres, et pas des moindres.

Place du Caire, les cardeuses démêlaient depuis un bon moment les literies de vieux garçons ou de grisettes face à la frise égyptienne. Tandis que leurs doigts peignaient la laine, leurs langues ne chômaient guère.

— Puisque j'vous l'serine ! Rien qu'au flair je distingue le creux de l'homme et celui de la femme. Reluquez ça : les deux empreintes sont tellement rapprochées qu'y a tout à parier qu'on a fêté là une union plutôt chaude ! assura une commère à cheveux gris nattés à l'alsacienne.

— Montre, montre, qu'on sente et qu'on palpe !

Profitant de cet instant d'inattention, un chat de gouttière se faufila dans un vestibule dallé de carreaux rouges et noirs. Derrière lui, Amadeus atteignit un escalier aux marches raides qui fleuraient la cire. Deux appartements séparés par un cabinet de commodités commun se partageaient chaque palier. Le logis de l'élagueur, au second étage gauche, n'était protégé que par une porte à serrure unique. La crocheter avec une tige d'aluminium fut un jeu d'enfant.

Plus petite qu'un cagibi, la cuisine était assiégée par des piles d'assiettes maculées. Un bec Bunsen alimentait en gaz un fourneau dont les brûleurs noirs de graisse servaient de support non seulement à des casseroles à fond roussi mais aussi à une corbeille contenant des chaussettes dépareillées. Un corridor crasseux menait à une chambre encombrée d'une couchette étroite et d'une table à dessus de marbre où une cuvette exhibait des traces d'eau savonneuse.

Dégoûté, Amadeus se pinça les narines et accéda à une grande pièce mieux tenue tapissée de papier vert amande à fleurs blanches. En dépit des fenêtres aux vitres opaques et des rideaux effrangés, il éprouva une impression presque agréable.

« Tout dénote un état de célibataire enclin au foutoir faute d'éducation, orphelin ou trop bichonné. Sous cette gabegie pointe toutefois un certain sens artistique », songeait-il en contemplant une commode de chêne poudrée de poussière, une suspension et deux lampes à globe d'opaline, un miroir de Venise rayé encadré de bois verni. Mais le meuble le plus apaisant était une bibliothèque, quelques planches mal équarries probablement assemblées par le propriétaire et chargées d'ouvrages d'époques et de dimensions diverses.

Amadeus en oublia le froid – la salamandre était éteinte – et se désintéressa de deux copies de Ruysdael représentant des arbres. Si Gaétan Larue était en possession du trésor tant convoité, il y avait de fortes chances qu'il l'eût dissimulé parmi ses livres.

Une heure fut nécessaire à l'inspection des bouquins. La majorité d'entre eux était consacrée aux forêts, à la sylviculture, à la botanique ainsi qu'à l'origine et à l'évolution des espèces. Des romans d'aventures et les œuvres d'Alexandre Dumas complétaient cette collection.

Bredouille, les mains noires, Amadeus employa l'heure suivante à ausculter les tiroirs de la commode, à fouiller les vêtements pendus à des patères ou jetés en vrac sur les étagères du placard, à soulever le matelas et le dessus de marbre dans la chambre à coucher. Bref, il retourna le logement où il ne laissa d'autres marques que celles de ses paumes sur le mobilier sale.

Le seul résultat de cette quête fut la mise en déroute de quelques araignées nichées sous les plinthes. Aucun trésor, sinon une appréciable quantité de mouchoirs fripés semés sur le parquet.

Lorsqu'il quitta l'immeuble, le chat de gouttière, surgi des étages, l'accompagna, en partance pour une nouvelle expédition.

Un bouquiniste à l'expression torve mais au sourire aimable avait étalé ses partitions musicales dépenaillées sur le parapet. Il poursuivait de ses œillades toute femelle s'attardant à ses boîtes. Un couple de Bretons entassait une profusion de cartons à dessins bourrés d'estampes et de lithographies. L'homme en exposait une partie avec des pinces à linge pendant que la femme les nettoyait. Des dames enrobées de fourrures compulsaient d'une main des revues qu'elles reposaient négligemment.

Victor remontait le quai Voltaire d'un bon pas. Il y avait un attroupement à la hauteur des boîtes de Fulbert. La plupart des gens discutaient à mi-voix, un mot revenait souvent : « décapité », mais ils ne paraissaient pas effrayés, plutôt excités et même assez satisfaits qu'un événement sordide fût venu pimenter la monotonie de leur existence. Fulbert Bottier s'efforçait de cacher son émotion, il n'avait pas ôté ses couvercles et affrontaient les fâcheux d'un air furibond. Ses cheveux gris étaient en bataille, son visage tiré et blême. Non content de représenter aux yeux des promeneurs une curiosité du Paris historique, il devait supporter un défilé de vampires en mal de sensations qui stationnaient devant ses boîtes closes en le désignant.

— Pourquoi ne l'a-t-on pas bouclé ?

Telle était la question qu'ils échangeaient, trop veules pour s'adresser directement à lui.

— Bonjour, lança Victor qui était parvenu à se propulser jusqu'au parapet en jouant des coudes.

— Foutez-moi la paix, jeta Fulbert sans se retourner.

— C'est moi, Victor Legris.

— Faites excuse, les nerfs me lâchent. Délivrez-moi de cette race d'individus, la bouche ouverte, les yeux écarquillés ! « Paris en Badaudois », comme disait Rabelais. Ils s'amassent parce qu'ils ont vu du monde s'amasser.

— Certains de vos collègues renâclent à se montrer aujourd'hui, observa Victor d'un ton enjoué, en indiquant la succession d'étalages fermés malgré un ciel sans nuages.

En effet Raoul Pérot, l'Odeur, Lucas Le Flohic et Séverine Beaumont manquaient à l'appel.

— Pas si fous. Ils savent que ce qui s'est produit ne peut qu'attirer des nuées de cancrelats avides de saletés, et qu'à leur tour ces cafards nous amèneront des kleptomanes. Je ne suis ici que dans le but de protéger mon bien – ils seraient capables de grimper dessus ! –, qui est d'ailleurs couvé par une procession de flics en civil.

— Valmy vous soupçonne-t-il sérieusement ?

— Je le suppose. Il nous suspecte tous, moi, mes collègues, vous-même et peut-être Joseph.

— Et vos clients fidèles ?

— Il m'a asticoté à leur sujet. Je ne suis pas un délateur, alors motus. Mais j'ai réfléchi. Il y a cet élagueur et ce cordonnier, ils traînent régulièrement leurs basques dans le coin, tous deux manient des instruments tranchants. Cette nuit, je souffrais d'insomnie à cause de cette vacherie de molaire, je me suis levé pour y mettre un emplâtre de clous de girofle et je me suis souvenu qu'Angélique Frouin, la cardeuse, avait été cambriolée récemment. On lui a carotté un paroir, elle prétend que ça coupe mieux qu'une faux. Quelle poisse, cette affaire. Zyeutez-moi ces blattes, je vais perdre la boule, enfin métaphoriquement parlant, ajouta-t-il en se caressant le cou. Le plus louche de cette bande, à mon avis, c'est Amadeus, ce type déguisé, reprit Fulbert. Il connaît tout le monde sur les quais, c'est un colporteur, il vend des gommes, des crayons, des pelotes de ficelle…

— De la ficelle rouge ?

— Oui, j'en ai, il fournit la majorité des bouquinistes.

— Selon vous, existe-t-il une corrélation entre ces excentriques et la défunte Philomène Lacarelle ?

— La Boulangère ? Que je cogite… Elle raffolait des manuscrits, de préférence sur vélin. Peu lui importaient les thèmes traités. Le cordonnier se passionne pour les planches de l'*Encyclopédie* concernant son métier. L'élagueur, lui, traque les manuels de jardinage d'antan, il lui arrive d'acheter des gravures. Quant au sieur Amadeus, je lui ai vendu des textes rares, il ne conteste jamais les prix.

— Vous avez révélé ça au commissaire Valmy ?

— Vous me prenez pour qui ? À chacun son boulot.

Perplexe, Victor se gratta le menton.

— Ces considérations ne nous avancent guère. Des amoureux de paperasses, normal qu'ils fréquentent les quais. Dommage que votre voisin le Tyrolien soit absent, il côtoie aussi ces hurluberlus, quel est son nom, déjà ?

— Georges Moizan. Entre nous, c'est la guerre. Il entoure ses bouquins de ficelle, juste pour m'emmerder. Je lui rends la pareille. Ce vautour teigneux a dû prolonger son séjour à Caen, il ne devrait plus tarder à rentrer. Ne comptez pas sur lui, il est cauteleux et redoute les ennuis. Votre meilleur informateur, c'est moi, marmonna Fulbert. À propos de Moizan, je cours dare-dare chez le Dr Dangé, son dentiste, j'ai trop mal aux crocs.

— Dangé ? À votre place je me méfierais.

— Oui, Dr Dangé, rue de Rennes, le praticien de Moizan, il paraît que c'est un illustre arracheur de dents.

— Bonjour, monsieur Bottier.

— Bonjour, mademoiselle Pitel.

— Que signifie cette foule ? Me frayer mon chemin jusqu'à vous a été la croix et la bannière. Où est M. Moizan ?

— En voyage.

— C'est regrettable, j'aurai fait la route pour des prunes. À quoi rime ce meeting ?

— C'est que... Vous n'êtes pas au courant ?

— Au courant de quoi ?

— Il y avait un cadavre dans une de mes boîtes et une de mes pratiques a été assassinée.

— C'est beaucoup pour un seul homme. Quel était le nom de votre cliente ?

— Philomène Lacarelle. Heureusement, mon ami me porte assistance, c'est que je n'ai pas d'alibi. Oh ! faites excuse, je vous présente M. Legris, libraire rue des Saints-Pères.

Victor s'inclina et adressa un signe d'adieu à Fulbert. Il était soulagé de s'éloigner des groupes indiscrets. Il croisa Séverine Beaumont, en train de soulever ses couvercles et la salua.

— C'est gentil de soutenir Fulbert.

— J'ai besoin de gagner ma pitance, figurez-vous. Un de ces gogos marchandera peut-être mes *Clé des songes*. Fulbert renonce ?

— Il va chez le dentiste, c'est urgent.

— Oh, le pauvre !

— Éclairez ma lanterne, chère madame, cette femme attrayante qui discute avec votre voisin, j'ai cru comprendre qu'elle se nomme Pitel. Pitel, comme le cordonnier ?

— C'est sa tante, un vrai chameau. Vous la trouvez séduisante ? Ce doit être parce qu'elle est blonde.

Son étalage bâclé, elle s'installa sur son pliant, son tricot sur les genoux. Victor prit conscience que le motif blanc qui se découpait sur le fond bleu d'une écharpe n'était pas une ancre marine mais un pot de confitures.

> *Effarouchées, les statues se prosternèrent sur leurs piédestaux : de quel sein glacé étaient-elles issues ? Leurs yeux de marbre ou d'airain fixèrent avec étonnement leurs corps rigides, leurs mains ébauchèrent le geste de saisir l'air. Un poing minéral se crispa...*

écrivait Iris dans son cahier. Daphné suçait son pouce. Arthur s'était rendormi dans son berceau après un bref accès de pleurs.

Elle cala les oreillers qui glissaient et se pelotonna plus confortablement dans le lit. Joseph la croyait-il sourde et stupide ? Elle avait entendu sa conversation téléphonique et n'était pas dupe de son explication embarrassée. Il y avait belle lurette que l'expertise d'une bibliothèque en banlieue un dimanche matin camouflait un autre genre de rendez-vous. Victor, bien sûr. Fidèle à un code qui n'avait plus de secret pour elle, Joseph avait échangé quelques mots avec Lulu, la serveuse du *Temps perdu*, et l'avait priée de prévenir le monsieur assis contre la vitre qu'on désirait l'entretenir. Un silence – elle imaginait Victor se redressant et posant une soucoupe sur sa tasse afin que le café demeurât chaud –, puis un soliloque excité d'où se détachèrent les mots « aucun danger, elle somnole », « la modiste », « maintenant ? », enfin le « J'arrive » traditionnel.

Inutile de lui faire perdre la face. À peine si elle avait entrouvert les paupières lorsqu'il s'était penché vers elle et l'avait embrassée en murmurant :

— Cet achat à Vitry promet, rien que des basanes et des maroquins, il se pourrait que je dîne dehors, ma chérie.

Dès que la porte se fut close en douceur, un trottinement rapide l'avertit qu'elle n'était pas seule à savoir Joseph parti. Daphné occupait à présent la place vide encore tiède et serrait contre son cœur le cadeau de son grand-père, un jeu de cartes *hanafuda* fabriqué en 1889 à Kyoto par la firme Nintendo.

Suçant le bout de son crayon, Iris s'efforçait de se concentrer sur son récit, unique manière de chasser l'inquiétude qui s'était emparée d'elle. *Ils* enquêtaient, une fois de plus.

Lulu prépara à ses deux habitués favoris un assortiment de tartines beurrées et un plateau de fromages destinés à leur tenir lieu de petit déjeuner, de déjeuner et de goûter. La bouche pleine, ils se firent part de leurs interrogations concernant la mort de Sosthène Larcher, de Philomène Lacarelle et de celle de l'homme sans tête du quai Voltaire. Lestés de pain, de brie et de café, ils grimpèrent dans un fiacre qui les emporta rue de Paradis.

— On dirait un musée de porcelaines, remarqua Joseph, planté devant une boutique emplie de bergers et de marquises. Oh ! et ces animaux de Saxe, quelle finesse ! Maman en serait toquée.

— Nous ne sommes pas ici pour les vitrines, grommela Victor, qui parvint à remorquer son beau-frère jusqu'à un immeuble à l'entrée duquel stationnait une cohorte de piétons impatients.

— Ne me dites pas que c'est là qu'habite votre modiste ! s'écria Victor.

— *Ma* modiste ! D'abord, ce n'est pas *ma* modiste ! Cuisinez-les donc vous-même, repartit Joseph.

Le dernier de la file, un quinquagénaire chauve et timide, leur apprit qu'il souhaitait obtenir une entrevue avec Mlle Couedon, la célèbre voyante qui avait prédit le cyclone de 1896 et l'incendie du Bazar de la Charité.

— Je voudrais tant savoir si la fille que j'ai eue d'une seconde union finira par se marier, et si j'aurai une descendance.

— Dans les deux cas, vous récolterez des ennuis. Célibataire, elle continuera de vivre à vos crochets, mère de famille, elle vous extorquera des subsides. Il est vain de poireauter et de vous ruiner pour une consultation parce que…

Joseph n'eut pas le loisir d'achever sa phrase, de nouveau charrié par Victor en direction d'un magasin cerné d'un cordon de policiers.

— Elle est raide, vous m'avez tordu le poignet, qu'est-ce qui vous… protesta Joseph.

— J'ai la fâcheuse impression que notre modiste a écopé d'un sort funeste, insinua Victor, qui s'adressa à l'un des gardiens de la paix en faction.

— Est-ce bien l'endroit où travaille Annie Chevance ?

— Travaillait, monsieur, travaillait, elle a été assassinée, on a retrouvé son corps aux aurores.

— Je vous rends justice, Victor, chuchota Joseph, vous bénéficiez d'un sixième sens.

— Circulez, messieurs, circulez, vous gênez mes collègues.

Ils s'éloignèrent à contrecœur. Avisant un bistrot, Joseph suggéra de s'y désaltérer dans le but de recueillir des potins. Il avait tapé dans le mille. Une jeune femme boulotte affublée d'une robe à pois et d'un paletot de lapin était l'objet de la sollicitude générale.

— Buvez ce lait chaud, Toinette, vous avez subi un choc, conseilla la patronne à l'ample poitrine.

— Du lait ! C'est plutôt un cognac qui la ravigoterait, nasilla le tenancier.

Plusieurs consommateurs entouraient la jeune femme incapable de reprendre son souffle. La patronne les écarta à coups de torchon.

— Allez-vous lui ficher la paix à la fin ? Elle n'est pas dans son assiette, espèces de bassins !

— Laissez, madame Clotilde, ça va mieux, j'ai surtout eu peur que les forces de l'ordre m'interdisent de sortir. Le commissaire a paru m'accorder sa confiance, n'empêche que je suis convoquée demain matin. Ah, je m'en souviendrai de ce dimanche !

— Ils veulent vérifier votre alibi, décréta Victor en soulevant son chapeau.

Flattée qu'un bourgeois s'intéressât à elle, Toinette se tortilla en prenant soin d'entrouvrir son paletot sur son corsage bombé.

— Drôles de phénomènes, ces vaches, si vous voulez mon opinion. L'air affable, mais l'œil américain. Ils me reluquaient comme si je n'étais pas nippée. Bien sûr que j'ai un alibi ! J'ai dansé toute la soirée avec Robert, mon bon ami, rue de la Gaîté, et puis je suis rentrée dormir chez mes parents, à la Bastoche, conclut-elle, la bouche en cœur.

Victor se glissa à sa gauche, Joseph à sa droite, repoussant ainsi le cercle des fouineurs qui reculèrent en renaudant.

— C'est vous qui avez découvert la modiste ? On rapporte qu'elle était évanouie, avança Joseph.

— Évanouie ? Vous rigolez ! Elle a le crâne carrément défoncé, même que c'était une horreur, c'est moi qui ai failli tomber dans les pommes quand j'ai cavalé prendre mon service. La serrure était cassée, la porte entrebâillée, je me suis doutée qu'il y avait une anicroche. En principe, quand je me pointe, Mme Chevance est levée. Mais là… Au fond de son plumard, la caboche écrabouillée !

Toinette avala d'un trait son verre de lait, hésita une seconde et siffla son cognac.

— Celui qui l'a refroidie a fatalement abusé d'elle avant, déclara la patronne, la mine gourmande.

— Pas certain, le médecin légiste l'a examinée en vitesse et je l'ai surpris en train de marmotter au commissaire : « Pas de violences intimes à première vue. »

Le tenancier approcha son nez dilaté.

— Les journalistes vont vous filer. Vous serez en première page.

— Ce que j'm'en tamponne ! Je me serais dispensée de ce spectacle. Mon Dieu, sa bobine, à cette pauvre Mme Chevance ! Plus défigurée que si on l'avait aplatie avec un pavé. Ils ont emporté le cadavre à la morgue, pourvu qu'ils ne m'obligent pas à l'identifier derechef !

— Mais si on ne lui a pas infligé les derniers outrages, pourquoi l'avoir éliminée ? demanda la patronne. Un cambriolage ?

— Moi qui connais l'appartement, j'ai été chargée de l'inventaire par ces messieurs, j'avais guère la tête à ça. J'ai fureté partout, aucun livre, aucun bijou ne semblait manquer, aucun objet de valeur non plus. Vous savez ce que l'assassin a piqué ? Je vous le donne en mille !

— Ses effets ? hasarda la patronne.

— Ses confitures ! proclama Toinette, fière de susciter l'ébahissement de tous.

Joseph se pencha et harponna le bras de Victor.

— Oui, la totalité de ses pots, elle les préparait elle-même et je crois aussi que des relations lui en offraient. Ah ! et puis un rouleau de ficelle rouge.

— Tuer pour des confitures, c'est un comble, notre société court à sa perte ! beugla la patronne.

— Ouais, et avec ça, qui me paiera mes gages ? J'ai plus qu'à solliciter une nouvelle place, geignit Toinette, les épaules basses.

Joseph et Victor s'esquivèrent. Ils longèrent le marché Saint-Quentin, plongés dans leurs pensées.

« De la ficelle rouge, songeait Victor. Ça me poursuit. Fulbert et Georges Moizan en possèdent… Il y a également ce libraire en chambre, M. je-ne-sais-qui. Il était ligoté. Avec quoi ? »

De son côté, Joseph se souvenait que le recueil déniché dans la remise de sa mère était couvert d'un papier portant les empreintes d'un lien.

« À prouver, avant d'en toucher un mot à Victor, qui de toute façon m'engueulera de ne pas lui en avoir parlé plus tôt… »

— C'est vraiment bizarre !

— Ça me dépasse ! s'écrièrent-ils de conserve.

Ils pilèrent et se fixèrent l'un l'autre.

— Les confitures ! s'exclama Victor.

— Voilà le mobile !

Son beau-frère grimaça.

— Creusez-vous les méninges, Joseph, iriez-vous jusqu'à tuer pour des confitures ?

— Oui, si j'avais cinq ans et qu'une marâtre me condamne au pain sec et à l'eau. Bon, ça ne tient pas, mais la reine de la marmelade, Philomène Lacarelle, a été délestée de ses pots, elle aussi. Ça m'inquiète pour maman, parce qu'elle en raffole et…

— Vous m'embrouillez. J'allais mettre le doigt sur… J'y suis ! Ce Georges Moizan qui est parti à Caen, je serais curieux de le rencontrer. Le jour de votre anniversaire, Fulbert a évoqué ce voisin qu'on surnomme le Tyrolien. Si c'était lui, le meurtrier ? Il utilise de la ficelle rouge, j'avais omis de vous le dire, j'en ai ramassé un bout chez Philomène Lacarelle.

— Et hop ! Un indice supplémentaire gardé sous le manteau ! Quelle collaboration magnifique !

— Voyons, Joseph, nous deux, on fait la paire. Ne suis-je pas justement en train de vous livrer des renseignements capitaux ? Sur le moment, cela m'avait échappé. Mieux vaut tard que jamais… J'y songe, la cardeuse de matelas aurait elle aussi été victime d'un vol de confitures.

— Angélique Frouin ? Elle est encore parmi nous, que je sache !

— Ce qui ne la blanchit pas. Quand j'étais en culottes courtes, Kenji me ressassait que bien des gens sont des horloges qui indiquent une heure et en sonnent une autre. On nomme cela « duplicité ».

Étreint par un sentiment de culpabilité, Joseph se cloîtra dans le silence.

« Quand j'aurai compris le sens de ce fichu recueil confondu par Philomène Lacarelle avec le *Traité des confitures*, je lui en ferai part », se promit-il, insensible aux rafales du vent du nord.

Amadeus se félicitait d'avoir bravé le froid pour assister à la commémoration du centenaire de la naissance d'Auguste Comte, fondateur du positivisme. Cela l'avait détendu, après une matinée d'errance aux alentours de la rue de Paradis.

Il flânait sous les galeries de l'Odéon, balayées de courants d'air. De même que de nombreux bibliophiles, que n'effrayaient ni la bise ni les remontrances des marchands, il parcourait debout des ouvrages relatifs à la topographie parisienne. Il était, pensait-il, en voie d'élucider l'énigme du *Milieu du Monde*, cité par le fragment du texte de Louis Pelletier. Ce n'était néanmoins qu'un détail insuffisant. Tant qu'il ne localiserait pas le lieu de manière précise, il lui serait impossible d'enrayer le processus selon lequel les meurtres se succédaient. Un conte certes absurde, mais dont il ne se sentait nullement responsable. Était-ce sa faute si tous ces pions médiocres s'obstinaient à jouer un rôle sur l'échiquier du mystère ?

Le Milieu du Monde... Quelque chose prenait forme dans le lointain. Des stances s'emboîtèrent une à une : *Cherchez Le Milieu du Monde... Et tout près vous la trouverez... Sous des galeries voûtées... Jadis un homme arme portant... Veillait sur...*

Jadis un homme arme portant... Où avait-il lu des mots quasi similaires ? Chez un auteur contemporain qui les avait assemblés sous une tournure modifiée, il en avait l'intuition, sinon la conviction... La mémoire... La mémoire... Rien ne venait, sa tête sonnait creux. Il considéra des piles de brochés, de lourds volumes reliés de cuir craquelé, entassés sur les tables, notant machinalement les titres. Ici on bazardait n'importe quoi à vil prix, mais on se rattrapait sur la quantité. Les pièces rares se morfondaient sur des étagères de caisses superposées.

La suite sembla se dérouler au ralenti. Parmi les centaines de volumes, l'un d'eux, à la coiffe rouge, retint son attention : *Les Misérables, 7-8, L'Idylle rue Plumet et l'épopée rue Saint-Denis*[1]. Il fronça les sour-

1. Imprimé à Bruxelles en 1863 par A. Lacroix, Verboeckhoven & Cie Éditeurs.

cils, se pencha pour consulter la table des matières. Il s'immobilisa, le regard fixe, halluciné :

« Livre quinzième
La rue de l'Homme-armé »

Il revint fébrilement aux premières pages et lut :

« l'épopée rue Saint-Denis »

— Un homme arme portant… la rue de l'Homme-armé ! murmura-t-il. Le Marais !

Cette découverte le percuta.

— Ce n'est pas parce qu'il est dépareillé qu'il faut le traiter sans ménagement ! Stéphane Mallarmé a imaginé un livre qui présenterait un sens différent suivant qu'on le lirait sans couper les pages ou après les avoir coupées. Et j'ai vu Villiers de l'Isle-Adam utiliser l'embout de son parapluie afin de violer un de mes bouquins. Vous, c'est encore mieux, vous ne coupez pas, vous écartez les doubles feuillets avec le tuyau de votre bouffarde, heureusement éteinte, si bien que vous dévorez gratis les trois quarts de mes volumes. Qu'en retenez-vous ?

Le libraire affectait une expression résignée. Amadeus reposa *Les Misérables.*

— Ce que j'en retiens, monsieur ? Mais, pour citer Rabelais, « la substantifique moelle ». Nul besoin de tout assimiler, il suffit de deviner à bon escient. Je recherche *Gargotes et tavernes du Marais* par François de Genet, l'avez-vous lu ?

— S'il fallait lire tout ce qu'on vous demande ! répondit l'autre en souriant. Un libraire doit connaître son fonds. Si vous vous intéressez aux anecdotes historiques, j'ai une belle édition en dix tomes de *Tableau de Paris.*

— Je possède le Louis Sébastien Mercier, non, je tiens à celui de François de Genet.

Le sourire du libraire s'épanouit.

— Vous avez de la chance, j'ai ce qu'il vous faut, une petite merveille.

Le libraire tira d'un casier un livre assez épais, relié en maroquin rouge.

— C'est dix francs. Serviteur, monsieur.

Amadeus s'éloigna, ses bottes ferrées claquèrent sur le pavé.

« Je me suis embarqué sans biscuit dans une traversée périlleuse, mais j'en viendrai à bout. Terre, horizon ! » se promit-il.

Tasha examinait les toiles qu'elle comptait exposer la semaine suivante au Salon des femmes artistes, chez Georges Petit. L'incertitude l'assaillait, elle se rongeait l'ongle du pouce en déplorant le style guindé de ses œuvres. Si, comme l'avait écrit Delacroix, l'art du portrait consistait en un équilibre entre la distance nécessaire à l'introspection et la connivence nouant le peintre au modèle, elle était loin d'avoir réussi ! Même la grande huile de Djina sonnait faux, parce qu'elle n'avait su saisir la complexité de son caractère à la fois passionné, enjoué et réservé.

« Mon trait est trop lisse, trop sage, je ne parviens pas à bousculer les règles. Je manque de folie, d'illumination. Le mouvement, voilà sur quoi je dois canaliser mes efforts ! Trop de bonheur nuit-il à la créativité ? »

Soudain, elle eut une curieuse sensation, pareille à celle que l'on éprouve quand on est persuadé que cela vous est déjà arrivé. Puis elle comprit. C'était un souvenir, pas une impression. L'anxiété lui serra la gorge. Victor. Il allait recommencer ses bêtises ! La colère la submergea. Elle s'appliqua à recouvrer son sang-froid. Une scène ne servirait à rien, pas plus que des supplications, il n'en avait toujours fait qu'à sa tête, même la présence d'Alice ne saurait le détourner de ses enquêtes.

Ni les caresses de Kochka contre ses chevilles, ni les gazouillis de sa fille ne la consolèrent. L'arrivée inopinée de Victor l'angoissa plutôt qu'elle ne la réjouit. Elle eût aimé lui sauter au cou, l'entraîner dans l'alcôve, mais l'humeur morose qui l'avait envahie l'en empêchait. Pour peu qu'il l'eût questionnée, elle se serait livrée à lui. Lorsqu'elle perdait pied, il représentait sa planche de salut et lui insufflait espoir et énergie.

Mais voici qu'il se courbait vers le berceau et chatouillait le menton d'Alice, inconscient de la détresse où elle était plongée. Elle en ressentit de la jalousie et se le reprocha.

— Je vais prendre un bain, ma chérie, j'ai vainement usé mes guêtres le long des quais à l'affût de marchandise, je suis éreinté et je dois me changer, annonça-t-il en la gratifiant d'une chiquenaude sur la joue.

Fut-ce le Domovoï[1] qui poussa Tasha à glisser sa main dans la poche du veston jeté sur une chaise ? Ou bien voulait-elle se prouver que rien de ce qui concernait Victor ne lui était étranger ? Ses doigts se replièrent sur une enveloppe parfumée non cachetée. Elle en tira une lettre tapée à la machine qu'elle lut aussitôt. C'était court mais explicite :

> *Je serais tellement contente de te retrouver samedi 22, à midi, au café de Flore ! Je m'arrangerai afin d'avoir deux heures de liberté. Il y a si longtemps que nous n'avons joui d'un tête-à-tête ! J'ai envie de te confier ce qui m'inquiète, je désire que tu me rassures.*
>
> *Ta fleur de mai.*

1. Dieu de la maison, en russe.

Au dos, elle reconnut l'écriture de Victor agrémentée des gribouillages qu'il avait la manie de tracer quand il réfléchissait :

> *Y a-t-il corrélation entre les assassinats de P. L., du décapité et de A. C. ?*

Victor réapparut, ceint d'une serviette-éponge. Elle roula la lettre en boule dans sa main.

— Les époux sont tous semblables. Après quelques années de mariage, ils vont et viennent quand cela leur chante, désireux que leur moitié soit toutefois prête à dérouler le tapis rouge en leur honneur, lui lança-t-elle.

— Que me vaut cette douche froide après un bon bain chaud ?

— Je finirai par peindre une allégorie sur ce thème. Je l'intitulerai : « Ce qu'endure l'épouse qui réconforte les sombres impulsions du père de son enfant sans jamais trahir sa propre lassitude. »

— « Destinée féminine » serait plus lapidaire, répondit Victor en laissant choir la serviette. Ton étude serait sélectionnée au Salon d'automne et concurrencerait les barons de la palette, les Gervex, les Clairin !

— J'espère bien émousser la fatuité masculine.

— Qui accuses-tu de fatuité ? dit-t-il, s'efforçant de ramasser la serviette sur laquelle elle avait posé le pied.

— Toi. Avec toutes ces femmes férues de culture, tu n'as que l'embarras du choix, tu ferais mieux…

Elle ne termina pas sa phrase et eut un peu honte de ses soupçons. Elle s'était pourtant promis de ne pas devenir ce genre de chipie qui harcèle son mari.

Il était aux anges. Il adorait qu'elle fût en proie à la jalousie, tare dont il souffrait depuis l'enfance mais qu'elle affichait beaucoup plus rarement.

— Est-ce une allusion à la culture physique ou à celle de l'intellect ? Et vas-tu libérer cette serviette ?

— Lequel de ces démons à jarretelles a harponné ton cœur ? La pulpeuse archiduchesse Maximova fréquente-t-elle encore la librairie ?

— C'est une reine déchue et elle nous a délaissés, Kenji et moi. Foin de tes questions stupides, ma chérie.

— C'est grâce à des questions stupides qu'on obtient des réponses sincères.

Renonçant à draper sa nudité, il attira Tasha à lui et chuchota :

— Fais ton miel de l'adage de Porto-Riche, ma douce : « La franchise est un revolver qu'il est interdit de décharger au nez des passants. » En revanche, rien ne nous empêche de poursuivre cette palpitante discussion au lit.

— À une condition : je ne veux plus entendre parler d'enquête, sinon…

Trop occupé à la caresser, Victor ne releva pas l'ultimatum. Elle se débattit pour la forme. Elle n'avait qu'un souhait : chasser la lettre de sa mémoire et s'abandonner aux bras de l'homme qu'elle aimait.

Les souliers bruns passèrent le pont Saint-Louis et se hâtèrent entre les doubles rangées de paulownias, où le dimanche, sur l'emplacement du marché aux Fleurs, se tenait une vaste volière en plein air. Des bricoliers, qui n'avaient pas boutique sur rue, circulaient encore, une cage à la main. C'étaient pour la plupart des miséreux en quête de travail, des ouvriers qui venaient faire un échange, des ménagères qui désiraient tirer profit des couvées qu'elles avaient surveillées avec amour. Mêlés à eux pour demeurer inaperçus se faufilaient ceux qui vendaient en cachette des oiseaux des champs dont la capture était prohibée. Graines, millet, colza, plantain, aspic s'offraient également aux amateurs. Les marchands remballaient. Non loin d'une table posée sur des tréteaux, une jeune femme à la jolie frimousse couvrait de toile ses cages dans lesquelles s'alignaient de petits mandarins à bec rouge, des chardonnerets, des bengalis et des serins frileusement blottis les uns contre les autres.

— À la semaine prochaine, mère Grondin.

— Bonsoir, ma Chantal, rentrez vite au chaud.

La jeune femme s'attela à sa charrette, donna un coup de reins et, filée à distance par un quidam encapuchonné, se mit en route vers le boulevard de Sébastopol.

CHAPITRE XII

Lundi 17 janvier

Il avait fallu une bonne dose de courage à Germinie Laize pour franchir le seuil de l'Œuvre de l'assistance matrimoniale, récemment fondée au 26, boulevard Poissonnière. Cette institutrice de pensionnat avait depuis belle lurette coiffé sainte Catherine et désespérait de rencontrer le compagnon qui l'aiderait à traverser les flots houleux de la vie. Elle se jugeait sans complaisance : plutôt laide, déjà vieille, mais dotée d'un esprit ouvert aux sciences autant qu'aux arts, bien qu'elle enseignât le point de croix et les rudiments du solfège à des adolescentes renfrognées. La dame qui la reçut, une aimable quinquagénaire, la félicita de son choix.

— Vous ne vous repentirez pas d'avoir eu recours à moi. Voici ce que je vous propose : nous allons rédiger ensemble une annonce qui sera diffusée dans les journaux. Nous étudierons les réponses expédiées à mon bureau et, si l'une d'elles a l'heur de vous plaire, j'organiserai un rendez-vous au cours duquel vous découvrirez votre correspondant.

— Supposez qu'il me soit antipathique ou que sa conduite soit inconvenante ?

— C'est simple, vous le renverrez au néant. Ne possédant pas votre adresse privée, nulle crainte qu'il ne vous harcèle de ses assiduités. Mon officine a pour but de faciliter le mariage de célibataires dépourvus de relations personnelles. En cas d'échec, refuser de se déclarer vaincues et persévérer, tel est le devoir moral qui nous incombe.

Germinie Laize était demeurée pensive, à l'écoute de son cœur emballé et de son souffle court.

— Tout cela va coûter cher.

— Oh, si peu ! Cinquante francs pour mes services. Dans l'éventualité que des épousailles récompensent mes efforts, je vous réclamerai une prime de quatre cents francs, payable en trois échéances. Cette somme constituera le cadeau de noces de votre époux.

— Il sera peut-être démuni.

— Ma chère, à votre âge et dans votre condition, vous marier avec un individu désargenté serait d'une profonde imprudence.

Dès le lendemain paraissait dans les principaux quotidiens ce texte :

> « Femme jeune, douce et cultivée, aux revenus modestes mais réguliers, souhaiterait faire la connaissance de monsieur instruit, de caractère pondéré, de préférence employé ou fonctionnaire, désireux d'embrasser la carrière matrimoniale. Écrire à Mme de Liptay, 26, boulevard Poissonnière. »

Deux jours après la publication, les lettres commencèrent d'affluer. Leur dépouillement par les deux femmes déclencha force fous rires. À les en croire, ces gentlemen étaient tous de richissimes apollons nantis d'un cerveau encyclopédique et d'espérances mirobolantes quant à leur avancement. L'unique prétendant un tantinet réservé était chef du rayon des bagages au magasin La Samaritaine, rues du Pont-Neuf et de Rivoli. Il s'avouait « entre deux âges » et « d'allure banale », celant sous une apparence tranquille un tempérament romanesque et un goût immodéré des recherches historiques.

En ce lundi matin qu'un ciel clément avait eu la bonté de rendre presque printanier, Germinie Laize quitta le fiacre qui l'avait emmenée à l'orée du bois de Boulogne. Elle parcourut l'allée des Dames et s'assit dans un café d'où elle observa le lac inférieur et la grande cascade. Elle manipulait nerveusement *Le Passe-partout* et *L'Éclair*, tous deux titrant :

LA MISSION MARCHAND, DE COURBEVOIE À BANGUI.

Elle attendait que se présentât un certain Constant Venette. Ce qui se produisit rapidement. Aussi intimidé qu'elle, un quidam de taille moyenne, au visage empâté et au costume anthracite, coiffé d'un melon gris, se courba de façon quasi militaire. Malgré son physique revêche, ses yeux pétillants et son franc sourire séduisirent Germinie Laize, dont les traits dénués d'affectation et la toilette mauve à rayures blanches provoquèrent l'émoi de Constant Venette.

Après avoir bu un amer Picon, ils se promenèrent autour du lac inférieur, bras dessus, bras dessous, comme s'ils se courtisaient depuis toujours.

— Ma chère, le hasard est-il responsable de ce remue-ménage en moi, ou faut-il remercier le destin ?

— Mon cher, je suis pragmatique, Je vous rétorquerai donc : ni l'un ni l'autre. Notre reconnaissance ne peut aller qu'à Mme de Liptay.

— Ma chère, je loue votre discernement, toutefois vous ne m'ôterez pas la conviction qu'une intelligence supérieure nous a guidés en ce faste lundi, jour de la Lune. Je suis né une nuit que cet astre était plein, il me porte chance.

— La Lune n'est pas une étoile, mais le satellite de la Terre et reçoit sa lumière du Soleil.

— Ma chère, vous êtes un puits de science. Mais je vais mettre votre perspicacité à l'épreuve : avez-vous entendu parler de la rivière Jouribéi, que cette nappe d'eau évoque à ma mémoire ?

— Non, j'admets cette lacune.

Heureux de briller à son tour, Constant énonça :

— C'est à l'embouchure de la Jouribéi, au pays des Samoyèdes, qu'en mai 1897 fut déterrée la carcasse entière d'un mammouth.

— Avec sa fourrure ?

— Certes, répliqua Constant que ce détail laissa de marbre.

— Encore un crime envers nos frères à quatre pattes, je présume. J'ai lu qu'on prédit en France la disparition imminente des castors, tués pour leur peau, les misérables mammifères.

— Vous aimez les bêtes, quel bonheur ! Nous pourrions acheter un chat ou chien. D'ailleurs, dans une vie antérieure j'ai dû être un chien, les ossements m'attirent.

Ils contemplèrent quelques minutes le bateau omnibus qui, pour dix centimes, menait les curieux à une des deux îles du lac inférieur. Constant hésitait. Sa bourse était-elle assez garnie pour régler la note d'un double déjeuner dans le chalet abritant un café-restaurant ?

La voix assurée de Germinie brisa ses tergiversations.

— À propos d'animaux, saviez-vous que notre butte Montmartre était jadis recouverte d'épaisses forêts dans lesquelles les druides cueillaient le gui sacré, et qui servaient de repère à des fauves ?

— Dommage qu'il n'y ait pas eu de peintres à cette époque, car…

Constant s'interrompit. Il distinguait au pied d'un buisson un objet de forme arrondie auquel son regard attribua aussitôt un nom que son esprit se refusait à accepter.

— Ne serait-ce pas… commença Germinie.

Elle marcha droit au buisson et s'accroupit.

— Ce crâne, masculin si j'en juge sa coiffure, et enrobé d'un filet, n'a rien de préhistorique. Ce n'est pas celui d'un pithécanthrope, encore moins un modèle réduit jivaro.

— Vous avez raison, ma chère, il semble avoir été séparé d'un corps humain d'époque contemporaine. Décollation qui remonte à quelques jours, étant donné son aspect méconnaissable.

— J'ajouterais même que, n'était la fraîcheur hivernale, ce chef serait décomposé. C'est extraordinaire, il est attaché à des ficelles reliées à des ballons, dégonflés ou crevés. Et il y a aussi une missive.

— Oserons-nous la décacheter ?

— Mon cher, la peur est étrangère à l'historien.

Germinie s'éclaircit la voix et lut la lettre extirpée de l'enveloppe :

> *Je quitte à jamais la Seine et Paris parce que j'en ai par-dessus la tête de cette société qui n'a rien d'angélique !*
>
> *Georges Moizan.*

— Un suicide ? Comment s'y serait-il pris ?

— Il a pu se trancher la gorge fixée au préalable à ces ballons. Le tout s'est envolé d'une fenêtre haut perchée.

— Ma chère Germinie – m'autorisez-vous cette familiarité ? –, cette explication est tirée par les cheveux. Quelle conduite adopter ?

— Primo, prévenir la police. Secundo, caler nos estomacs révulsés qu'un repas copieux apaisera. Nous partagerons la dépense, cela va sans dire.

— Votre bon sens et votre générosité m'emplissent d'admiration, déclara Constant, convaincu de cheminer, grâce à Mme de Liptay et à la miséricorde divine, auprès de la future mère de ses enfants.

Au carrefour des rues de l'Estrapade et des Irlandais, la porte de l'immeuble où logeait la famille Frouin allait bientôt livrer la voie aux enfants. Une heure plus tôt, Angélique avait peiné à extraire du porche le châssis à deux roues sur lequel elle charriait son métier à carder. La pendule pneumatique marquait huit heures trente. Enfin apparut une gamine aux couettes jaunes, un bébé dans les bras, accompagnée d'un mioche de sept, huit ans, les chaussettes en tire-bouchon. De toute évidence ils avaient l'intention de faire l'école buissonnière car ils ne se mêlèrent pas au troupeau, ardoise en bandoulière, qui se dirigeait vers le temple du savoir. Les souliers bruns envoyèrent dinguer un trognon de pomme. S'assurer qu'ils vadrouilleraient un certain laps de temps.

Au débouché de la rue d'Ulm, les enfants furent abordés par un mendiant au visage émacié, aux yeux exorbités, qui fonça sur la fillette en braillant :

— Qu'est-ce que tu lui veux à Saturnin la Chouette ? Encore une femelle qui trouve que j'ai les yeux trop ronds, punaise !

— Phonsine, n't'en laisse pas conter par ce toqué ! cria son frère.

— Fiche-nous la paix, espèce de hibou, sinon j'appelle les cognes ! répliqua la fillette. Félicien, on se carapate !

Furieux, le mendiant brandit un poing menaçant.

— Caltez, sales morveux ou j'vous étrille !

Raser les murs afin d'éviter sa vindicte exigeait souplesse et rapidité. Les souliers bruns étaient rompus à ce genre d'exercice. Ils redoublèrent l'allure. Le trio baguenaudait rue Saint-Jacques, en extase devant un de ces baveux[1] qui désignait un écriteau où était apposée cette injonction :

Ne vous mariez pas sans avoir consulté
le Baromètre de l'amour !
Cinq centimes seulement.

Un boîtier similaire à un appareil photographique trônait sur un escabeau. Les badauds sceptiques étaient encouragés à se planter face à une série de manettes puis à se tenir sous un drap, tandis qu'une prétendue radiographie de leur crâne dévoilait leur avenir matrimonial. Un rayon bleu signifiait le contentement, un vert l'incertitude, un rouge le danger absolu.

Une commère hilare accepta de se soumettre au test. Phonsine et Félicien se faufilèrent au premier rang de l'attroupement.

Ni une ni deux, les souliers bruns galopèrent en sens inverse. Ils se coulèrent sous le porche, émergèrent dans une cour et s'approchèrent d'une fenêtre. La partie la plus difficile restait à jouer. Par bonheur, la vitre n'avait pas été remplacée. La délivrer du journal qui l'obturait ne posa aucun problème. Quelle cache adéquate choisir ? Un placard de cuisine ? Un cagibi à balais ? Le sommet d'une armoire ?

1. Camelot.

Non, l'endroit idéal était le plus flagrant, celui où les retraités camouflent leurs économies et les cocottes leurs bijoux : sous le matelas. Celui-ci était si épais et si spacieux qu'il dissimulerait un paroir sans que les dormeurs le remarquent.

La fenêtre franchie en sens inverse, il était impératif de remettre en place le journal.

Vite, regagner le porche.

Kenji trompait sa lassitude en vidant de leur contenu des cartons bourrés de commandes. Il humait l'odeur du papier neuf et l'idée que ces ouvrages, bons ou mauvais, étaient constitués d'une suite de mots uniques au monde l'étonnait toujours.

« En apparence, rien de plus semblable à un livre qu'un autre livre. Pourtant, chacun diffère par la manière dont il est conté même si les trames se ressemblent. »

Les titres à eux seuls étaient une invitation aux chimères. *Chansons de Bilitis*, de Pierre Louÿs, *Cyrano de Bergerac*, d'Edmond Rostand, *Un client sérieux*, de Georges Courteline, *Le Voleur*, de Georges Darien.

Quand il eut fini de disposer en piles ces parutions, tant dans la librairie qu'en vitrine, il retourna s'asseoir sans enthousiasme au bureau où il préparait son catalogue de printemps. Il constata que la peinture des murs s'écaillait et repoussa de nouveau fermement le projet de rénover le décor. La vieillesse s'insinuait en lui, responsable de douleurs inédites et d'un incontestable manque d'entrain dès qu'il était question de travaux tels que : réfection de la boutique et de l'appartement, modernisation des systèmes d'éclairage et de chauffage, ravalement de la façade. Il déplorait qu'un génie tout-puissant ne se charge pas d'exécuter ces besognes, ou qu'au moins Victor et Joseph, qui étaient encore jeunes, eux, ne proposent jamais de diriger cette remise à neuf pendant que Djina et lui visiteraient Venise. Mais Victor était une fois de plus absent, et Joseph, descendu au sous-sol trier des reliés, se fichait du tiers comme du quart avec la jugeote d'un enfant de dix ans.

« On ne peut compter que sur soi-même et, faute de réagir promptement, je m'enliserai dans le laisser-aller », pensa-t-il en considérant son porte-plume.

— C'est la bouteille à l'encre, ce manuscrit, grognonna Joseph qui, à la lueur défaillante d'une loupiote, s'efforçait de décrypter le recueil. En premier lieu il y a ce texte sur papier chiffon. Zut ! Quel est le timbré qui a écrit ça ?

Margot Fichon a livré un secret merveilleux que je m'attache à localiser. Si je n'y parviens pas, je soumets au discernement des initiés futurs certains éléments qui...

Joseph tourna rapidement les pages et découvrit quatre feuilles de superbe papier vélin rehaussé de miniatures qui, chacune, illustrait un texte, et qui débutaient ainsi :

Pour tous nobles cœurs animer, je, Margot Fichon, commence à parler.

Le jour de Mathusalem
Te séparant de ceux qui t'aiment
À travers les sentiers des âges
En route pour le long voyage
Au sein du cloître tu boiras
Trois perles de l'aigue d'argent
Sur la maison de Jonathas
Que fort méchamment l'on arda
Pour avoir fait bouillir l'hostie
Dont tout le sang se répandit...

La voix de Kenji le fit sursauter.

— Joseph ! Remontez, j'ai besoin de vous !

« Crotte ! Je suis taillable et corvéable à merci ! Il poireautera. »

Il orienta le manuscrit vers la faible lumière.

« En gros, cette Margot Fichon conseille d'avaler trois perles de l'aigue d'argent sur la cagna d'un type nommé Jonathas que l'on arda méchamment pour une hostie bouillie. Je n'y comprends rien ! »

— Joseph, vous êtes cavernicole ? Il y des commandes à classer !

— Ouais, on vient, on vient. La barbe ! Jamais tranquille !

Joseph escamota l'opuscule sous un paquet de *Moniteur universel.* Le montrer à Victor, ah non alors ! Lui fournir des indices qu'il n'aurait pas déchiffrés au préalable, pas question. Cela lui apprendrait, à ce cachottier qui distillait ses révélations à la pipette !

Il remonta prudemment au rez-de-chaussée avec l'intention de sonder Kenji en affectant l'indifférence. Kenji le dévisagea par-dessus ses demi-lunes et d'un geste du menton lui désigna une pile de reliés.

En renâclant, Joseph se livra à son sport favori. Il lui fallut patienter jusqu'au départ de Mlle Mirande. La piquante créature aux joues rondes et au nez retroussé, devenue une des fidèles de la librairie, talonnait son propriétaire et le priait de lui confirmer les louanges accueillant la publication des *Chansons de Bilitis* de Pierre Louÿs. Kenji se rengorgeait de cette visite et ne manquait pas une occasion de frôler les mains de la jeune fille.

« Il est incorrigible. Une chance que Mme Djina soit en courses ! » songea Joseph.

Enfin, la sonnette tinta. Il se hâta de s'enquérir de ce qui le tarabustait.

— *Arda*, ça veut dire quoi ?

— Remettez le mot dans le contexte.

À contrecœur, Joseph récita :

— *En la maison de l'innocent que l'on arda fort méchamment.*

— *Arda* est probablement le passé simple du verbe *ardoir*.

— Je suis bien avancé.

— *Ardoir* ou *ardre* en français ancien signifie « brûler ».

— Ah ! Et Mathusalem, c'était un centenaire, non ?

— Le bruit court qu'il mourut à plus de neuf cent soixante ans. Vous ambitionnez de l'égaler ?

— Il avait son jour ?

— Cela me surprendrait que le petit-fils de Noé ait réservé un jour de la semaine à la réception de ses relations mondaines, ainsi que le font nos dames du boulevard Saint-Germain.

Agacé du ton railleur de son beau-père, Joseph dépoussiéra le buste de Molière à l'aide d'un plumeau qu'il balança exprès comme un encensoir. Kenji éternua en rafales.

— À question farfelue… articula-t-il, conscient de l'exaspération de son gendre.

— Existe-il un saint Mathusalem, oui ou non ?

— Je ne suis pas omniscient. Je ne connais que la saint-Cérité, le saint-frusquin et la saint-glinglin.

— Quand vous avez en tête d'être désagréable, vous êtes champion !

— Mais non, vous vous trompez, riposta Kenji d'un air enjoué. C'est juste que je n'ai jamais eu l'honneur de fêter l'anniversaire d'un pékin frisant le millénaire ! Pour vous prouver ma bienveillance, je vais me renseigner tandis que vous rangerez ces Victor Hugo.

Il étudia les rayonnages, en tira un bouquin et consulta la table des matières.

— Ah ! voilà : Mathusalem est né le huitième jour du mois, affirme-t-on sans notifier de quel mois il s'agit. Ce jour est favorable aux voyages et mauvais pour ceux dont la santé décline. Les rêves qui troubleront votre sommeil se réaliseront. Satisfait ?

— Oui, ça me fournit un indice, merci, bougonna Joseph. Et *aigue*, ça veut dire quoi, *aigue* ?

— Vous me fatiguez. *Aigue* est un mot français du Moyen Âge, tombé en désuétude de nos jours, cela signifie « eau ».

— Ah oui, Aigues-Mortes !

Kenji lui décocha un sourire béat.

— Ah ! Aigues-Mortes, le sud de la France, l'année 86 ! J'ai séjourné à Aigues-Mortes en allant expertiser la bibliothèque d'un notable du Var, voyons, il habitait... La Moutonne, oui, c'était le nom du patelin, La Moutonne... Vous m'écoutez, Joseph ?

— J'ai assez de mes souvenirs sans m'encombrer de ceux des autres ! Je retourne en bas, faut que je brique, c'est plein de moutons.

Kenji soupira et ferma les yeux. 1886, quarante-sept ans, la force de l'âge, l'âge des conquêtes. Il se surprit à conjuguer en lui les silhouettes de Fifi Bas-Rhin, de Mlle Mirande et de Djina jusqu'à dessiner la femme idéale.

Accoudé au parapet du quai de l'Hôtel-de-Ville, Amadeus regardait s'amarrer de gros bateaux plats chargés de pierres, de pommes ou de sable. La femme qu'il attendait se faufila derrière lui et secoua son catogan. Il fit volte-face, elle lui tira la langue et éclata de rire.

— Monsieur Amadeus, je vous ai pulvérisé au piquet, je vous dois une compensation. Un chocolat chaud fera l'affaire, dans un endroit calme où vous pourrez m'inculquer les règles du jeu de l'impériale.

— Chère demoiselle, les cartes semblent être chez vous une passion. Jouez-vous pour le plaisir ou pour le gain ?

— Les deux.

— On m'a conté que les oiseaux et la préparation des confitures occupaient vos loisirs.

« On a omis de mentionner les hommes », pensa Chantal Darson que les manières surannées d'Amadeus ne laissaient pas insensible.

Ils montèrent la rue des Barres. Près de l'église Saint-Gervais, un confiseur avait aligné ses alambics et ses bassines de cuivre. Ils le dépassèrent sans remarquer Ferdinand Pitel, courbé au-dessus des fourneaux allumés entre les piliers noircis.

À bonne distance du couple, le cordonnier s'engagea dans l'étroite rue du Grenier-sur-l'Eau. Deux rangées de maisons délabrées dominaient cette fissure propice aux bourrasques.

Amadeus et sa compagne atteignirent la rue François-Miron, longèrent une blanchisserie et une entreprise de déménagement, poursuivirent leur marche silencieuse jusqu'à l'église Saint-Paul. Le passage Charlemagne abritait des tribus de rempailleurs de chaises et des marchands de lait. Des fleuristes bravaient le froid, groupées autour des vestiges de la demeure du prévôt de Charles V.

Un minuscule troquet, abreuvoir à souris plutôt qu'à humains, engloutit le duo qui se casa sous une croisée aux carreaux bosselés. Des tasses fumantes furent presque aussitôt déposées devant eux.

Du recoin d'où il les guettait, Ferdinand Pitel discernait mal les détails. Le ciel plombé, les vitres embuées, la discrétion à respecter afin de garder l'anonymat ne facilitaient en rien sa surveillance. Il devinait les minauderies de Chantal Darson, les gestes élégants de son interlocuteur dont les mains fines s'agitaient, découpaient l'espace en lanières. La colère lui mordit le cœur. Il avait pisté Chantal lorsqu'elle avait quitté la boulangerie où elle travaillait, résolu à l'aborder. Il allait lui toucher l'épaule quand elle s'était élancée vers ce polichinelle. Quelle amère déconvenue ! Il se serait damné pour entendre leur conversation.

— Je suis désolée, mademoiselle, j'ai oublié mon jeu de cartes, mais chose promise, chose due, je viendrai dimanche et nous jouerons pendant la pause du déjeuner. Vous louez bien un stand sur le marché derrière le tribunal de Commerce ?

— Depuis sept ans.

— Avez-vous une bonne clientèle ?

— Je n'ai pas à me plaindre, je rencontre toutes sortes de gens, des riches, des pauvres, des jeunes, des vieux. Un peu comme vous, monsieur Amadeus. Certains adorent chinoiser le montant de ce que je m'emploie à leur vendre à un prix honnête, cela me change de la boulangerie, on a parfois des surprises. Tenez, dimanche dernier, au moment ou j'entrouvrais une cage, un canari prend la poudre d'escampette et se perche dans un arbre.

Amadeus porta la tasse à ses lèvres et souffla sur la mousse.

— C'est une perte sèche.

— Pas forcément. Il me suffit de récompenser de cinq sous les gamins qui rôdent dans les parages, munis d'une gaule au bout englué. Ils donnent la chasse aux évadés. Quelle cavalcade !

— Est-ce ainsi que vous capturez vos soupirants ?

— Je n'ai nul besoin de glu, je vous le garantis.

— Les confitures vous tiennent lieu d'appât.

— En voilà des balivernes ! Les confitures, je me les réserve. C'est tellement bon, le sucre, affirma-t-elle. Je m'en lèche les babines. Si vous avez envie d'y goûter, il y a moyen d'arranger ça.

— Je n'osais vous le demander. C'est que je pourrais être votre père.

— Les papas aussi ont droit quelquefois à une tartine de confiture.

Ferdinand Pitel les vit sortir du troquet, il était incapable de bouger, il avait manqué l'information, peste ! Il s'avança avec une détermination nouvelle, rien au monde ne parviendrait à éveiller en lui un sentiment de culpabilité, ce qu'ils fricotaient lui retournait l'estomac, il ne laisserait pas ce type le doubler.

Les souliers bruns se figèrent près d'une palissade aux planches rapiécées d'affiches. La moins délavée représentait un pneumatique Dunlop qui dévalait une rue pour rattraper une automobile. Une rumeur enflait rue Saint-Jacques. Des clameurs peuplaient le crépuscule de vibrations haineuses. Bientôt des vociférations claquèrent au détour du square Saint-Julien-le-Pauvre.

— Mort aux Juifs !

Un groupe de manifestants descendu de la montagne Sainte-Geneviève déchira le voile cotonneux qui emmitouflait la ville, des silhouettes aux poings dressés émergèrent à la lueur anémique des réverbères et des rares lanternes de fiacres.

Surgies de nulle part, les huées allaient *crescendo*, débusquaient les ombres égarées sur les ponts.

— Tuez-les tous ! Mort aux Juifs !

Des pantins braillards défilèrent, bouche ouverte, mêlant leur haleine aux émanations fétides des caniveaux.

Les souliers bruns s'engouffrèrent sous le porche d'un édifice public au fronton duquel s'étalait la devise *Liberté, Égalité, Fraternité.*

Les derniers manifestants s'égaillèrent vers le fleuve. La voie était libre. Il fallait emprunter le pont de l'Archevêché, repérer les lieux, calculer le temps que cela prendrait pour se rendre du quai aux Fleurs à la rue du Vertbois en marchant d'un pas régulier une fois que le travail serait accompli.

CHAPITRE XIII

Mardi 18 janvier

Isidore Gouvier s'ennuyait. Vieillir, ce n'était pas seulement dissimuler sa calvitie sous un melon râpé et baisser les bras devant la marée de poils jaunâtres qui submergeait son visage. C'était aussi boiter de plus en plus à cause d'une fracture jadis infligée à son tibia par un voleur à l'esbroufe et lutter à l'aide de mouchoirs à carreaux contre un rhume des foins devenu chronique. C'était surtout se sentir inutile. Par bonté d'âme, Antonin Clusel le gardait en dépit de son âge au *Passe-partout* où il lui confiait une modeste rubrique artistique. Or, Isidore Gouvier, qui n'appréciait que Rembrandt et Goya, se morfondait face aux productions de l'art contemporain. « De la roupie de sansonnet, du pipi de chat mélangé à du bleu de teinturier », tel était son refrain, et ce n'était pas une matinée passée à déambuler dans les ateliers de rapins montmartrois qui le ferait changer d'avis.

« Renoir, Degas, Monet, Puvis de Chavannes à la rigueur, mais ces étalages de pêcheurs de morue et de rescapés de la guerre de 70, pitié, je ne suis pas une baderne ni un contempteur de mon époque, mais il y a des limites ! » ruminait-il dans l'omnibus Pigalle-Halle-aux-Vins, qu'il abandonna derrière l'église Notre-Dame-de-Lorette.

— Et rebelote, la rue Laffitte, l'inévitable fief des marchands de tableaux, maugréa-t-il en longeant les magasins d'Ambroise Vollard, de Paul Durand-Ruel et de Diot.

Les Boudin et les Corot de belle facture exposés par Gérard le mirent de meilleure humeur, ainsi que la vitrine de Tempelaere vouée à Fantin-Latour qu'il estimait peu mais dont il admirait la technique.

Il eût préféré s'attarder devant l'hôtel où avait vécu Lola Montez avant son départ pour l'Amérique, ou pénétrer dans l'ancien immeuble de Marceline Desbordes-Valmore et Céleste Mogador que de participer à l'inauguration de La Palette et le Chevalet, nouvelle galerie consacrée aux turpitudes fin de siècle.

La boutique, louée par un gargotier nommé Léonce Fortin, serait placée sous le haut commandement du peintre Maurice Laumier. À la suite de revers de fortune, celui-ci était comblé d'avoir lâché ses pinceaux dans l'espoir que le commerce des toiles brossées par d'autres lui serait plus profitable que la vente de son œuvre personnelle.

Une trentaine de pique-assiettes s'agglutinaient dans le maigre local où l'on ne pouvait que se piétiner l'un l'autre et s'efforcer de ne pas effleurer du nez les gouaches couvrant les murs. Moustache avantageuse, ventre proéminent comprimé dans un costume à rayures, Léonce Fortin occupait à lui seul la moitié de l'espace. Il ne cessait de se vanter d'être redevable de sa passion artistique à Auguste Rodin, qui lui accordait le privilège de déjeuner chaque jour chez lui.

— Sans M. Laumier, qui m'a conseillé et prend tout en charge, jamais je ne me serais lancé dans une entreprise pareille ! C'est lui qui a convaincu Madeleine Lemaire de nous prêter quelques-unes de ses aquarelles florales. Et c'est lui qui a obtenu d'un inconnu, le père Malezieu, charcutier de son état, de déposer chez nous la totalité de ses créations.

Isidore Gouvier était intolérant aux bouquets, et ceux de la célèbre Madeleine Lemaire éveillaient au fond de ses sinus une irrésistible envie d'éternuer. Les coqs, les poules et les dindons immortalisés par le charcutier engendraient un malaise encore plus violent.

— On s'y croirait, tout juste si ça ne sent pas la fiente, ça, c'est pignoché ! Comment un aussi funeste penchant a-t-il pu germer en vous ? grommela-t-il à l'intention de Maurice Laumier, feutre à la Van Dyck rejeté en arrière, mains enfoncées dans les poches d'une veste de velours noir neuve, très satisfait de la situation.

— C'est mignon, hein, cette basse-cour ? susurra Mireille Laumier, dite Mimi, dont les formes généreuses s'épanouissaient dans une robe de taffetas mauve.

— Je sais ce que vous allez m'assener, ça ne vaut pas un pet de lapin, mais figurez-vous qu'il y a des amateurs. Cette immense cité de pierre et de fumées nocives est cause de spleen, les Parisiens ont la nostalgie de la campagne. Orner leur intérieur d'un poulailler les console d'une existence claquemurée et morose. C'est observé sur le vif, parce que ses gallinacés, le père Malezieu les boulotte après les avoir croqués ! claironna Maurice Laumier.

— Pauvre pintade, marmonna un homme à l'allure de contremaître anglais, aux paupières lasses et à la moustache fournie. Paix à son âme, comme à celle des microbes, qui en mènent de moins en moins large depuis que la mode est à l'hygiène. Et la Société protectrice des animaux qui ne bouge pas !

— Monsieur Alphonse Allais, si je m'attendais à vous voir ici ! s'exclama Isidore Gouvier.

— Et ça se vend ? demanda l'écrivain à Maurice Laumier, qui lui avait autrefois été présenté par Jane Avril.

— Des petits pains. Ça nous sauve la mise, à Mimi et moi, nous serons bientôt en mesure de quitter l'écurie où nous créchons !

— Moi, si je travaille, c'est dans le but unique de subvenir à mes débauches, répliqua Alphonse Allais, avant de serrer la main de Charles Léandre, un homme replet, haut en couleur, aux yeux de myope à fleur de tête derrière des lunettes rondes.

— Cette dame fume autant qu'un sapeur, chuchota-t-il en désignant l'épouse du gargotier. Vous savez, je délesterais volontiers M. Fortin de sa vêture pour parader au carnaval…

— Les habits de nos amis sont nos habits, remarqua un homme à figure de chat.

— Abel Hermant ! Quelle surprise ! s'écria Charles Léandre d'un ton chantant qui avait conservé son léger accent de l'Orne. Maurice a des relations !

— Et je suis fier d'en faire partie, constata Victor Legris, qui venait d'arriver, donnant le bras à Tasha.

— Toujours aussi belle et mince en dépit de ta maternité, ma chère, lui glissa à l'oreille Maurice Laumier, ignorant les regards courroucés de Mimi.

Tasha étrennait une robe en drap brun à ceinture plissée et corsage court, mais s'obstinait à porter son bibi piqué de marguerites, cachant à peine son chignon roux. Une veste à la main, elle n'accordait nulle attention aux hommes dont elle suscitait l'enthousiasme et ne s'intéressait qu'aux toiles de Madeleine Lemaire.

« Quelle finesse dans le rendu de ces roses ! Je n'ai décidément aucun talent, pourquoi continuer à peindre ? Mes portraits sont des à-peu-près, je suis incapable de génie. Et je ne tiens pas salon ainsi que cette dame, moi ! »

Victor prétexta le désir de griller une cigarette pour gagner la rue et se sentir à l'abri des volailles. Isidore Gouvier l'avait précédé, ils échangèrent une poignée de main trahissant un courant de compréhension mutuelle.

— Vous prisez ces croûtes ?

— Au diable, ça me canule ! Que devenez-vous, monsieur le libraire détective ?

— Eh bien justement, j'enquête. À propos, vous pourriez peut-être m'aider.

— Oh ! moi, je ne m'occupe plus de crimes, sinon de ceux perpétrés contre l'art, ronchonna le journaliste en fourrageant sa barbe.

— Supposons que je vous en prie à titre personnel ? Vous ne feriez pas faux bond à un ami de si longue date ?

Paumes tendues, Victor adopta l'expression séraphique d'un écolier suppliant un copain de lui prêter une gomme en souvenir d'anciennes frasques. Secoué d'un gros rire, Isidore Gouvier céda à la tentation.

— Je suis curieux de nature. Que mijotez-vous ?

— Rien de méchant. Il s'agit du décès brutal d'un libraire en chambre trouvé assassiné et ligoté. J'aimerais simplement savoir avec quoi le meurtrier l'a saucissonné. Les journaux ont signalé une ficelle, mais n'ont pas précisé sa couleur.

Désappointé, le journaliste souleva son melon, taraudé par l'envie de se gratter la tête. Victime d'un coup de vent glacial il se recoiffa aussitôt.

— Quoi ? Une telle broutille ? La couleur d'une ficelle !

— Ce détail est essentiel, grâce à lui j'espère corroborer mes soupçons concernant d'autres crimes. En me secondant, vous éviterez que de nouveaux innocents perdent la vie.

— Il s'appelait comment, votre libraire ?

— J'ai oublié, mais *Le Passe-partout* a relaté l'affaire il y a une quinzaine de jours.

— Bon, en ce cas, je me mets en chasse. Les archives du journal me sont ouvertes, les reporters ne recopient jamais fidèlement la description conforme des rapports de police. Si je dégote quoi que ce soit, je vous téléphone à la librairie.

— Plutôt à mon domicile et…

Victor s'assura que Tasha était bien dans la galerie.

— Pas un mot à mon épouse !

Augustin Valmy se curait les ongles avec application. À peine s'il jeta un coup d'œil à la femme que le planton poussait vers son bureau. Son embonpoint et sa mise négligée la vieillissaient, mais elle n'avait guère plus de trente-cinq ans. Elle manifestait l'anxiété de l'inculpé redoutant la sentence du tribunal. Fascinée par les mains du policier, elle résistait à un furieux besoin de se ronger l'index quand une voix cassante ordonna :

— Asseyez-vous donc, madame Fouin.

Elle obtempéra, cantonnée au bord de la chaise comme pour la quitter plus vite.

— Frouin, je vous ferai dire, Votre Excellence. Angélique Frouin.

— Monsieur le commissaire suffira. Angélique ? Ce prénom vous sied à merveille.

— Excusez, Votre Excellen… inspecteur, quand on me l'a donné j'étais un charmant bébé et ma mère…

— Serait tombée des nues si on lui avait prédit votre avenir.

— Épargnez ma pauvre maman, martela Angélique Frouin, soudain combative. Et puis d'abord, qu'est-ce que vous avez à débagouler ces inepties contre moi ?

— Des ballons, madame Fouin. Trois ballons jaunes estampillés *Dufayel*, vos collègues cardeuses attestent que vous les destiniez à vos enfants.

— Ben oui, c'était prévu, mais on me les a volés.

— Quelle coïncidence ! On a retrouvé hier matin dans le bois de Boulogne trois ballons jaunes en piteux état portant la marque bien connue d'un marchand de meubles, j'en ai récemment été averti. Ils étaient attachés à une tête. Oui, vous avez parfaitement entendu, une tête tranchée, madame Fouin. Une lettre l'accompagnait, elle était signée Georges Moizan, un bouquiniste que vous fréquentez, m'a-t-on affirmé. Il est vrai que le texte donne à croire que cet individu se serait suicidé – invraisemblable à mon avis –, mais dans quel but mentionne-t-il vouloir fuir une vie qui « n'a rien d'angélique » ?

— Vous n'allez pas me coller ça sur le casaquin !

— On vous a dérobé pas mal d'objets, madame Fouin. Des pots de confitures, des ballons, mais aussi un paroir, outil de sabotier fort dangereux, selon mes informateurs.

Un sanglot se coinça dans la gorge d'Angélique. Pourquoi le sort s'acharnait-il sur elle ? Ce ne pouvait être qu'un voisin ou un familier des quais qui avait souligné le vol du paroir, il avait dû par la même occasion moucharder le différend qui l'avait opposée à Georges Moizan la semaine passée. Ne l'avait-elle pas comparé à un poulet sans tête ?

Augustin Valmy aligna au carré bouteille d'encre et porte-plumes, puis compulsa des papiers.

— J'ai là le témoignage d'un bouquiniste. Il soutient que vous avez tenu des propos comminatoires à l'égard de M. Moizan.

— N'y a pas qu'moi ! M'sieu Larue en a fait autant, il lui a promis d'lui tailler les oreilles en biseau ! Et puis m'sieu Bottier et lui sont à couteaux tirés.

— Pour quelles raisons ?

— M'sieu Moizan lui cherche tout le temps noise. La dernière fois, c'était à cause d'un truc que m'sieu Moizan devait lui fournir.

— Un truc ?

— Ben, je ne sais pas, moi, un bouquin, peut-être. En tout cas, le Bottier, il était pressé de l'avoir. Tiens, ça me revient, ils ont aussi devisé du dentiste de M. Moizan.

— Ne détournez pas la conversation, madame Fouin.

— J'détourne pas, j'vous dis ce que je sais. Point final, pis c'est tout et c'est pas autrement.

— Économisez votre salive, madame Fouin. Vous avez également déclaré, je cite : « Mon mari, il les décapitait à coups de paroir. » Précisez-moi le sens de cette phrase, était-ce une métaphore ?

— Frouin, avec un *r* ! Ben, c'était rapport aux rats. M'sieu Moizan voulait les trucider, et moi je lui ai conseillé… Enfin, j'protège les bêtes, quoi !… Vous n'imaginez pas que… Je suis une femme modeste, moi, j'trime ferme pour élever mes trois gosses, jamais j'aurais commis une telle horreur ! En plus, je l'aime bien, le Tyrolien.

— Le Tyrolien ?

— M'sieu Moizan, il porte un chapeau à plumes, c'est pour ça…

— De toute façon, rien ne prouve que la tête ramassée dans l'herbe soit la sienne, ni que le poulet ait été écrit de sa main.

— Quel poulet ? Il n'a pas de plumes de poulet à son chapeau, du moins j'crois pas, ce s'rait plutôt des plumes de faisan.

— Poulet, missive, lettre, énonça avec irritation le commissaire avant de tremper ses doigts dans un bol d'eau tiède.

— J'n'ai pas la comprenette aussi dure que ça ! C'est vous qui me troublez, avec vos fables ! Le paroir de mon défunt époux, qu'était sabotier à Camembert, m'a vraiment été fauché, même que j'ai déposé une plainte au commissariat de mon quartier, vous pouvez vérifier. Votre jargon m'affole, que vont devenir mes enfants si vous me bouclez ? J'ai rien tranché du tout, ni la tête du Tyrolien ni celle des rats. Je deviens chèvre, ma parole, mon capitaine !

— Je ne suis pas capitaine, je suis commissaire de police, nom d'un chien ! explosa Augustin Valmy.

Le bol se renversa, des gouttes mouillèrent son pantalon et il blasphéma copieusement.

— Bien, puisque c'est cela, nous allons perquisitionner ce soir à votre domicile, nous remettrons à demain l'identification de cette tête à la morgue.

Il se sentit apaisé de cette décision, il détestait rendre visite à des cadavres, surtout quand ils étaient en morceaux.

Angélique sursauta et se mit à pleurer. Les larmes l'étouffaient tant qu'elle faillit s'étrangler.

— Je suis insensible à ces démonstrations d'humidité féminine, objecta le commissaire.

— Je jure que je suis innocente ! Faut pas croire ceux qui déblatèrent !

— Quand avez-vous vu Mme Lacarelle pour la dernière fois ?

— Pourquoi vous me demandez ça ?

— Répondez, au lieu de me retourner ma question.

— J'en sais rien, y a quelques jours sur le quai Voltaire.

— C'est le salon où l'on cause, ce quai-là !

— On est copines. Avant de toucher un héritage, elle se coltinait des ménages, je l'ai rencontrée chez des patrons qui m'avaient confié leur matelas, et puis, on fait des confitures. Que fabrique-t-elle dans votre histoire, Philomène ?

— Elle a été assassinée.

— Dieu tout-puissant ! Et vous avez l'intention de me fourrer itou ce meurtre sur le paletot ?

— Et Annie Chevance, modiste, rue de Paradis, est-ce une de vos relations ?

— Vous pensez que j'ai les moyens de m'offrir des bibis alors que je me décarcasse à longueur d'année pour joindre les deux bouts ?

— Annie Chevance a été tuée. Son existence vous est inconnue, allez-vous me rétorquer !

Angélique bafouilla, éternua, se moucha et confessa :

— Elle aussi, elle faisait des confitures, Philomène et Annie *idem*, mais, mais…

« Mêê, mêê ! Une brebis, galeuse évidemment », songea le commissaire Valmy en s'essuyant les ongles avec un mouchoir de soie.

— Madame Fouin, avez-vous un alibi ?

— Pour lequel des meurtres ? Quel jour ? Quelle heure ? J'n'ai pas besoin d'alibi, j'ai rien à cacher !

— Madame Fouin, je suis au regret de vous annoncer que vous êtes soupçonnée d'avoir commis trois homicides.

Angélique sauta sur ses pieds, sa vaste poitrine ballottait.

« La tempête se lève », pensa Augustin Valmy.

— C'est-y la spécialité de la police de tout amalgamer ? Vous êtes toqué ! Ça vous démange, hein, de tourmenter les pauvres gens ! Ah, elle est belle la justice dans c'pays ! Et puis, faut-il vous le chanter ? j'm'appelle Frouin, avec un *r* après le *f* !

Elle tapa des deux poings sur la table, le contenu de l'encrier éclaboussa son corsage.

Sidéré, Augustin Valmy parvint à couiner :

— Pétrus !

Le planton entrouvrit la porte.

— Oui, patron ?

— Rassemble une équipe et tape un mandat, nous allons rue des Irlandais inspecter le logis de cette dame… Apporte des sels.

Angélique venait de s'évanouir.

— Pourvu qu'elle n'ait pas salopé le plancher, grommela Augustin Valmy.

Les fiacres s'étaient rangés place du Panthéon afin de ne pas entraver la circulation rues de l'Estrapade et des Irlandais. Après une journée calme dans ce quartier voué à l'étude, la vie reprenait ses droits. Les commères salaient les trottoirs glissants où des gamins se poursuivaient sans crainte des culbutes. À mesure qu'il progressait, le cortège escortant la cardeuse remportait un vif succès.

— Hé ! Angélique, on a invité quelques amis à un lunch ?

— De quoi qu'y t'accusent, ces cognes ? D'avoir ratiboisé d'la toile à matelas ?

Contigu au collège des Irlandais, dont la chapelle abritait une statue de saint Patrick, l'immeuble semblait s'être ratatiné sur lui-même dans l'espoir d'échapper à l'attention divine. Angélique y louait une remise et, au rez-de-chaussée côté cour, un deux-pièces qu'elle et ses enfants occupaient. Quand elle entra, une fillette d'une dizaine d'années, aux cheveux jaunes noués en deux couettes, se précipita, un nourrisson lové contre son torse malingre, et pila à la vue des intrus. Derrière elle, un doigt dans le nez, un garçon nettement plus jeune et plus débraillé pointa un visage boulot avant de battre en retraite à reculons.

— Phonsine, Félicien, je vous présente le commissaire principal Valmy, ces trois messieurs sont des agents, ils vont juste vérifier que tout est en ordre chez nous.

Les trémolos de la voix d'Angélique démentaient son assurance. Consternées, elle et sa fille assistèrent à la fouille méthodique de la cuisine où chaque récipient, chaque pot, chaque placard fut sondé. Cela n'alla pas sans dégâts. Une assiette fut brisée, un paquet de farine éventré. Révoltée, Phonsine confia à sa mère le bébé, qui se mit incontinent à hurler, et tenta de modérer les gestes des policiers indifférents.

— Empêchez ce nouveau-né de pleurer, je ne supporte pas ces braiments, bougonna le commissaire principal.

— Que voulez-vous que je fasse ? Que je l'étouffe ? s'indigna Angélique.

— Vous pourriez le nourrir.

— Rendez-vous utile, tenez-le pendant que je lui prépare une bouillie.

Augustin Valmy s'empara du poupard vagissant et s'apprêtait à le confier à un de ses hommes lorsqu'il se sentit imprégné d'un liquide tiède.

— Nom d'un chien ! Il m'a uriné dessus !

Au même instant, une exclamation jaillit de la chambre voisine.

— Vas-tu me lâcher, sale morveux ? Patron, on a retrouvé l'arme du crime !

Éloignant le plus possible de lui le bébé, le commissaire principal accourut, Angélique et Phonsine à ses basques. La chambre où couchaient la cardeuse et sa fille avait été bouleversée, et, tandis qu'un des policiers cherchait à se délivrer de Félicien prêt à le mordre, les deux autres achevaient de soulever le matelas sous lequel étincelait le paroir.

— Eh bien, madame Fouin, cela ne va pas arranger vos affaires. Comment expliquez-vous la réapparition miraculeuse de cet outil ?

— C'est un casse-tête, capitaine, euh, commissaire, je vous jure que…

— Évitez de prononcer le mot « tête », évitez aussi de jurer. Étant donné que vous êtes chargée de famille, je ne vais pas exiger votre incarcération immédiate. Dans un premier temps, vous demeurerez ici sous la surveillance d'un gardien de la paix. Récupérez votre enfant et indiquez-moi un lieu où il serait envisageable de me laver et de me sécher.

Un bruit pesant ébranla le plancher.

— Maman ! hurla Phonsine.

Pour la seconde fois de l'après-midi, Angélique avait perdu connaissance, sa nuque avait heurté un coin de table.

— Elle saigne ! Un docteur, vite ! supplia la fillette.

— Zut ! c'est la tuile, il faut l'emmener à l'hôpital, grogna Augustin Valmy qui réussit à se débarrasser du nourrisson en le calant au milieu du sommier et flaira les manches de sa veste d'un air dégoûté.

— Y a-t-il quelqu'un susceptible de veiller sur vous ?

— Moi, venez mes biquets, dit une voisine que le tapage avait alertée. Vous devriez avoir honte ! Suspecter Angélique, cette bonne pâte ! reprocha-t-elle au commissaire principal.

— Elle est bâtie comme une lutteuse de foire ! Alors, ce médecin ? jeta-t-il à Pétrus.

— Il arrive, patron. C'est un ecclésiastique, il travaille pour les religieux et au besoin il administre aussi les derniers sacrements.

— Assassins ! glapit la voisine.

Augustin Valmy se cloîtra dans la cuisine où il frotta ses vêtements à l'aide d'un torchon humecté d'eau. S'il avait à plusieurs reprises déploré le choix de sa profession, jamais son déplaisir ne s'était manifesté avec une telle intensité.

CHAPITRE XIV

Mercredi 19 janvier

Victor se débattait dans un demi-sommeil où se mêlaient rêve et réalité. Il avait conscience du souffle régulier de Tasha, des gazouillis d'Alice, du ronron de Kochka qui exprimait non sa paresse voluptueuse mais son désir d'obliger son maître à la sustenter. En arrière-plan s'esquissait un labyrinthe jalonné de ficelle rouge et de cadavres subitement ramenés à la vie par l'apparition de confitures en pots.

La sonnerie du téléphone l'affranchit de ce délire et, expédiant Kochka à terre d'une détente, il se traîna au combiné mural.

— Allô ? C'est Raoul Pérot. Vous avez déjà parcouru un quotidien ce matin ?

— Je me proposais de boire un grand bol de café noir.

— Excusez-moi, je suis un lève-tôt. Jamais je ne me serais permis de vous déranger si la nouvelle n'était de taille. Le voisin de mon voisin – je vous parle du quai –, celui qui est à côté de M. Bottier, Georges Moizan : on aurait ramassé hier sa tête dans le bois de Boulogne !

— Quoi ? Serait-ce la caboche qui manquait au corps encombrant la boîte de Fulbert ?

— Il y a des chances. Mais aucune certitude. Deux pékins ont apporté au commissariat leur trouvaille ainsi qu'une lettre signée Moizan. Le hic, c'est que la tête est joliment esquintée. L'authentifier risque d'être ardu.

— Je file à la librairie dès que je suis habillé, je prétexte un achat, j'échappe à Kenji et je vous rejoins quai Voltaire !

Il raccrocha, préoccupé. On avait décapité un cadavre parce que son corps n'entrait pas entier à l'intérieur d'une boîte de bouquiniste. Avait-on cherché à incriminer Fulbert ? En ce cas, pourquoi avoir expédié le crâne dans le bois de Boulogne ? Il était persuadé qu'Augustin Valmy se posait les mêmes questions et, bien qu'il fût ennuyé d'être au nombre des suspects, il éprouvait une vague connivence avec le commissaire principal chargé de résoudre ce singulier mystère.

— De quelle caboche s'agit-il ?

Victor tressaillit. Bras croisés sur sa chemise de nuit, sourcils froncés, Tasha le considérait avec une expression farouche.

— Qui était-ce ?

— Oh, ça ? Une futilité. Raoul Pérot me prévenait que la police détient peut-être la tête du décapité. Il me conseille d'acquérir un journal et d'en discuter avec lui.

— Ne déforme pas tes propos, je t'ai entendu annoncer : « Je prétexte un achat, j'échappe à Kenji et je vous rejoins quai Voltaire. »

— Bien sûr, Raoul insistait tellement ! Nous nous évertuons à disculper Fulbert.

Elle décroisa les bras et le menaça de l'index.

— J'ai confiance en toi, tâche de t'en souvenir. Plus d'enquêtes. Et si notre amour ne suffit pas à te détourner de tes démons, que la sécurité de notre fille assume la fonction de garde-fou !

L'allusion à la lettre parafée « Ta fleur de mai » lui brûlait la langue mais elle s'interdit de la mentionner, déconfite d'admettre son indiscrétion.

Victor jura ses grands dieux qu'il avait renoncé aux investigations. Ils échangèrent un long baiser. Dès qu'ils eurent déjeuné, il se vêtit à la hâte, sauta sur sa bicyclette et s'empressa de pédaler jusqu'à la place Blanche où il acheta la dernière édition du *Passe-partout.*

La tête emmaillotée d'un bandage, la joue gauche enflée, Mme Ballu gémissait en déversant une bassine d'eau chaude sur le trottoir verglacé. Victor ralentit à sa hauteur et se retint de justesse de lui demander si elle envisageait de participer à un bal masqué déguisée en lapin.

— Que vous arrive-t-il ?

— Le dentiste m'a extirpé une molaire. Je ne souhaite ce supplice à personne, pas même à mon meilleur ennemi.

— Rincez-vous la bouche au cognac, cela soulage.

— Vous êtes comme mon cousin Alphonse, vous, n'importe quel remède pourvu qu'il contienne de l'alcool !

— Où travaille-t-il, votre cousin ?

— Au ministère des Cultes, 66, rue de Bellechasse. Rond-de-cuir, c'est mieux que l'armée, la fréquentation des ratichons, ça le bonifie !

Le magasin somnolait. Depuis l'algarade avec Mme de Salignac, une partie de la clientèle s'était révélée antidreyfusarde au point de boycotter la librairie Elzévir. Joseph meublait les heures creuses grâce au maniement du plumeau et au découpage de faits divers insolites destinés à être collés dans son calepin.

— Du neuf ? s'exclama-t-il à la venue de Victor.

— Où est Kenji ?

— À l'étage.

— Suivez-moi.

Ils allèrent dans l'arrière-boutique et, dès que Victor eut appuyé son vélo contre un rayonnage, il puisa au fond d'une sacoche un *Passe-partout* roulé en cylindre et le tendit à Joseph.

— Première page, deuxième colonne.

— Germinie Laize, Constant Venette, qui c'est ces zèbres-là ?

— Achevez donc, vous saisirez.

— Mince ! s'écria Joseph quand il eut fini. Ça se corse. Ne bougez pas, j'ai une chose capitale à vous montrer.

Victor l'entendit dégringoler au sous-sol et remonter quatre à quatre, un opuscule à la main.

— Le bouquin que Philomène avait confondu avec le *Traité des confitures*.

— Vous l'aviez et ne m'en touchiez mot ! C'est du propre.

— Je l'ai débusqué dans la remise, rue Visconti, hier soir à une heure indue, débita Joseph d'un trait.

Son honnêteté s'accommoderait de cette légère modification chronologique.

Victor s'abstint de remarquer qu'il aurait dû lui téléphoner cette nouvelle avant l'ouverture et se plongea dans l'examen du recueil. Le texte sur vélin l'intrigua autant que Joseph.

— Margot Fichon. Jamais rencontré ce nom au fil de mes lectures. Des monceaux de latin, flûte.

Il s'attarda sur le second document.

— Du papier chiffon. Un feuillet a été arraché, curieux.

Il ouvrit le recueil au hasard et déchiffra *mezza voce* :

22 novembre 1847. J'ai passé des années à tenter d'élucider l'énigme de la comptine en langue d'oïl précédant le rituel de sorcellerie composé en latin du bas Moyen Âge. Et je suis parvenu à la conclusion qu'il recèle la clé menant au secret merveilleux, que j'ai longtemps qualifié de calembredaines, et qu'après une longue quête je crois avoir été en mesure de clarifier. Désormais, je détiens la vérité à ce sujet et je connais le lieu où se rendre afin de la confirmer. Le chevalier à la triste figure *qui me harcèle ne m'empêchera pas de fournir quelques indices à mes frères humains !*

23 juin 1848. J'écris dans l'urgence. J'entends claquer des coups de fusil. L'émeute s'étend. Je crains que la guerre civile ne mette le pays à feu et à sang. Hier je suis sorti, je ne me suis pas risqué au-delà du Petit-Pont hérissé de barricades.

27 juin. Les insurgés sont écrasés. Les perquisitions se succèdent. Je dois placer ce recueil à l'abri, qui sait ce qui m'attend. On compte plusieurs milliers de morts chez les révoltés. Le général Cavaignac ne fait pas de quartier. Un ami m'a confié qu'on arrête de tous côtés. Vingt-cinq mille emprisonnements. Je pars me réfugier chez ma fille.

Décembre 1851. J'atteins ma quatre-vingtième année et la maladie triomphe. J'ai vu trop de choses. Le neveu de l'autre a pris le pouvoir. Régression. Trois cents tués sur les Grands Boulevards. À quoi bon vouloir prolonger sa vie ?

Pour assister ponctuellement aux hoquets des dictatures ? J'ai dissimulé mon manuscrit parmi les centaines d'ouvrages de l'époux de ma fille. Si quelqu'un le découvre, je le soumets à sa réflexion, s'il réussit à en percer la signification, je lui promets du plaisir, car je pressens des temps à venir où les massacres dépasseront des proportions que je n'ose imaginer.

Louis Pelletier.

— Ben, mon cousin, il est optimiste ce bonhomme ! Nous disséquerons ses élucubrations ultérieurement, limitons-nous à cette Margot Fichon.

Victor revint aux pages de parchemin et lut :

Le jour de Mathusalem
Te séparant de ceux qui t'aiment
À travers les sentiers des âges
En route pour le long voyage
Au sein du cloître tu boiras
Trois perles de l'aigue d'argent
Sur la maison de Jonathas
Que fort méchamment l'on arda
Pour avoir fait bouillir l'hostie
Dont tout le sang se répandit

Cherchez Le Milieu du Monde ;
Et tout près vous la trouverez
Sous des galeries voûtées
Jadis un homme arme portant
Veillait sur l'antique couvent

Désormais la source est cachée
Attendant d'être déterrée…

Les lettres se brouillaient, Victor se dit avec contrariété qu'il serait bientôt obligé de se procurer des demi-lunes.

— Il nous faudrait l'aide d'un érudit, quelqu'un d'aussi futé que Kenji. Il m'a déjà éclairé sur le sens du *jour de Mathusalem* – c'est le huitième *jour* d'un des douze mois –, sur celui du verbe *arder* et sur le mot *aigue*, cités par Margot Fichon.

— Vous lui avez soumis ces textes ? s'inquiéta Victor.

— Me prenez-vous pour un novice ? Je l'ai habilement sondé, point final.

— Et alors ? Traduisez.

— Ben, ce Jonathas qui a été brûlé habitait une sorte de monastère. On ne précise pas où. Ni ce que symbolise ce long voyage. J'en ai déduit que, si l'on veut vivre aussi vieux que Mathusalem, il faut boire l'eau de la source qui se trouve à l'emplacement d'une chapelle expiatoire.

Victor se fourra les doigts dans les cheveux.

— Une espèce d'élixir de Jouvence ?

— Je ne crois pas à ces fadaises.

— Mettez-vous dans la peau de quelqu'un qui y prêterait foi, les mythologies et les légendes recèlent parfois une part de vérité. Allons cuisiner Kenji.

— Mais qui va garder la boutique ? objecta Joseph.

Il commençait à redouter que son beau-père ne le trahît en révélant que ce n'était pas au matin même que remontaient ses questions.

— Ôtez le bec-de-cane, de toute façon la clientèle nous bat froid à la suite de notre altercation avec la moukère.

Kenji déjeunait dans la cuisine où Mélie s'empressait à le servir, sensible à la séduction émanant de cet homme au visage impénétrable et aux tempes argentées, drapé dans une élégante robe de chambre jaune et mauve. Elle ravalait une envie de chantonner et respectait le silence de son patron, signe selon elle des cogitations d'un esprit supérieur.

En réalité, Kenji flottait au milieu d'un brouillard résultant d'une nuit consacrée à l'amour et d'un réveil tardif. Lorsqu'il perçut des pas dans l'escalier, il aplatit vivement une mèche en bataille et boutonna son col.

— Ah ! C'est vous.

Victor et Joseph s'installèrent à table.

— Djina est absente ?

— Elle dort encore.

— Je vous sers un thé ou un café ? s'enquit Mélie.

Joseph allait répondre « un chocolat », mais Victor le devança.

— Rien, merci. Kenji, d'après vous, le *chevalier à la triste figure…*

— N'est autre que Don Quichotte, marmonna l'interpellé en se beurrant une biscotte, vous devriez le savoir.

— C'est un grand type maigre qui se bagarre contre des moulins à vent, spécifia Mélie, fière d'étaler ses connaissances. Chez nous, on avait une assiette qui le représentait. Avait-il l'air bête !

Victor eut un geste agacé.

— Si je vous cite un lieu nommé *Le Milieu du Monde*, des galeries voûtées, un homme muni d'une arme et un ancien couvent, cela vous évoque-t-il un quartier parisien ?

La biscotte se figea à deux centimètres des lèvres de Kenji.

— Vous aussi vous affectionnez les charades ? Joseph m'a déjà fait subir un interrogatoire, il…

La théière valdingua sur le carrelage.

— Je suis désolé, dit Joseph.

Kenji fronça les sourcils. Son regard obliqua vers son gendre, affolé que son pressentiment se justifiât si vite. Afin d'adopter une contenance, il tripotait le recueil ouvert sur ses genoux. Son manège attira l'attention de Mélie, courbée en deux pour ramasser les éclats de porcelaine.

— Oh, c'est joli ! Cet album-là, ça réveille ma jeunesse, du temps où ma mère m'obligeait à cuire des confitures !

Sans se rendre compte de la stupéfaction causée par ses propos, elle enchaîna :

— Je déteste cette occupation, on m'a trop rasée quand j'étais gamine, cueillir les fruits, en ôter les noyaux, concasser le sucre, surveiller la cuisson, ébouillanter les récipients, les garnir. La seule chose que j'adorais, c'était l'étape finale. Ma mère, elle était exigeante, elle n'utilisait que de la peau de veau mort-né pour fermer hermétiquement ses pots, ça porte un nom spécial, du… du… Oh ! Je suis bête, *gròssa testa, pauc de sens*[1] !

— Du vélin ? suggéra Kenji entre deux gorgées de thé vert.

— Du vélin ! Vous avez mis le doigt dessus ! Eh ben, m'sieu Pignot, votre machin est du même genre que ceux que ma mère achetait aux colporteurs.

Victor et Joseph se fixèrent comme s'ils tentaient de s'hypnotiser. Kenji les lorgnait de côté. Ses yeux s'animèrent. Il emplit sa tasse derechef et prit la parole :

— Ils sont nombreux, les ennemis des livres ! Les cordonniers doublent le quartier des chaussures de dames avec la peau empruntée à des reliures. Les collectionneurs de lettres ornées, de miniatures et de frontispices n'hésitent pas à taillader les manuscrits. Je vous épargne les pâtissiers dont la friture éclabousse de rarissimes compilations de recettes, et les

1. Grosse tête, peu d'intelligence, en langue limousine.

épiciers qui massacrent sans merci les parchemins les plus rares pour confectionner leurs cornets. Mais, selon le Bibliophile Jacob[1], de tous ces ravageurs, les ménagères détiennent le pompon. De siècle en siècle elles ont scellé leurs pots de beurre ou de confitures aux dépens de documents historiques. Je pourrais également inclure ces mères qui, pour avoir la paix, donnent à leur progéniture d'antiques volumes de gravures sur bois à colorier ou ces botanistes qui transforment in-folio et in-quarto en succursales de leurs herbiers. Joseph, vous permettez que j'examine cet ouvrage ? Vient-il de notre fonds ?

Il observait le visage de son gendre, et ce fut pour celui-ci un mauvais moment.

— Je retiendrai le montant de cette théière sur votre salaire. Je vous ai posé une question.

— Euh, je… Ben…

Victor ne lui laissa pas le loisir d'en dire davantage. Il l'attrapa par la manche et l'entraîna vers la porte.

— C'est un de mes trésors personnels. Je vous remercie Kenji, vous aussi, Mélie. Venez, Joseph, il y du travail en bas.

— Qu'est-ce qui leur prend ? Ils viennent quand ça leur plaît et s'en vont de la même façon. Mélie, préparez un plateau pour Mme Djina.

Victor et Joseph regagnèrent l'arrière-boutique.

— Joseph, confiez-moi ce recueil, ordonna Victor, et surtout, motus ! La purée de poix commence à se décanter, ce ne sont pas les confitures qui intéressent notre assassin, ce sont les vélins qui les recouvrent. Je fonce quai Voltaire m'entretenir avec Raoul Pérot. Si Kenji s'étonne de ma défection…

1. Paul Lacroix, dit « le Bibliophile Jacob », polygraphe érudit français, 1806-1884.

— Je sais, une bibliothèque à expertiser.

Victor replaça le bec-de-cane et se heurta à Mme Ballu.

— Ah, m'sieu Legris. Je vous en ficherai du cognac ! C'est de la Cérébrine qu'il me faut, ce charlatan de dentiste m'a bouché l'alvéole avec une saleté contre l'infection, j'ai la mâchoire en feu ! Si je n'logeais pas au rez-de-chaussée j'me jetterais par la fenêtre !

— Adressez-vous à M. Mori, jeta Victor en enfourchant sa bicyclette, il bat l'apothicaire !

Quelques tours de roues plus loin, une association d'idées s'insinua en lui : cognac… molaire… dentiste…

— Mon vieux, tu es sur la bonne voie ! claironna-t-il.

Un passant se gara de justesse et le suivit des yeux, l'index vissé à la tempe.

En toute autre circonstance, Raoul Pérot eût été ravi de recueillir les conseils de Lucas Le Flohic sur l'art de restaurer les livres, mais, ce matin-là, il guettait Victor et eût préféré demeurer seul.

— La panacée, c'est la colle de pâte à froid. Vous l'étalez sur le plat et la reliure devient luisante. Attention aux grumeaux ! Je vous préconise de rapetasser les coins écornés de vos reliés avec ce produit et un marteau de tapissier, oui, oui, un marteau.

L'Odeur s'approcha d'eux, la mine consternée.

— On m'a encore barboté un cadenas ! Pétrarque laissait ouverte sa porte jour et nuit !

— Ma grand-mère aussi, renchérit Séverine Beaumont. Les temps changent. Où va-t-on si des fêlés se débarrassent de macchabées dans nos boîtes ? Sans mentionner ceux qui nous piquent de la camelote pour l'enterrer au fin fond de leur tannerie.

— Tannerie ? répéta Raoul Pérot.

— Leur bibliothèque, quoi. Oh ! Zyeutez ce vilain coco !

Un vieillard à redingote et pantalon blanc relevé jusqu'aux genoux, un stick à la main, déambulait en exécutant une danse guerrière.

— C'est un ancien critique littéraire, souffla Lucas Le Flohic. Il a usé sa vie à démolir les écrivains.

— Il a un nom prédestiné : Agricol Tourte, ajouta l'Odeur.

— Alfred de Vigny a sabré Hugo, Eugène de Mirecourt s'en est pris à Dumas père, et M. Tourte, dont aucun roman n'a été édité, exècre la totalité des auteurs, conclut Lucas Le Flohic. Tiens, voilà M. Legris à cheval sur sa draisienne !

Victor adressa un salut à la ronde et un signe de connivence à Raoul Pérot. Ils s'isolèrent près des boîtes closes de Fulbert Bottier.

— Il n'ouvre plus ?

— Il est dégoûté. Peut-être Valmy l'a-t-il convoqué à la morgue ainsi que nous allons tous l'être. La rumeur court qu'Angélique Frouin serait incriminée. Elle est actuellement à l'Hôtel-Dieu.

— La cardeuse ? C'est absurde ! Il y a pourtant d'autres coupables potentiels. Cela va vous sembler fou, j'ai un plan pour identifier la tête du bois de Boulogne. Fulbert m'a appris que Georges Moizan s'était fait poser une dent à pivot…

Il lui chuchota quelques mots à l'oreille. Raoul Pérot fit la grimace.

— Soyez chic. Je vous promets de vous offrir les publications posthumes de Jules Laforgue[1] quel que soit le résultat.

1. *Les Derniers Vers de Laforgue* (1890), publiés par ses amis Félix Fénéon et Édouard Dujardin.

— D'accord. J'espère tromper la vigilance de la police. Je vous apporterai un croquis en fin d'après-midi au *Temps perdu.*

— Eh, m'sieu Pérot, ne capitulez pas ! Méprisez ces odieux nuages sur le trou de Meudon, ils vont crever ailleurs ! clama Lucas Le Flohic.

— Elle raflait les ouvrages en vélin, m'a révélé Fulbert. Si nous nous en tenons à l'explication de Mélie, c'était pour fermer ses pots de confitures. Il nous revient de déterminer si cette frénésie d'acquisitions ne dissimule pas un autre objectif. Pourquoi Philomène Lacarelle aurait-elle épargné le singulier recueil tombé entre vos mains ?

— Parce que c'est un code qui mène à quelque chose de précieux. Et ce quelque chose, l'inconnu qui perpétue ces meurtres est persuadé de le trouver sur des pots de confitures. Il n'y a qu'un moyen de clarifier ce méli-mélo, il nous faut déchiffrer les stances alambiquées de Margot Fichon.

Cette conversation entre Victor et Joseph se déroulait au *Temps perdu.* Joseph, soucieux, chipotait des frites. Il venait de se souvenir d'un détail : Euphrosine avait offert plusieurs pots de confitures à Iris. Lui venaient-ils d'un des membres des Croque-Fruits ?

— Joseph, les frites, dans la bouche, pas dans la narine.

— Euh, oui... Mon intuition me soufflait de loucher du côté de Gaétan Larue, de Ferdinand Pitel et d'Amadeus, parce que vraiment, je n'imagine pas Angélique Frouin commettre ces forfaits.

— Il est venu me voir au magasin.

— Qui ?

— Amadeus.

— Quand ? Pourquoi ?

— Le jour de votre anniversaire. J'étais seul. Il m'a acheté l'Helvétius.

— Comment a-t-il eu notre adresse ?

— On lui a recommandé notre librairie. Un bouquiniste, sans doute, je l'ai maintes fois croisé le long de la Seine. Il m'a tenu des propos sur l'illusion du monde matériel et m'a demandé si nous possédions des originaux d'Étienne Dolet.

— Le libraire qui a sa statue place Maubert[1], il a été pendu puis brûlé pour hérésie, ça remonte à loin, ça.

— 1546, je me suis renseigné. Avec le recul, j'ai l'impression qu'il me sondait pour savoir si nous détenions des ouvrages du XVIe siècle.

— C'est notre homme, ma main au feu !

— Attendons un peu avant de nous prononcer, ils sont tous suspects, ils se connaissent, ils sont familiers du quai Voltaire et…

Raoul Pérot s'affala à leur table.

— J'étais certain que vous seriez là. Je prendrais bien un panaché bien blanc, parce que j'ai le gosier plus sec que le Kalahari. Vous m'avez fait cavaler. Je suis allé visiter la morgue à l'heure du casse-croûte, j'étais sûr que les sbires de Valmy sacrifieraient leur surveillance au profit de leurs panses, vous avez entendu ? Ce sont des rimes.

— La morgue ? Qu'est-ce que c'est que cette histoire ? demanda Joseph.

— Vous permettez, dit Pérot. À boire, soif !

Il reposa son bock vide et se pencha vers eux.

— La morgue rivalise avec nos manifestations picturales. La population parisienne est follement avide du spectacle des cadavres étendus sur les dalles sinis-

1. Cette statue élevée en 1889 fut fondue par l'occupant allemand pendant la Deuxième Guerre mondiale.

tres, et elle rit, oui messieurs, elle rit devant les dépouilles des noyés, des suicidés, des trucidés, des accidentés. Les pêcheurs aussi apprécient la pointe de l'île de la Cité, c'est dans ce coin de Paris que l'on attrape les plus beaux brochets, les plus gras barbillons et les écrevisses au pied des pierres. Vous savez pourquoi ? Parce que la morgue balance les déchets anatomiques dans la Seine. Cela dit, j'ai pu examiner à loisir les mâchoires de la tête du bois de Boulogne. Voici mon croquis. Satisfait ?

— Ça m'étonnerait qu'on l'expose au musée du Luxembourg, grommela Joseph.

— Ce dessin n'a pas la prétention d'être une œuvre d'art, mais un élément d'enquête, répliqua Raoul Pérot. Le propriétaire de cette tête ne lésinait pas avec sa santé. Trois dents obturées d'un amalgame aurifié et une incisive absente qui avait probablement été remplacée par une prothèse car j'ai noté la présence d'un pivot. Travail de qualité. Il a incontestablement consulté un chirurgien diplômé. En noir, les dents traitées, en hachuré, celles qui l'auraient été au cours des ans. Quel plan poursuivez-vous ?

— Je vous expliquerai lorsque j'aurai vérifié ma théorie. Tenez, pour vous, comme promis, le Laforgue.

— Mille mercis, celui-là, je ne le vendrai pas pour un empire ! Vous partez ?

— Kenji va nous sonner les cloches. Je passerai sur le quai.

Victor tapota le buste de Molière jusqu'à ce que Kenji se fût éclipsé à l'étage.

— Joseph, je vous charge d'une mission de haute importance. Prenez le croquis de Pérot et filez chez le Dr Dangé, dentiste rue de Rennes, le numéro m'échappe. Insistez pour qu'il le compare avec sa fiche concernant les soins de Georges Moizan.

— J'ai compris ! Vous voulez savoir si la tête… Comment êtes-vous en possession du nom de ce docteur ?

— Incidemment, en discutant avec votre parrain.

— Dangé ? A-t-on idée de porter un tel nom quand on soigne les dents !

— C'est pourquoi je ne l'ai pas oublié.

— Je vous téléphone rue Fontaine après cette investigation ?

— Non, surtout pas.

— Je vois. Chez moi, c'est pareil. J'en ai marre de mentir, ça me fatigue. Espérons que je ne me déplace pas pour des haricots, parce que vous allez m'offrir la course en sapin, il va neiger.

Le ciel gris et froid s'assombrissait lentement, rue d'Arcole la circulation se faisait plus dense. Un fiacre souleva des gerbes d'eau sale. Adeline Pitel recula vivement pour ne pas être éclaboussée. À l'abri sous la tente rouge et blanc d'une boucherie chevaline, elle déplia le journal serré sous son bras et parcourut la première page où s'étalait un titre gras :

ASSASSINAT D'UNE MODISTE

La police piétine

« Aucune piste dans le meurtre de Mlle Annie Chevance, modiste rue de Paradis. Le commissaire principal Valmy va procéder à l'interrogatoire des relations de la victime. Selon un témoin présentement hospitalisé, Mlle Chevance faisait partie d'un cercle de confiturières baptisé “les Croque-Fruits”. La mort de Mlle Chevance serait-elle liée à celle de Mme Lacarelle, retrouvée assommée près d'un chaudron en cuivre ? »

Adeline Pitel laissa retomber le quotidien et étudia d'un air pensif son reflet dans la vitrine. Elle replia soigneusement le journal avant de franchir le porche de la cathédrale.

CHAPITRE XV

Jeudi 20 janvier

Au retour de Joseph, Kenji papillonnait autour de la jolie Mlle Mirande, et Victor étalait sur le tapis vert de la table centrale à l'intention de M. Chaudrey, tout émoustillé, des gravures réalisées d'après des tableaux de Boucher.

— Alors, monsieur Pignot, on vient se rincer l'œil en ma compagnie ? chuchota l'apothicaire d'un air salace. N'est-elle pas affriolante, cette coquine à plat ventre sur ses draps froissés ?

— Il faut que je vous parle, murmura Joseph à son beau-frère.

— Excusez-moi un instant, dit-il à M. Chaudrey.

Ils se rendirent dans l'arrière-boutique.

— Vous êtes livide, remarqua Victor.

— Y a de quoi ! Ça vous dégoûterait d'avoir mal aux dents ! Un véritable cabinet de torture : des daviers, des fraises, des crochets, des espèces de clés, des leviers, des pieds-de-biche…

— Pourquoi pas des scies et des marteaux ? Le croquis de Pérot a-t-il servi à quelque chose ?

— Le praticien a confirmé votre hypothèse : il s'agit bien des mâchoires d'un de ses patients,

Georges Moizan, qui d'ailleurs lui doit une somme rondelette.

— Il n'est pas près de le rembourser. Quel peut être le lien entre ces crimes ? Sosthène Larcher et Georges Moizan, libraires. Philomène Lacarelle et Annie Chevance, expertes en confitures. Le même assassin pour ces quatre victimes ? Qui ?

— Quelqu'un qui est aussi gourmand de lecture que de fruits cuits.

— J'ai un trio en tête : l'élagueur, le cordonnier, le joueur de piquet. Il faut les avoir à l'œil. Suggestion : on se partage les deux premiers dimanche matin, vous suivez Gaétan Larue, je m'attache aux basques de Ferdinand Pitel, et nous nous efforçons de les radiographier aux rayons X de notre intellect.

— Pourquoi dimanche ?

— Parce que c'est le seul jour de la semaine où la librairie soit fermée.

— Ce qui signifie : pas de grasse matinée. Et Amadeus ?

— On se le garde pour la bonne bouche.

Victor allait ajouter que les bouquinistes demeuraient en lice, mais préféra se taire.

— Monsieur Legris, mon choix se porte sur *Mlle O'Murphy*, mais il faudrait recouvrir cette dame dénudée d'un vêtement anodin, une carte de France par exemple, sinon ma douce moitié va me chanter pouilles !

— Nous arrivons, monsieur Chaudrey, Joseph est le roi des emballeurs !

Kenji montait l'avenue de l'Opéra. À la hauteur du bureau de poste, il fut abordé par une femme hérissée de plumes et d'épingles à perles. Il eut un mouvement de recul face à cette créature qui semblait être le fruit des amours d'une autruche et d'un porc-épic.

— Mon Mikado ! Tu me bats froid ?

— Fifi !... Fiammetta !... Archiduchesse Maximova !

— Simplement Eudoxie, pour vous, pour toi ! Mon époux m'a répudiée et je n'ai jamais été aussi heureuse. Je me suis trouvé un protecteur en la personne d'un pauvre veuf.

— Je sais, Stanislas de Cambrésis est loin de manquer de numéraire.

— J'ai dit pauvre veuf, non veuf pauvre. Mettons que ses revenus m'accordent le privilège de vivre en célibataire dans un luxe relatif et de le rencontrer le moins souvent possible pour alimenter les cancans du boulevard Saint-Germain. J'en connais un bout sur le cancan, hein, mon chou ? C'est lui qui m'a lancée dans le monde. Te souviens-tu du Moulin-Rouge ? J'étais la reine du port d'armes, de la guitare, du salut militaire, du croisement de jambe derrière la tête et du grand écart ! Tu lorgnais la ligne rose entre ma jarretière et les volants de mon pantalon ! Tu te régalais, hein ?

— « Regretter le passé, c'est courir après le vent », proverbe russe.

— Vous êtes impitoyable. Condamner une infortunée divorcée sans ressources, traînant sa beauté déclinante dans ce Paris privé de cœur et de soleil, c'est bien toi ! Tu n'étais pas si cruel, jadis.

— Sans ressources ? Vous me la baillez belle ! Quant à votre beauté, elle est rayonnante.

— Je vous retourne le compliment. En dépit de vos cheveux gris, vous arborez un charme fou. Viens donc me conter fleurette un de ces soirs à mon nouveau domicile, 27, rue de Vaugirard, ou, si tu appréhendes des retrouvailles embrasées, fais un saut à Montreuil-sous-Bois. M. Méliès a eu la gentillesse de m'engager au sein de sa troupe cinématographique. Il me réserve fréquemment des rôles phares. Les bandes qu'il filme constituent le *nec plus ultra* en matière d'avant-garde artistique !

Elle baisa ses doigts gantés et les appliqua sur la joue de Kenji.

— À te revoir, mon Mikado ! Je file, on m'attend.

Tasha reposa le quotidien oublié sur la banquette. Le colonel Picquart avait porté plainte contre les auteurs d'un télégramme signé « Speranza » qui lui avait été envoyé à la fin de son séjour en Tunisie. Ce rebondissement de l'affaire Dreyfus, le courage de cet officier et celui d'Émile Zola atténuèrent son abattement. Elle allait changer son fusil d'épaule, laisser dormir la peinture, proposer ses talents de caricaturiste au *Passe-partout* dont le directeur, Antonin Clusel, lui conservait une amitié bienveillante. Elle n'était encore jamais sortie seule, le soir, depuis la naissance d'Alice. Elle sentit qu'elle avait recouvré sa sérénité. Attablée près de la vitrine du restaurant, au coin de la rue des Petits-Champs, elle observait les allées et venues sur les trottoirs, les lumières, le bouillon Duval situé de l'autre côté, puis son regard s'orienta vers la salle. Rien n'avait bougé, toujours la même clientèle de messieurs chics en mal d'aventures galantes, le même garçon, vieilli, les yeux cernés, l'air compassé. La porte s'ouvrit, les glaces étincelantes multiplièrent le reflet d'un homme élégant qui déposa pardessus et chapeau sur une patère. Elle lui fit signe, il prit place face à elle et lui étreignit les mains.

— Vous êtes en avance, dit-il.

— J'ai voulu faire un pèlerinage aux sources, retrouver le cadre et la légèreté des années quatre-vingt.

— Vous êtes bien nostalgique, ma chère. Je suis enchanté de dîner avec vous, en tête à tête, cependant votre lettre m'a chiffonné, vous avez des ennuis ? Pourquoi solliciter mon appui ?

— J'ai besoin de conseils et qui mieux que vous pourrait m'en prodiguer ? Vous êtes un homme alerte, enjoué, les ans semblent n'avoir aucune prise sur votre moral.

— Vous me flattez. Je craignais d'entendre : « parce que vous avez l'âge d'être mon père ».

— J'ai un père, il est loin. Vous, Kenji, vous êtes un ami.

Il la dévisagea avec attention, toussota, gêné, parce qu'elle avait évité de souligner qu'il était l'amant de Djina. Il héla le garçon et lança à Tasha :

— Je crois qu'un petit remontant ne serait pas superflu. Garçon, deux vodkas ! Et apportez-nous le menu. Je vous écoute, Tasha.

Elle ne répondit pas et lui tendit le billet subtilisé à Victor. Il le lut, eut un sourire malicieux.

— Vous êtes jalouse ? Vous pensez que votre époux… Non, vous vous méprenez. Cette « fleur de mai » est sa demi-sœur. Les iris sont les fleurs de mai. J'ai follement aimé Daphné, la mère de Victor. Lorsqu'elle est morte accidentellement, Iris, notre fille, était une très jeune enfant, c'est elle, ma fleur de mai, qui m'a donné une raison de vivre. Voyez-vous, Tasha, un nouvel amour ne chasse pas l'ancien, Daphné vit en moi et je suis profondément épris de votre mère. Bien sûr, j'ai connu d'autres femmes, et comme tous les hommes, plaire et séduire est un jeu auquel je résiste difficilement. Un jeu, vous comprenez ? Après tout, ainsi qu'on le dit en plaisantant : ce n'est pas parce qu'on est au régime qu'il est interdit de consulter le menu ! Ah ! voilà la carte. Je vous préconise un consommé… une sole cresson et ensuite… Nous verrons.

— Ce n'est pas tout, dit-elle lorsque le garçon eut pris la commande, il a recommencé à enquêter, j'ai peur.

— Je sais, ma chère, je sais, mais qu'y pouvons-nous ?

— Examinez le dos de cette lettre. Il m'a avoué avoir été témoin de la découverte d'un corps dans les boîtes de M. Bottier, mais qui sont *P.L.* et *A.C.* ?

— Je sèche. Profitons du moment, demain j'en apprendrai davantage, je suis convoqué à la Préfecture de police. Le vin, rouge ou blanc ? Blanc, c'est du nanan.

— Vous veillerez sur lui ?

— J'ai toujours veillé sur lui et Joseph, à leur insu. Exercez-vous à contrôler votre anxiété, *na zdorovie*[1], et cul sec, dit-il en sifflant sa vodka.

Vendredi 21 janvier

— Quel temps de chien ! marmonna Augustin Valmy en se brossant les ongles.

Il retourna trôner à son bureau. Les narines pincées, il étudia le miteux qui se collait au poêle. On frappa. Le planton passa le buste dans l'entrebâillement de la porte.

— M. Mori Kenji est là, chef.

— Qu'il entre.

— Monsieur Mori, prenez un siège, non, pas la chaise, le fauteuil. J'en finis avec ce zig et je suis à vous. Alors, toi, tu persévères dans tes dénégations ? Tu sais que je peux te boucler ? Mendicité sur la voie publique, escroquerie à la cécité, grinchissage à la quête, ce ne sont pas les motifs qui manquent.

1. À la vôtre, en russe.

— Ah non ! sur le dernier point j'suis innocent, m'sieu l'commissaire, sur la tête de ma pauvre maman qui repose au cimetière de Belleville.

— Excusez-moi, commissaire, que signifie *grinchissage* ? demanda Kenji.

— C'est une expression populaire qui résume les activités lucratives de monsieur. Il va à la messe et se fait un devoir de donner à la quête. Il plonge la main dans l'aumônière à glands d'or, jusqu'au fond, et rafle discrètement le plus possible de piécettes, hein, Mirette ?

— C'est pas vrai ! Ma main, je m'contente de la tendre à l'extérieur de l'église, même que j'me la gèle. Faut bien vivre, quoi, non mais, enfin !

Le commissaire Valmy était resté debout. Ses yeux fonctionnaient à toute allure, il enregistrait le moindre détail : Kenji Mori assis nonchalamment dans le fauteuil, le débraillé du père Mirette, le pommeau de la canne de Kenji, son visage impavide, son costume à la coupe impeccable.

« Du sur-mesure, tissus anglais », subodora-t-il avec un soupçon d'envie.

Il s'approcha de la fenêtre. Deux pigeons se dandinaient sur le glacis. Avec les ongles, il cogna au carreau, les volatiles s'envolèrent au-dessus de la Seine. Satisfait, Valmy regagna son bureau, se pencha en arrière, les mains jointes, et d'un ton doucereux s'adressa au père Mirette.

— Tu connaissais Philomène Lacarelle ?

— J'ai jamais dit le contraire.

— Elle a été assassinée.

— Je l'sais, mais j'y suis pour rien.

— Le jour du meurtre, tu étais dans le secteur, non ?

— Quel jour c'était ?

— Je vais te rafraîchir les neurones, Mirette, c'était le 10 janvier, un lundi, le jour où un monte-en-l'air a nettoyé les troncs de l'église Saint-Eustache. Le curé a porté plainte. Et ce monte-en-l'air, on jurerait ton jumeau.

— C'est pas moi, et si c'est pas moi, c'est donc mon frère !

— Ça a dû te rapporter un joli magot.

— J'pète pas dans la soie, m'sieu l'commissaire, au cas où ça vous échapperait.

— Concentre-toi, Mirette, sinon je t'expédie chez le juge.

— Feriez mieux de foutre à l'ombre les chéquards et les fricoteurs qui s'engraissent en tondant la laine sur le râble du populo !

Valmy expira lentement pour ne pas laisser éclater sa colère.

— Parle-moi de la femme Lacarelle, elle recevait des hommes ?

Le père Mirette sembla faire un effort de mémoire. Il ferma à demi les yeux, hocha la tête.

— J'peux pas vous dire ça de but en blanc. Si vous voulez que j'lui invente des galants, j'me décarcasserai pour vous exaucer, combien en voulez-vous, m'sieu l'commissaire ?

— Bon, ça va, ça va. Georges Moizan, cela t'évoque quelqu'un ?

— C'est qui ?

— Un bouquiniste du quai Voltaire.

— Je n'lis pas, moi, m'sieu l'commissaire ! Faut comprendre, j'suis aveugle ! Vous croyez qu'les vieilles bigotes me donneraient autre chose que des boutons de culotte si elles me surprenaient en train d'bouquiner ? C'que j'sais, c'est qu'la Philomène, elle fabriquait des confitures avec des copines. Au Nouvel An elle me refilait d'la gelée d'groseille, seulement moi, je déteste la gelée d'groseille, ça m'flanque des aphtes. Et puis, elle jouait aux cartes à domicile avec un évadé de Charenton.

— Décris-le-moi.

— Ben, question fringues, il se pose un peu là ! Une gravure de mode du siècle de la Révolution.

— Son nom ?

— Mes souvenirs traînent la patte... À ce qu'il paraît, c'est celui d'un compositeur d'opéras. Ça commence par un *A*.

— Adolphe Adam ? suggéra Valmy.

— Non, ça ressemble à du latin.

— Mozart, dit Kenji.

— J'ai dit un *A*.

— Wolfgang *Amadeus* Mozart.

— Comment ? Amadeus ?... Peut-être... Vous voyez j'coopère, m'sieu l'commissaire. Dites, vous n'allez pas m'envoyez au dépôt, parce que la concurrence est rude, quand je sortirai ma place sera prise, je s'rai au chômage.

— Tu te fiches de moi, tu prêches le faux pour avoir le vrai ! Tu serais trop heureux que je t'incarcère, deux mois nourri, logé, blanchi aux frais du contribuable, ça te plairait, hein ? Tu vas être déçu, je passe l'éponge, je ne retiendrai pas tes propos injurieux à l'égard d'un représentant de l'ordre, toutefois sois prudent, confonds-toi avec la muraille, l'assassin saura que tu as séjourné dans mon bureau, il s'interrogera à ton sujet, tu as intérêt à avoir des yeux derrière la tête. Quand tu seras décidé à te confesser, fais-le-moi savoir. Pétrus !

La porte s'ouvrit sur le planton.

— Escorte ce lascar, il est libre. Excusez-moi, monsieur Mori, je tenais à ce que vous constatiez *de visu* ma façon de procéder. Douceur et fermeté. J'ai obtenu le nom d'un nouveau suspect. Amadeus. Il ne me reste plus qu'à le cueillir.

— C'est édifiant. Que puis-je pour vous ?

— Vous êtes un homme sensé, monsieur Mori, je vais donc vous prier d'user de votre autorité sur votre fils adoptif. Qu'il se tienne à l'écart, je vous en serais très reconnaissant. Saviez-vous que l'on a retrouvé un cadavre sans tête dans l'une des boîtes d'un de ses amis bouquinistes ?

— Il m'eût été difficile de l'ignorer, les journaux en ont fait leurs choux gras. Quant à M. Legris, je vous rappelle qu'il va avoir trente-huit ans et que mon influence sur ses actes se borne à de paternels conseils.

— Votre fils ou votre gendre ont-ils prononcé le nom de Mme Lacarelle en votre présence ?

— Non, je m'en souviendrais, rien ne m'échappe.

— Si vos associés laissaient filtrer la moindre information, j'ose espérer que vous m'en feriez part.

— Je n'y manquerai pas.

— Parfait, je compte sur vous. Excusez-moi du dérangement.

— Mes respects, monsieur le commissaire.

— Monsieur Mori… Je suis à la recherche des *Mémoires de Vidocq*, si par hasard…

Le téléphone grelotta alors que Victor portait sa cuiller à sa bouche. La sonnerie aigrelette provoqua comme d'habitude les pleurs d'Alice et la course effrénée de Kochka dans l'appartement.

— Ne réponds pas. Cet appareil m'horripile, tu n'aurais pas dû nous l'imposer, protesta Tasha.

— Mais, ma chérie, suppose que ce soit important, Kenji, ou Iris…

— Ou Joseph le vaillant détective ? ajouta-t-elle d'un ton railleur.

Il alla décrocher, la main devant les lèvres au cas où la discrétion eût été de mise.

— Allô ? Je peux parler ? C'est Gouvier. Je me suis renseigné à propos de la ficelle qui ligotait Sosthène Larcher, elle était rouge, ça vous satisfait ?

— Mille mercis.

Victor retourna à table. Tasha avait recouvert son bol d'une serviette.

— Alors, cette importante nouvelle ?

— Une erreur.

— J'ai distinctement perçu : « Mille mercis. »

— Je remerciais ce crampon de raccrocher.

Victor s'efforçait de calmer Tasha, tout en échafaudant des théories sur les utilisateurs de ficelle rouge, ce qui le ramenait aussi bien aux bouquinistes qu'aux adhérentes assassinées du club des Croque-Fruits.

— Rouge, marmonna-t-il.

— Pardon ?

— Ce bouillon est… tellement brûlant que… j'ai les joues en feu, bredouilla-t-il.

— Mensonge. C'est le rouge de la honte qui t'empourpre !

Tasha se leva brusquement et emporta la soupière à la cuisine, pestant contre Kochka qui lui barrait le passage, contre les hommes qui divaguaient, et même contre sa fille qui pourtant s'était tue.

Samedi 22 janvier

Iris avait l'impression de s'éveiller d'un long rêve au cours duquel sa vraie personnalité s'était dissoute. En cette matinée hivernale, elle se réconciliait avec la jeune fille pleine d'allant et de projets qu'elle avait été. Elle traversa le square qui, à l'arrière de l'église Saint-Germain-des-Prés, abritait une statue de Bernard Palissy. La vue de moineaux picorant un coin jauni de pelouse la combla de joie.

Elle se dirigea vers un petit établissement à l'angle du boulevard et de la place Saint-Germain, le *Café de Flore*, ouvert en 1885, qui devait son nom à une divinité romaine. Elle l'avait élu lieu de rendez-vous, parce que, jadis, elle s'y prélassait en terrasse afin d'y contempler la tour romane de l'église. Le froid était vif, elle entra dans la salle qui ne payait pas de mine. Les murs étaient d'un gris sale, les glaces ternies. Cependant, sur les banquettes de velours rouge s'asseyaient parfois J.-K. Huysmans et Remy de Gourmont.

Iris s'installa près de la vitre sur la gauche, entre la porte et l'escalier, à la table autrefois occupée par Verlaine. Pour meubler l'attente, elle ouvrit un calepin où elle avait recopié ses contes. L'évocation du poète lui inspira la fin de son histoire, *Le jour où les statues*... Elle consigna d'un trait les dernières lignes :

> *Sur le parvis encombré, les lourdes créatures sentaient pour la première fois au cours de leur longue léthargie une douce chaleur les envahir...*

Une main se posa sur son épaule. Elle fourra le carnet dans son sac, tourna la tête en souriant.

— Victor, je suis contente, il y a si longtemps que nous ne nous sommes vus seuls !

— Euphrosine garde les enfants ?

— Que deviendrais-je sans elle ! Souvent elle m'exaspère, mais elle fait marcher la maison. Et quand Joseph et toi complotez, la savoir chez nous me réconforte.

— Que vas-tu imaginer ? Nous ne complotons pas, protesta Victor en s'absorbant dans la lecture de la carte.

— À d'autres. Je le connais bien et je sais quand il me ment. Vous êtes lancés dans une nouvelle enquête.

Victor soupira.

— Que veux-tu, c'est plus fort que moi, un dérivatif à la routine.

— Tasha et Alice ne te suffisent pas ? Et la photographie ? Et la librairie ?

Il fit signe à la serveuse et commanda des sandwiches aux rillettes et du rosé de Provence.

— Tasha est le pivot de ma vie, Alice est adorable, j'aime toujours autant la photo et les livres, mais j'ai besoin d'un terrain de jeux qui n'appartienne qu'à moi. Voilà, tu as percé mon point faible.

— Je te comprends, parce que je te ressemble. Peut-être l'as-tu deviné, j'ai moi aussi mon jardin secret. J'écris des contes. C'est Tasha qui les illustre. J'aspire à être publiée, considérée.

— Toi qui affirmais ne pas raffoler des bouquins ! Pourrais-je les lire et admirer le travail de ma femme ?

— Bientôt, quand je serai sûre de moi, je te le promets, ton jugement compte beaucoup.

— Et celui de Joseph ?

— Je crains qu'il ne désapprouve mon choix.

— Parce qu'il est romancier ? Détrompe-toi, il sera fier.

Ils s'interrompirent le temps de manger. Après une hésitation, Iris avoua :

— J'avais souhaité une autre existence que celle de mère de famille. Nous ne sortons plus, Joseph et moi.

— Et vous ne voyagez jamais, remarqua Victor. J'ai une idée : pourquoi ne vous évaderiez-vous pas quelques jours à Londres ? Cela te rappellerait de bons souvenirs, et Joseph serait heureux d'explorer la ville de Sherlock Holmes. Kenji, Tasha et moi vous offririons cette seconde lune de miel.

Elle applaudit, enchantée. Soudain, elle se rembrunit.

— Mais les enfants, qui s'en occupera ?

— Euphrosine, évidemment.

Dans la librairie s'entassaient, outre Victor, Kenji et Joseph, Raphaëlle de Gouveline et ses chiens, Mathilde de Flavignol, M. Mendole et le duc de Frioul venu vendre des livres. Les vêtements des visiteurs, imprégnés de pluie, saturaient d'humidité l'air attiédi par le calorifère. Alphonse Ballu s'encadra dans la porte, peu pressé de la refermer afin de laisser aux dames le loisir d'admirer son costume à rayures. Un courant d'air en profita pour balayer la boutique.

— Entrez donc, vous nous ferez attraper la mort ! s'écria Mathilde de Flavignol.

— Bonjour la compagnie ! Ah ! il s'en est passé de belles, cet après-midi, au Palais-Bourbon ! J'ai un ami huissier, il m'a raconté. Lors de la discussion sur l'affaire Dreyfus, un député de droite a balancé une kyrielle de noms d'oiseaux à Jaurès qui se trouvait à la tribune. Ça lui a valu une mornifle d'un collègue de gauche. Ces messieurs se sont crêpé le chignon, des harengères ! Fou de rage, le député de droite a escaladé la tribune et il a assené deux coups de poing à Jaurès avant de se carapater. J'aurais voulu assister au spectacle !

— C'est inqualifiable ! s'indigna le duc de Frioul.

Outré, Kenji le dévisagea sans aménité.

— Votre présence ici m'étonne, monsieur le duc. Ignorez-vous la raison pour laquelle votre parente,

Mme de Salignac, nous a fait perdre une partie de notre clientèle ?

— Je me fiche des opinions de la comtesse et de ses relations de la rue Barbet-de-Jouy. Je suis las de fréquenter le salon artistique de Mme de Brix-Réauville, on s'y pétrifie d'ennui. Rien que pour enquiquiner son époux le colonel, je me suis rangé dans le clan des dreyfusards. Ma réputation va en pâtir, mais je n'en éprouve aucun regret, la liberté est un trésor digne de quelques sacrifices. J'ai là de beaux in-octavo dont je veux me débarrasser, pensez-vous que…

Un relent tenace s'insinua dans la librairie. M. Mendole retroussa discrètement les revers de son pantalon afin d'examiner de près ses semelles. Raphaëlle de Gouveline morigéna ses chiens qu'elle renifla à tour de rôle. Son amie Mathilde de Flavignol se livra à une fouille approfondie de son sac au fond duquel dormait un sachet de pastilles à l'anis qu'elle eut des difficultés à éventrer. Une joue gonflée de bonbons, elle se tamponna la commissure des lèvres avec un mouchoir de dentelle, prête à invoquer un embarras gastrique. Fasciné par la doublure intérieure de son haut-de-forme, le duc de Frioul songea que c'était le moment de se payer un nouveau chapeau. Alphonse Ballu se replia vers l'arrière-boutique en espérant que personne n'aurait l'idée de l'y accompagner. Kenji souffla dans ses mains arrondies en conque devant sa bouche, inquiet de son haleine parfumée de lapin sauce moutarde. Victor pria Joseph d'aérer la boutique.

Tandis que chacun s'éloignait, s'éventait ou se pinçait le nez, l'origine de ce changement d'atmosphère s'avéra être un bouquiniste débraillé, assaisonné à l'ail et à la vinasse.

— « Par l'Odeur alléchés… » murmura Joseph.

Rassérénés, ceux qui un instant plus tôt se croyaient coupables communièrent en un sentiment de réprobation unanime envers l'agresseur de leurs narines. Loin de s'en formaliser, l'Odeur s'ébroua comme pour mieux embaumer les aîtres et sourit à Alphonse Ballu qui, surgi de l'arrière-boutique, le repoussait contre le comptoir.

— Cher Alphonse, n'êtes-vous pas supposé travailler au ministère des Cultes à cette heure ? marmonna Victor.

— Un empêchement. Ma cousine est malade.

— Mme Ballu est d'un stoïcisme ! Elle vaque à ses occupations avec un zèle inouï. Mais chaque fois que je vous rencontre dans le quartier, vous me soutenez qu'elle est souffrante.

— C'est une enquête ?

— Une simple constatation. Cette empoignade à la Chambre des députés n'a en tout cas rien de comique et risque de se transformer en épidémie, car en France les idéaux sont viciés.

Mathilde de Flavignol osa se mêler à la conversation, heureuse de briller aux yeux du libraire dont elle était secrètement éprise. Toutefois le corsage de soie écossaise moulant sa forte poitrine attira plutôt l'attention d'Alphonse Ballu que celle de Victor.

— Je partage votre point de vue, monsieur Legris. On pourrait comparer cette scène vaudevillesque au drame qui se joue actuellement à Naples.

Elle baissa le ton.

— On la nomme « la mort blanche », c'est un mal engendré par l'anémie, l'inanition et... le manque d'hygiène, conclut-elle en toisant l'Odeur.

Celui-ci n'en continua pas moins à dénouer une ficelle maintenant fermé un relié in-douze tiré de sa poche.

— Vous aussi, vous vous servez de ficelle rouge ! s'exclama Victor.

— Beige, jaune ou verte, j'm'en tape, je ne tiens pas à ce que les fouille-merde[1] me salopent mes bouquins.

— Vous avez raison, approuva Victor. Savez-vous où je peux m'en procurer ?

— Chez Amadeus, le colporteur qui s'habille à la mode Charles X ou Louis XVIII. Moi, les dates…

— Les dates sont primordiales, intervint le professeur Mendole, elles nous prouvent que la destinée des peuples est régentée par des histoires de famille et que la vie est un éternel recommencement. Franchement, il était inutile de faire la Révolution pour subir ensuite le joug d'un empereur corse, des deux petits frères de Louis XVI, de leur cousin Louis-Philippe, et, pour finir, du neveu du premier qui nous a conduits à la défaite de Sedan. Vive la République !

— Justement, ce livre traite d'éthique, et j'aimerais bien que m'sieu Mori m'apprenne dans les combien ça va chercher à la vente. La première page est ornée d'un portrait sur bois de l'auteur, précisa l'Odeur.

Kenji s'empara de l'ouvrage et lut :

Voyages d'Aimé Thoars, gentilhomme viennois
ou Le Disciple de Théopompe de Chio vers
la Vie éternelle
Chez Didot l'Aîné.
M. DCCCXII

— 1812, la Berezina, commenta M. Mendole.

— Montrez, dit Victor. Il me semble… Ce portrait, on jurerait Amadeus. Votre avis, Joseph ?

1. Promeneurs qui retournent la marchandise sans rien acheter, dans l'argot des bouquinistes.

— Oui, si on veut, ça rappelle vaguement sa trombine.

Kenji tressaillit. Il se souvenait d'avoir entendu ce nom lors de l'interrogatoire du père Mirette dans le bureau d'Augustin Valmy.

— Où avez-vous acheté ça ? s'enquit Victor.

— C'est le Coq qui m'a refilé un lot de drouille, le mois dernier, sans réaliser qu'il contenait cette merveille, répondit l'Odeur.

— Le Coq ? répéta M. Mendole.

— Georges Moizan, le roi des quais.

— Le Coq est un bouquiniste qui travaille mieux que les autres, ajouta Kenji.

— Alors, m'sieu Mori, votre prix ?

— Dans cet état ? Mangé aux vers ? De plus, c'est le tome II. Cinq francs, et encore !

— C'est tout ? Cinq balles ? Vous m'affligez, m'sieu Mori. Et vous, m'sieu Legris, vous êtes d'accord avec ce prix dérisoire ?

— Eh bien, je… je suis acquéreur à dix francs.

Kenji lui jeta un regard en biais mais se retint d'exprimer sa désapprobation.

— Oh ! si vous dites ça, c'est que ça vaut plus. Je le garde. Salut la compagnie !

Victor le rejoignit sur le trottoir.

— Monsieur ! Monsieur ! Avez-vous pris conseil auprès de Fulbert ?

— Oui, il a voulu savoir d'où provenait ce volume et quand il a su que Moizan me l'avait fourgué, il a refusé de me renseigner. Il ne peut pas le blairer, ils s'engueulent à tout bout de champ, ça fait de la distraction. La dernière fois, Fulbert lui a demandé s'il lui avait apporté ce qu'il devait lui fournir. Moizan lui a répondu qu'il le déposerait chez Le Flohic avant de se carapater à Caen.

— Que devait-il lui fournir ?

— Un étui de pistolet pour l'anniversaire de votre beau-frère, Fulbert m'avait mis dans le secret, parce que moi, je m'y connais en armes anciennes.

L'Odeur chuchota.

— Sur le quai on se pose des questions depuis qu'on a trouvé ce corps sans tête dans la boîte à Fulbert parce que le Moizan, il n'est toujours pas rentré.

— Et vous pensez que…

— Oh ! non, je vois mal Fulbert débiter un bonhomme en rondelles. Et puis moi, je ne pense jamais, d'ailleurs je suis censé être sourd, un pot fêlé dure très longtemps. Bonne journée, m'sieu Legris.

Fatiguée de peindre, Tasha avait traversé la cour avec Alice et Kochka. Elle profita de ce que sa fille dormait pour s'allonger sur le lit et savourer la dernière lettre de Pinkus.

> *Les Américains ont le goût des grandeurs, comme les habitants de Babylone. Ils ont décidé d'ériger à New York un immeuble géant de 650 mètres – deux fois la tour Eiffel ! – en commémoration de l'annexion des faubourgs à la ville. Cela portera la superficie de cette cité de 10 000 à 82 000 hectares. Cinq nouveaux quartiers en feront partie : Manhattan, le Bronx, Queens, Richmond et Brooklyn où je suis confortablement installé. N'as-tu pas envie de rendre visite à la seconde ville du monde après Londres et à ton vieux papa ?*

Elle eut la vision fugitive d'un paquebot doublant le cap d'Ellis Island et s'imagina sur le pont supérieur, frêle rouquine défiant la marée de maisons à touche-touche où elle allait se noyer. Elle s'apprêtait à sombrer, quand un poing toqua à la porte, puis à une des fenêtres. Elle sursauta. Alice émit un faible cri annonciateur d'orage, Kochka miaula et elle se leva pour savoir qui se manifestait de façon si peu opportune.

— Maurice ! Si je m'attendais…

Sans enthousiasme elle ouvrit à Laumier.

— Brrr, je suis transi, merci ma poulette. C'est bien chauffé chez toi, tu permets que je me colle un instant au poêle ? J'espère que je ne suis pas responsable de cette symphonie ?

Alice avait haussé ses pleurs d'un diapason.

— Tu as interrompu sa sieste. Je vais lui préparer une bouillie.

— Oh, désolé ! Si j'avais prévu, je me serais pointé plus tard, mais Mimi s'occupe de la galerie aujourd'hui et j'avais rendez-vous dans le coin… Ils sont beaux, observa-t-il en louchant sur une boîte d'œufs.

— Je vais aussi lui en donner un à la coque. Tu veux bien lui tartiner des mouillettes ?

— Avec joie, je suis expert en la matière.

Si Tasha ne s'était pas affairée à l'extrémité de la cuisine, elle eût surpris Laumier en train d'enfourner un morceau de pain sur deux et de se caler les joues d'une généreuse portion de beurre. Mimi et lui venaient d'endurer des jours maigres et son estomac s'insurgeait. Il saisit l'occasion de s'empiffrer davantage dès que Tasha eut tourné les talons. Soulevant le couvercle d'une marmite, il se goinfra de bourguignon gélifié.

— Délicieux ces lardons, cette sauce au vin, évidemment ça gagnerait à être dégusté tiède, mais contre mauvaise fortune bon cœur, hein, ma chatonne ? murmura-t-il à Kochka qui l'hypnotisait d'un regard suppliant.

Il acheva ce festin par un quart de camembert qu'il eut peine à ingurgiter. Il avala de travers et manqua s'étouffer. De l'eau, en vitesse.

— Maurice, tu tousses ? s'inquiéta Tasha.

— Une vétille, un coup de froid dans notre écurie…

Il lampa deux verres et, rasséréné, les mains sur la panse, rejoignit son amie dans la chambre à coucher. Assise dans une chaise haute, Alice se laissait gaver avec béatitude.

— Tu travailles en ce moment ?

— J'ai un accrochage en vue, des portraits. Et puis, je me suis remise à la caricature. Sur la table de nuit, j'en ai posé une.

Maurice Laumier contempla avec réprobation le dessin représentant un écolier debout sur une estrade face à son professeur d'histoire qui l'interrogeait :

— Qu'est-ce que la Saint-Barthélemy ?

— Le massacre de tous les Juifs, répliquait le cancre.

— Non, monsieur, à cette époque on n'en était encore qu'aux protestants, objectait le maître.

— Et ça va être publié ?

— Oui, dans *Le Passe-partout.* Antonin Clusel a décidé d'être objectif, et de diffuser les opinions diverses. J'appartiens au clan des subjectifs, tu t'en doutes.

— Mais c'est dangereux, ça, ma poulette ! Tu as intérêt à utiliser un pseudonyme !

— J'en ai l'intention. Je me nomme *Lumen*, ce qui, en latin, signifie « lumière ». Et toi, quelle est ta position ?

— Oh ! moi, laisser pisser le mérinos, tel est mon credo.

— Autrement dit, tu te moques de l'injustice pourvu qu'on ne t'empêche pas de vivre.

— Tout comme Antonin Clusel.

— Il lui arrive de cingler les xénophobes, selon lui ce sont des crapules.

— Mais moi aussi, je les exècre, ma poulette, surtout ceux qui détestent les dindons, rétorqua Maurice Laumier, s'emparant d'autorité de la bouillie dont il préleva sa dîme en douce avant de la proposer à Alice.

— Qu'est-ce que les dindons ont à voir avec Dreyfus ?

— Pauvres bêtes, elles sont conspuées par les amateurs d'art moderne. Mon exposition vire au désastre. Je vais sommer le père Malezieu de remporter ses volailles. Seulement voilà, il me faudrait d'autres toiles, des œuvres dignes d'attirer de bons clients. Et c'est là que tu interviens, ma poulette, moyennant en ma faveur un modeste pourcentage sur les ventes.

— Tu souhaites présenter mes tableaux ?

— J'ai toujours eu confiance en tes talents. Souviens-toi du temps où je te peignais, les seins à l'air – de bien jolis seins si ma mémoire est exacte, soupira-t-il en barbotant une ultime cuillerée de bouillie et en frôlant le corsage de Tasha.

— Bas les pattes ! Oui, cela m'intéresse. Une série de portraits, quelques nus masculins, quelques scènes foraines et mythologiques, des natures mortes…

— Ce serait parfait. Le plus tôt sera le mieux. Bien, je t'abandonne à tes activités maternelles, ma poulette. Et n'oublie pas : évite les ennuis, ne te compromets pas dans cette affaire Dreyfus qui est en train de chambarder le pays. Tu n'as pas idée de la méchanceté des gens.

— Oh, si, hélas, j'en ai une idée très précise !

— Devine ce qu'on a assené à Mimi, hier ? Lestocart, votre nom de jeune fille, ce n'est pas un nom français, ça !

Dès que Laumier se fut esquivé, Victor aborda le 36 *bis*. Tout en pédalant depuis la librairie, il n'avait cessé de ruminer les paroles de l'Odeur. « Le Moizan, il n'est toujours pas rentré… Je vois mal Fulbert débiter un type en rondelles… »

Il pénétra dans l'appartement où Tasha, étonnée qu'il y eût si peu de mouillettes, continuait de nourrir leur fille. Il les embrassa à tour de rôle et caressa brièvement Kochka.

— La journée a été bonne ? s'enquit Tasha.

— Elle eût été meilleure si le cousin de Mme Ballu ne s'était incrusté. Qu'y a-t-il pour dîner ?

— Les restes du bœuf bourguignon que Mme Baudoin a mijoté ce matin. Tu ne vas pas dîner maintenant, il est six heures !

— J'ai un creux, juste une bouchée.

Il se pencha vers la marmite dont le couvercle avait été ôté : elle était vide.

Il voulut exprimer sa déconvenue, mais une pensée parasite s'insinua en lui. C'était un étui à pistolet, non un livre, que Fulbert Bottier avait réclamé à Georges Moizan avant que celui-ci quitte Paris pour Caen. Cela innocentait-il le parrain de Joseph ?

— Chérie, le fait-tout a été nettoyé, il n'y a que de la sauce ! protesta-t-il en revenant auprès de Tasha. Tu aurais dû le ranger, cette chatte est insatiable, ajouta-t-il avec un coup d'œil sévère à Kochka.

— Non, ce n'est pas elle, c'est Maurice Laumier. Il m'a invitée à exposer dans la galerie de Léonce Fortin.

— Tu me rassures, je croyais qu'il avait en tête de te séduire.

— Mais bien sûr, mon amour, quand tu t'en vas, une foule de soupirants se bouscule chez nous, je leur ai même attribué des numéros, répliqua-t-elle en riant.

Victor haussa les épaules, boudeur, et grommela :

— Des lichettes de mie trempées dans la sauce, c'est excellent.

— Prie pour qu'il reste du pain.

CHAPITRE XVI

Dimanche 23 janvier

Gaétan Larue eût assurément préféré une journée printanière, une rivière louvoyant entre des prairies, une berge herbue, un bosquet de trembles. Mais au diable ce ciel anthracite, ce fleuve qui charriait des saletés, ce quai poussiéreux et la voûte sombre du Pont-Neuf ! Le plaisir de pêcher, fût-ce une ablette ou un croquenot, était la récompense qu'il s'octroyait lorsque son travail lui en laissait le loisir. Il y avait longtemps qu'il n'avait joui d'un dimanche de liberté, aussi s'était-il levé de bonne heure et, lesté de son matériel et d'un pique-nique, avait-il gagné son coin favori où il serait protégé de la pluie ou de la neige.

Il retrouva quelques chemineaux venus dormir sous l'arche, y manger, boire un canon, lutter contre le froid grâce à des barrages de journaux et de chiffons. Deux de ses copains, un marchand de plumeaux et un raccommodeur de porcelaine, l'avaient précédé, désireux de s'adonner à leur dada avant de proposer leurs services aux Parisiens.

L'élagueur salua à la ronde et déposa sa boîte de fer-blanc, son panier et sa canne. Au-delà du fleuve, la pauvre Angélique Frouin, qu'il plaignait d'avoir à coudre ses matelas du matin au soir, serait absente pour cause d'hospitalisation à l'Hôtel-Dieu. Elle ne souffrait que d'une côte cassée mais, dès qu'elle sortirait, elle serait placée sous contrôle policier. Maudit soit ce commissaire Valmy qui la suspectait de meurtre !

Épouserait-il celle qu'il aimait en secret ? Il en était souvent tenté, puis réfléchissait et repoussait ce projet. À quoi bon unir leurs misères ? De plus, elle était déjà nantie de trois enfants, et s'il lui en faisait d'autres… Folie.

Il empala un asticot sur un hameçon et lança sa ligne. Le bouchon se mit à tanguer, frêle esquif dont la contemplation le délassait de ses tracas. Quelle sérénité de perdre son regard sur l'eau grise, de la voir soudain barattée au passage d'un bateau, de se savoir retranché du monde !

Il ne soupçonnait pas avoir été filé. Il ne remarqua pas davantage que, piètre acteur, Joseph Pignot manifestait une surprise affectée à le rencontrer en ce lieu incongru. En revanche, il n'apprécia guère que le filleul de Fulbert Bottier s'enracinât près de lui. La pêche était un bonheur solitaire. Ce fut pis quand Joseph commença à parler.

— J'ai entendu raconter que le meilleur appât…

— Attention, pas de potin, vous allez effrayer les poissons, marmotta l'élagueur.

— … que le meilleur appât est le ver de vase. On ne s'en procure que l'été, dommage, non ?

Gaétan Larue se retint de proférer un juron bien senti. Que comprenait ce morveux à l'art du braconnage aquatique ?

— J'ai ouï dire que l'asticot de tête de mouton gras et blanc est particulièrement prisé.

— Arrêtez, je vais dégueuler ! Je me sers de vers de farine, un point c'est tout. Taisez-vous, à la fin !

L'œil au bouchon, la main au ventre, hop ! un coup sec, on ferre.

— Vous dites qu'il ne faut pas de potin, observa Joseph, mais les omnibus, les piétons, les remorqueurs…

— Le poisson a l'habitude, seulement il ne frétille pas de lorgner de près des blairs tels que le vôtre.

Joseph observa une minute de silence en l'honneur du bouchon subitement emporté par un branchage. L'élagueur conspua l'obstacle, les fâcheux et la gent policière en s'efforçant de libérer sa ligne.

— Les flics sont de sérieux raseurs, ça ne fait pas l'ombre d'un pli. Penser qu'ils s'en sont pris à la cardeuse de matelas, cette bonne Mme Frouin ! Elle est tellement simplette qu'elle serait incapable d'imaginer le moindre crime, assura Joseph en admirant la dextérité avec laquelle Gaétan Larue avait démêlé le fil incontinent rejeté à l'eau.

— Comment ça, simplette ? C'est la crème des femmes, elle a de l'esprit, de l'humour et beaucoup de charme !

— Bref, selon vous, elle pourrait être coupable ?

— Jamais de la vie, nom d'un bonhomme en bois ! Elle est douce, vous saisissez ? Douce !

Joseph se souvint d'avoir serré la main de la cardeuse et d'en avoir conservé une douleur cuisante.

— Vous ne seriez pas épris d'elle, par hasard ?

— Moi, épris ? Vous êtes dingo, je suis un célibataire-né !

— Ça n'empêche rien. Prenez M. Mendole, ex-professeur au Collège de France…

Une clameur scella la bouche de Joseph. Le marchand de plumeaux avait ferré un goujon gros comme le pouce qui se tortillait au bout de son hameçon. Tous se récrièrent que c'était une superbe prise et félicitèrent l'heureux homme, qui détacha le goujon et lui rendit la liberté.

— Pourquoi le relâchez-vous ? Et la friture ? s'écria Joseph.

— Monsieur, la pêche est un sport noble, tuer n'est pas notre but, d'autant que ces créatures évoluant en eaux troubles sont fort indigestes. En revanche, nous prouver à nous-mêmes que nous sommes propres à régner sur la création divine à force de persévérance, et qu'en cas de succès la mansuétude humaine égale celle de notre Créateur, voilà qui vaut la peine de supporter de longues stations verticales par des températures extrêmes en écoutant malgré nous les propos oiseux de nos congénères.

Ce discours débité, le marchand de plumeaux rangea son attirail, se chargea de ses ballots et s'en alla.

— Il s'exprime rudement bien, ce pékin-là ! C'est un camelot ?

— Avant de vendre des plumeaux, il a longtemps exercé le sacerdoce de prédicateur. Un jour, d'après lui, une illumination céleste lui a ordonné d'oublier la résurrection pour se consacrer à la vie terrestre en aidant les gens à balayer devant leur porte. Au sens figuré, s'entend, expliqua le raccommodeur de porcelaine.

— Les plumeaux, ça m'intéresse, parce que j'en use plusieurs chaque année, souligna Joseph.

Les heures s'écoulèrent sans qu'il consentît à décamper ni à cesser d'évoquer les crimes qui défrayaient la chronique, notamment celui du décapité du quai Voltaire.

Gaétan Larue encaissa cette épreuve en chantonnant intérieurement la dernière scie à la mode.

Je raffole de tous les animaux
Le singe, la grenouille, le chat
[et le vieux chameau...

Je raffole aussi
De mon ouistiti !

Hélas, en dépit de son stoïcisme, sa pêche demeura infructueuse.

Ferdinand Pitel se glissa furtivement hors de chez lui, peu désireux de se heurter à sa tante. Il s'empressa de gagner la cordonnerie où il se réservait le premier des petits plaisirs dont serait balisée la matinée : deux croissants achetés la veille et posés près d'un réchaud sur lequel dormait une casserole emplie de café. Il dégusta son déjeuner avec le sentiment de jouir d'une détente bien méritée après une semaine de travail et d'émotions. Il se sentait riche, seul, libre de son temps, tel un navigateur échoué sur une île presque déserte. Qu'extorquer de plus à l'existence ? Foin des importuns, il avait su s'en débarrasser et projetait de poursuivre son chemin sans que quiconque se dressât en travers de sa volonté.

Abandonner le bol à demi plein et les miettes sur un coin d'établi le mit en joie, il nettoierait plus tard. Il ajusta son nœud papillon et se repeigna face à un miroir mural avant de boucler la boutique. Il se proposait dès lors de se rendre quai Saint-Michel et de baguenauder jusqu'à ce qu'il dénichât un colifichet susceptible de plaire à Chantal Darson. Puis il irait lui faire sa cour dans le marché aux Oiseaux.

Il n'avait pas prévu qu'une main pèserait sur son épaule, et qu'une voix masculine s'exclamerait :

— Monsieur Pitel !

La main et la voix appartenaient à Victor, qui, mussé devant la morgue, précédait Ferdinand depuis qu'il avait cadenassé sa porte.

L'expression chagrine du savetier démentit le bonheur qu'il y avait à être appréhendé par un quidam réputé pour son ingéniosité à résoudre les plus subtiles énigmes. Mais, nonobstant sa résistance, le libraire parvint à l'entraîner dans le square encerclant le chevet de la cathédrale, près de la fontaine Notre-Dame. Si encore il avait neigé, s'il était tombé quelques gouttes de pluie, ils n'auraient pu s'asseoir sur un banc autour duquel s'amassa aussitôt une cohorte de pigeons.

— Alors, racontez, il paraît que vous aussi, vous avez eu maille à partir avec le commissaire Valmy ?

— Il m'a interrogé, la routine, m'a-t-il certifié, je n'ai rien à craindre, je suis en dehors de ces affaires, je ne connais aucune des victimes intimement.

— Même pas Georges Moizan ? Fulbert Bottier m'a assuré que vous lui achetiez des documents anciens pour vous en inspirer dans la fabrication de vos souliers. J'ai lu dans un bouquin du Bibliophile Jacob que les gens de votre corporation inondent le quartier des chaussures de dames avec de la peau de mouton ou de veau empruntée aux volumes anciens. Il semble que ce soit un ingrédient plus souple qu'une doublure de cuir, mal supportée par des pieds féminins.

— Cela se produisait jadis, chez des confrères, mais je ne me suis jamais livré à de telles pratiques. Je suis partisan de la belle ouvrage. Si j'ai traqué de vieux papiers sur les quais, pas seulement chez M. Moizan d'ailleurs, c'est que je m'intéresse aux planches de l'*Encyclopédie* concernant mon métier, voilà tout. Fulbert Bottier est une langue de vipère.

Victor se baissa et ramassa une branche morte qu'il se mit à émonder avec un canif.

Le cordonnier leva les yeux au ciel. Combien d'heures ce satané pot de colle allait-il lui tenir la jambe ?

— Il n'est pas prouvé que M. Moizan soit le décapité, dit Ferdinand.

— M'est avis que l'opinion commence à être favorable à cette thèse.

— Ben, si c'est Moizan, il ne faut pas chercher loin pour savoir qui avait de bonnes raison pour le raccourcir.

— Affinez votre pensée.

— Fulbert Bottier et lui se chamaillaient à tout propos. Le jour où on a installé les boîtes de M. Pérot, ils ont eu une altercation.

— À quel sujet ?

— Moizan devait lui remettre un objet depuis un certain temps. Je suppose que c'était un livre, parce que Moizan avait l'habitude de lui piquer ses revendeurs en son absence.

Les pigeons exécutaient un ballet insistant au pas de l'oie. Ferdinand Pitel les dispersa d'un coup de pied. Victor fit mine de s'entailler l'index en maniant son canif, poussa un cri de douleur et porta le doigt à ses lèvres.

— Zut ! je me suis coupé, et quand je saigne, ça dure !

Ferdinand Pitel blêmit.

— Excusez-moi, je ne supporte pas la vue du sang, je... Ça pourrait me provoquer un malaise.

Victor entortilla son doigt d'un mouchoir.

— Rassurez-vous, c'est superficiel, quel idiot je suis de jouer avec des couteaux, à mon âge ! Il y a longtemps que vous souffrez de ce problème ?

— Tout gosse, j'étais sujet à des troubles de ce genre à la moindre égratignure. Je dois prendre congé, un rendez-vous au marché aux Oiseaux.

— Vous permettez que je vous accompagne ? Je vais moi aussi de ce côté, dit Victor.

Sans attendre de réponse, il emboîta le pas au cordonnier fort marri d'être enchaîné à un tel boulet.

Ils traversèrent la place du Parvis sans échanger une parole. Régulièrement Victor vérifiait l'état de son bandage de fortune, et son compagnon détournait le regard.

Sitôt eurent-ils tourné l'angle de l'Hôtel-Dieu, rue de la Cité, qu'ils aperçurent les abords du marché en pleine effervescence, bouclés par un cordon de policiers. Ferdinand reconnut dans la foule des badauds massée derrière les sergents de ville une commère qui vendait elle-même des capucins à tête noire et des becs de corail près de Chantal Darson.

— Qu'y a-t-il, mère Grondin ?

— Une horreur, j'en cauchemarderai encore dans ma tombe. Ce matin, j'étais bien gentiment occupée à nourrir mes mignons quand j'entends un drôle de bruit. Je me précipite et qu'est-ce que j'entrevois, couchée sur le ventre, son manteau taché de sang ? La petite Chantal !

— Non ! hurla Ferdinand que Victor soutint de justesse avant qu'il ne s'effondrât.

— Est-elle morte ? marmonna-t-il pendant que la mère Grondin et Victor l'adossaient à un arbre.

— Tout ce qu'il y a de refroidie. On ne sait comment c'est arrivé. Cinq minutes plus tôt elle s'installait – elle est toujours un peu en retard, elle folâtre, c'est de son âge – en gazouillant, et crac, en route vers le paradis ! On a alerté les cognes, total, la journée est fichue. Pourvu que je ne sois pas soupçonnée, ils m'ont dit de ne pas m'éloigner, mais qui va veiller sur mes zoziaux ?

Ferdinand Pitel avait repris ses esprits mais demeurait immobile, l'œil fixe, incapable de proférer un son.

— Venez, mon vieux, je vous invite à boire un cognac, ça nous remontera, suggéra Victor.

Le cordonnier se laissa guider.

La porte de Chantal Darson crochetée, une silhouette s'introduisit dans le coquet appartement qui fut dûment fouillé. Rapidement repérés, les pots de confitures s'entassèrent dans un panier. Décoller les ronds de papier dans le logis eût été trop risqué. Par bonheur, personne n'emprunta l'escalier. Le trajet en fiacre ne prit guère de temps.

Vider le panier et déposer les pots sur une table nécessitèrent cinq minutes à peine. Alors seulement les morceaux de parchemin furent descellés des confitures et eurent droit à un examen détaillé, avant d'être rageusement rejetés l'un après l'autre.

L'échec, une fois de plus ! La partie était-elle perdue ? Non ! Il fallait reconsidérer cette quête depuis le début et comprendre à quel moment une voie erronée avait été suivie.

Mû par l'intention de discuter des informations récemment acquises, Victor avait incité Joseph à siroter un verre au *Café Vachette*. Ils étaient pressés de fuir l'air glacé du Boul'Mich', mais durent d'abord se dépêtrer d'un ancien étudiant en pharmacie, le camelot Édouard, qui insistait pour leur vendre son torchon intitulé *Je dis tout*.

— Vous dites tout ? répéta Joseph. Vous feriez mieux de vous taire.

— Moi aussi, Joseph, je vais tout vous dire, décréta Victor lorsqu'ils furent assis face à un bouillon de bœuf et un cornet de frites. Chantal Darson a été tuée d'un coup de poignard entre les omoplates au marché aux Oiseaux.

Joseph recracha son bouillon sur la nappe à carreaux. Un jeune homme à cheveux longs et veste boutonnée jusqu'au cou lui décocha un regard indigné et changea ostensiblement de place.

— Qu'est-ce qui lui prend ? J'ai été surpris, voilà tout, grogna Joseph en épongeant les dégâts.

— C'est Paul Fort, le fondateur du théâtre d'Art, vous l'avez choqué, monsieur. Vous n'auriez pas une pièce ? demanda un mendigot hirsute en proposant un portrait de la reine Victoria décalqué sur un supplément du *Petit Journal.*

Exaspéré, Victor acheta dix centimes cette merveille et somma l'intrus de disparaître.

— Pauvre gosse, déplora-t-il, mourir si jeune ! En tout cas, cela innocente Ferdinand Pitel, je ne l'ai pas quitté d'une semelle.

Il écrasa une boulette de mie de pain.

— Et vous, Gaétan Larue ?

— Un fou de pêche à la ligne, il n'a pas lâché son hameçon de la matinée, même que nous avons eu une conversation passionnante à propos de vers.

— Ah ! messieurs, la versification est l'unique raison de l'existence humaine ! Dieu nous a créés afin que nous produisions des poèmes, affirma un ancien calicot du Bon-Marché, vêtu d'un costume effrangé et surnommé « Hareng-Saur » parce que ses œuvres ne lui permettaient de manger que cette maigre chère.

Les perles noires de tes prunelles
Sont mon paradis éternel...

déclama-t-il, ce qui obligea Victor à se délester d'une autre obole.

— Vous auriez pu choisir un endroit moins littéraire, protesta Joseph.

— Finissez vos frites en vitesse. J'ai déterré un détail capital : Sosthène Larcher, le libraire en chambre, a été ligoté avec de la ficelle rouge, Isidore Gouvier me l'a certifié. C'est le fil d'Ariane reliant entre elles les victimes. L'assassin est en quête de vélins, c'est confirmé. Par ailleurs, l'Odeur m'a appris que votre parrain et Georges Moizan s'étaient querellés.

Joseph menaça Victor de sa cuiller.

— Ah, non ! Ne mêlez pas ma famille à cette sale affaire !

— Un parrain n'est pas un membre de la famille.

— Et comment ! Il était présent à mon baptême, il m'a donné mon prénom !

Une figure patibulaire se pencha vers Joseph, l'œil luisant. D'immenses clous étaient enfoncés dans les narines du bonhomme qui marmonna qu'il vendait cinq centimes seulement l'art et la manière de s'en servir.

— Mais pour vous, ces quelques frites suffiront, assura-t-il, lorgnant le cornet abandonné près du bol de Joseph.

Celui-ci offrit avec empressement son cornet, ramassa son melon, enfila sa veste et courut vers la porte, Victor à ses trousses.

— Calmez-vous, voyons. Le meurtre de l'oiselière est certes affreux, mais il nous simplifie la tâche : les suspects se raréfient. Amadeus est en tête de liste, c'est lui qui colportait les bobines de ficelle rouge.

— Y a quand même un truc qu'il faudrait vérifier…

— Lequel ? s'enquit Victor en repoussant un rempailleur de chaises qui lui proposait ses services.

— C'est de savoir si on lui a barboté des confitures, à la petite Darson.

CHAPITRE XVII

Lundi 24 janvier

Une flambée de soleil allumait la rive gauche. Un grand chaland glissait silencieusement sur la Seine. Au loin, un remorqueur jetait son cri mélancolique. Assis sur la berge, enveloppé d'une pèlerine, Amadeus ouvrit le livre de François de Genet à la page marquée d'un signet et lut :

> « Le sergent qui menait les soldats s'arrêta à l'angle des rues Aubriot et Sainte-Croix-de-la-Bretonnerie, à deux pas d'un cabaret à l'enseigne du *Milieu du Monde*. Son anspessade[1] déroula une banderole où était brodé : *Aux jeunes gens amateurs de la gloire et de l'argent.* »

« J'ai eu la main heureuse de dénicher cet ouvrage. »

Il leva les yeux et demeura pensif, le regard dans le vague. Il croyait entendre de nouveau le croassement des corbeaux dans le vieil arbre du pont Marie, les braillements des gosses qui se culbutaient sur des tas de sable, il lui sembla sentir le parfum des pommes

1. Soldat gradé secondant un caporal, dans l'ancienne armée française.

mêlé au brouillard matinal sur le mail, l'odeur de lessive… Il referma son livre, remonta quai de Gesvres et se hasarda dans le dédale des rues du quartier de l'Hôtel de Ville en examinant les façades de ce coin paisible, presque inanimé. Le cabaret, dévoré par le temps, avait aujourd'hui cédé la place à un atelier de peinture d'enseignes sis au rez-de-chaussée d'un hôtel décati, mais, à hauteur d'homme, subsistait un graffiti profondément creusé dans la pierre : *Le Milieu du Monde où Louis fut pris 1708.*

Amadeus expira lentement, là se trouvait *Le Milieu du Monde*, une de ces nombreuses gargotes où deux siècles auparavant les racoleurs du roi invitaient entre deux tournées de naïfs consommateurs à signer leur enrôlement dans l'armée et, s'ils s'y refusaient, n'hésitaient pas à user de la force.

Amadeus rebroussa chemin. Il avait enfin localisé l'endroit, maintenant il lui fallait repérer des galeries voûtées, si tant est qu'elles n'aient pas été rasées par les travaux d'Haussmann.

Ce lundi, Kenji se sentait une âme de jeune homme dans un corps un peu moins alerte tandis qu'il descendait à pied le boulevard Saint-Michel. Il croisait des étudiants mal remis d'une nuit de plaisir et peu enclins à potasser leurs cours. Si la plupart des magasins étaient clos, les cafés incitaient les oisifs à entrer se réchauffer. Pour frileux que fût Kenji, il résista à la tentation. Il avait décidé d'aller surprendre Djina rue des Dunes où elle passait la journée à recevoir une parente berlinoise envers laquelle elle n'éprouvait qu'une piètre inclination.

Les omnibus mettaient des taches vertes, jaunes ou chocolat sur la chaussée qu'ils investissaient, et Kenji guetta le sien à l'abri d'un bureau, malpropre officine où un employé distribuait des numéros. Il se casa sur une banquette entre une femme âgée chargée de paquets et un homme portant un vêtement démodé, carrick bleu à revers de velours, bottes sombres, pantalon à rayures rouges, tricorne, cheveux noués en catogan, un livre sous le bras. Kenji ne lui prêta d'abord qu'une attention distraite puis, soudain, résonnèrent en lui les paroles du père Mirette, « une gravure de mode du siècle de la Révolution ». Il reconnut le visage gravé sur la monographie apportée à la librairie par l'Odeur.

« Impossible, se dit-il. C'est le portrait d'un homme mort depuis longtemps ! »

Il fit semblant de poireauter et, tout en arpentant le trottoir, considéra de biais l'étrange individu. « On jurerait vraiment le sosie de cet écrivaillon. Un descendant ? Pourrait-il s'agir de cet Amadeus ? »

Deux chevaux bais bien nourris ralentirent devant la station. À demi dressé, le cocher souleva son chapeau de cuir bouilli orné d'un ruban d'argent et tira sur la cordelette qui entourait ses cuisses sous la couverture le protégeant du froid. Le conducteur, coiffé d'un képi et engoncé dans une vareuse de mouton, donna le signal de l'arrêt. L'homme au catogan grimpa sur l'impériale après avoir payé. Sans réfléchir, Kenji tendit trente centimes, prix d'un siège à l'intérieur, au conducteur qui enfouit les pièces dans sa sacoche. Au second coup de cordon de son compère, il prévint les voyageurs qu'on partait.

Un changement et une bonne heure plus tard, l'homme au catogan sauta de l'omnibus rue de Bagnolet. Suivi à distance respectable par Kenji, il s'enfonça dans un lacis de venelles populeuses flanquées de maisons basses aux murs fendillés. De la rue Pelleport il prit la rue de la Cour-des-Noues, coin de campagne en plein Paris où, entre deux bouquets d'arbres, des palissades protégeaient une entreprise de réparations, un théâtre-cirque ou une scierie mécanique. D'un pas primesautier, l'homme que Kenji avait choisi de nommer Amadeus bifurqua sur la droite, rue de la Chine. Il pénétra dans une gargote. À travers une fenêtre embrumée, Kenji le vit aller droit au comptoir et y aligner des dominos, à la satisfaction du patron solitaire.

Subir la bise et l'ennui, tel était le lot de Kenji qui parcourut les trottoirs dans les deux sens. Fallait-il préférer cette ruelle bordée de masures et de jardinets en désordre, ces constructions instables dont seul, aux beaux jours, un treillis de lierre maintenait les façades, ces peupliers, ces potagers grillés par le gel ? Ou bien les perspectives rectilignes mais sans joie de l'hôpital Tenon[1], annonciatrices d'une ville tirée au cordeau ? Kenji opta pour le fouillis des bicoques qu'il devinait noyées sous un flux de tournesols et de valérianes lorsque régnait l'été. Il fit don d'un franc à un mendigot à jambe de bois recroquevillé contre la clôture d'une graineterie.

— Merci, mon prince, graillonna le vieux. Demain matin, c'est à votre santé que je tuerai le ver au zinc !

Des talons crissèrent sur le sol spongieux creusé d'un caniveau central. Kenji n'eut que le temps de se rabattre sous le velum d'une épicerie avant de se remettre en route.

La rue de la République[2] regorgeait de commerces, mais la paix dominicale les avait endormis. Aussi Amadeus dut-il se rendre au carrefour Saint-Fargeau afin de pousser la porte d'une boutique de comestibles, vins et liqueurs, *Au petit progrès*, d'où il réapparut chargé d'un sac de victuailles. Kenji n'apprécia guère sa faction derrière une vespasienne où il attendit encore qu'Amadeus eût acheté des pommes de terre à un vendeur de légumes ambulant.

1. Achevé en 1878. D'abord baptisé hôpital de Ménilmontant, il change de nom en février 1879.
2. Actuelle avenue Gambetta.

Ils marchaient à présent rue Haxo où avaient été fusillés le 26 mai 1871 cinquante otages des communards. Ils empruntèrent la rue Darcy et dépassèrent la grille d'un pavillon, entrée affectée aux visiteurs des réservoirs de Ménilmontant munis d'une autorisation. Kenji avait lu un article de journal précisant que l'ouvrage hydraulique occupait deux hectares et avait l'aspect d'un vaste gazon recouvrant l'œuvre de l'ingénieur Belgrand, le réservoir du dessus recevant l'eau de la Dhuis, celui du dessous l'eau de la Marne.

Après avoir tourné à gauche rue du Surmelin, Amadeus s'engagea rue de la Justice, longea une étable où meuglaient quelques vaches laitières et disparut à l'intérieur d'un immeuble.

— La barbe ! grommela Kenji. Me voilà bien avancé. Est-ce là qu'il habite ou a-t-il un rendez-vous ?

Il n'osait s'éloigner de peur de manquer l'homme au catogan. Après avoir patienté près d'un réverbère, il renonça. L'onglée et la faim le tenaillaient. Il se souviendrait de l'adresse.

Il n'eut pas plus tôt déguerpi passage Boudin, étroit sillon peuplé de baraques biscornues, que des souliers bruns se hâtèrent sur ses traces. Le sol imbibé de neige collait aux semelles et freinait la progression.

Mais ce fut pis quand Kenji, s'évadant de l'impasse Haxo à la faveur d'une barrière brisée, atterrit dans une toundra semée de monticules d'ordures autour desquels erraient des ânes, des chèvres et des volailles. Cette succession de terrains vagues, sise entre la rue des Montibœufs et le boulevard Mortier, était la providence des vagabonds et des romanichels. Des roulottes fumaient, des gamins s'exerçaient à des jeux acrobatiques sous la surveillance de leurs pères tandis que les femmes touillaient le contenu de marmites posées sur des braseros.

Peu rassuré par ces autochtones qui l'observaient tantôt avec ironie, tantôt avec défiance, Kenji n'avait qu'un désir : atteindre l'extrémité du plateau souffleté par le vent. À ses trousses, une silhouette encapuchonnée s'embourbait. Pourquoi cet élégant Asiatique s'était-il fourvoyé en ce désert après avoir, de toute évidence, échoué à débusquer sa proie ? Le supprimer eût représenté un gros risque en dépit de la rareté des témoins. Une seule solution : le pister jusqu'à sa destination.

Ce fut avec soulagement que Kenji dévala les pentes rocailleuses d'une butte et se pressa vers les guérites où les douaniers de l'octroi montaient la garde, porte de Bagnolet. L'exaspération de son insuccès le disputait à la contrariété d'avoir maculé ses bottines et son pantalon gris perle. Le plaisir de surprendre Djina rue des Dunes était tombé à l'eau, il décida de rentrer rue des Saints-Pères.

Les souliers bruns se décrottèrent tant bien que mal sur l'écorce d'un vernis du Japon. Vite, rattraper l'Asiatique et se mêler incognito aux voyageurs transis de l'omnibus dans lequel il s'apprêtait à grimper.

Mardi 25 janvier

Amadeus suivait la berge du fleuve, éclairée de loin en loin par un réverbère. Hormis quelques sans-logis réfugiés sous les piles des ponts, il n'y avait pas âme qui vive. En voyant ces pauvres hères couchés en chien de fusil sur des cartons, Amadeus songea que l'homme ne survit pas longtemps s'il ne cuirasse pas sa machine contre la bise et la froidure. Il se souvint de l'anecdote qui avait inspiré le tableau du peintre Greuze intitulé *La Mégère*. L'hiver 1775-1776, la température à Paris avait chuté à moins vingt-deux degrés. Un jour, Greuze croisa sur le Pont-Neuf une fillette à moitié nue, en larmes, qui gémissait « J'ai faim, j'ai faim ». Une femme lui jeta un morceau de pain rassis.

Amadeus déposa quelques pièces au chevet de chacun des indigents et s'éclipsa discrètement.

« Quel sort injuste de n'avoir point à manger, point à coucher et de ne pouvoir compter sur le lendemain ! Hier, aujourd'hui, quelle différence ? Rien n'a changé. Quand une civilisation est si opulente, le nécessaire devrait être plus facile à acquérir, le travail avoir plus de valeur. »

Il n'avait pas envie de continuer. Partir vers de nouveaux horizons ? Peut-être rencontrerait-il enfin sa véritable destinée. Mais avant de tirer sa révérence il lui fallait quadriller le quartier de l'Hôtel de Ville, déceler des galeries voûtées et accomplir ce qui devait être accompli.

Il allait rejoindre le pont Marie quand il perçut un bruit, le premier qui ne fût pas celui de ses pas. C'était un son régulier, étouffé, prudent. Il s'arrêta. Silence. Il poursuivit sa marche, le son se répéta. Il couvrit une dizaine de mètres et stoppa brusquement. Le bruit cessa, mais en retard : son suiveur n'avait pu freiner à temps.

Il fit volte-face.

— Vous !

Une ombre s'étirait sous un réverbère.

— Vous ne vous y attendiez pas, hein ? Pourtant il y a un bon moment que je vous ai à l'œil, Amadeus. Ça ne titille pas votre curiosité de savoir comment je vous ai percé à jour ?

— Je vous écoute.

— Je vous avais remarqué quai Voltaire. Votre dégaine extravagante m'amusait, sans plus, on voit tant de toqués le long de la Seine. Et puis, en feuilletant un lot de reliés dépareillés achetés l'année dernière à Moizan, j'ai vu le frontispice du tome III, un portrait de l'auteur accompagné de ce quatrain :

Je cours toute la terre
À travers les ans
Et parmi tant de lieux
Je ne suis qu'un passant

— Où voulez-vous en venir ? Ce serait mieux d'aller droit au but.

Une main lui tendit un in-douze ouvert à la première page :

Voyages d'Aimé Thoars, gentilhomme viennois
ou Le Disciple de Théopompe de Chio
vers la Vie éternelle
Chez Didot l'Aîné.
M. DCCCXII

— Je ne comprends pas.

— Ne faites pas le malin, Amadeus. J'ai effectué des recherches poussées et j'ai la certitude que l'auteur et vous ne faites qu'un. J'avoue que j'ai reçu un choc, je me suis dit que j'avais des hallucinations. Un vrai miracle, n'est-ce pas ?

— Un conte de fées.

— Ne niez pas, Vous ressemblez trait pour trait au portrait de la gravure sur bois d'Aimé Thoars. Vous ne dites rien ? La denrée rare que vous convoitez est alléchante. J'aimerais y goûter moi aussi, et vous allez m'en donner le moyen, sinon…

— Sinon quoi ?

— Soyez raisonnable, Amadeus, je ne vous demande que le contenu du recueil rédigé par Margot Fichon, mentionné dans votre œuvre *Le Disciple de Théopompe de Chio*. Vous avez tenté de récupérer les vélins chez Larcher, hein ? Je le sais, j'ai assisté à votre manège. Vous l'avez englué comme une mouche, cet imbécile, avec votre jeu d'échecs.

— Imaginez ce qui vous chante, je n'en ai cure.

— N'avez-vous pas écrit avoir vu autrefois passer les charrettes du Tribunal révolutionnaire ? Vous avez également fréquenté le peintre Gros, narré les réjouissances qui ont célébré la naissance du roi de Rome et vous séjourniez à Moscou quand Rostopchine a fait incendier la ville afin de chasser les Français. Vos descriptions de la Grande Armée enlisée dans les neiges sont si réalistes qu'elles font froid dans le dos. Vraiment, vous en avez vu des choses, cher Amadeus, et cela sans prendre une ride.

— Il suffit d'étudier des livres d'histoire. Je me distrais beaucoup en laissant croire aux naïfs ce qu'ils veulent entendre, répondit Amadeus.

Ses lèvres souriaient mais ses yeux restaient vigilants.

— Écran de fumée ! Vous ne comprenez rien ou quoi ? Méfiez-vous, on ne me coupe pas facilement l'herbe sous le pied ! Allez, crachez le morceau !

Amadeus vit le couteau pointé sur sa poitrine. Il se laissa tomber à genoux, ses deux mains saisirent les chevilles de son agresseur qui s'étala sur les pavés de tout son long. Mais avant qu'il ait pu le maîtriser, l'autre s'était jeté sur lui à califourchon et lui martelait la figure de ses poings. Amadeus glissa sur le côté. Il sentit contre sa tête le pied métallique d'un réverbère. D'un suprême effort il empoigna une touffe de cheveux et tira de toutes ses forces. Les adversaires soudés l'un à l'autre roulèrent jusqu'à la limite du quai. Serpent métallique secoué de remous, la Seine charriait des bouchons de liège, des branches mortes et des remorqueurs dont les sirènes émettaient de brefs jappements.

Il y eut un plouf.

Un corps se débattit dans le courant, puis disparut au fond du fleuve.

Plusieurs minutes s'écoulèrent.

Le corps ne remonta pas à la surface de l'eau sombre.

CHAPITRE XVIII

Jeudi 27 janvier

— Monsieur Joseph, je vais être franche, c'est moi ou votre mère. Elle n'arrête pas de me faire des remontrances sur ma façon de cuisiner et de nettoyer. J'ai été embauchée par M. Mori et si ça continue, je vais lui donner mes huit jours.

Mélie Bellac, figée à mi-hauteur de l'escalier à vis, ne semblait pas vouloir en bouger tant qu'elle n'aurait pas reçu de réponse. Victor, réfugié près du buste de Molière, sifflotait en compulsant le journal. Joseph leva les yeux au ciel.

— Je lui parlerai, Mélie, c'est promis.

— J'espère bien, parce que sinon je file au bureau de placement, les prêchi-prêcha de votre mère, j'en ai soupé, je n'suis pas sa chambrière !

Elle descendit jusqu'au comptoir et y déposa un plateau.

— V'là votre café, faudra vous passer de lait, y en a plus.

Elle escalada les marches, la porte de la cuisine claqua. Victor soupira.

Joseph lui demanda d'un ton détaché :

— Vous me rendez le recueil ?

— J'ai veillé une partie de la nuit à traquer « Jonathas » dans des bouquins. J'étais curieux de savoir si ce nom cité par Margot Fichon avait une résonance historique. Je suis tombé sur la relation d'un auteur anonyme reproduite par certains historiens. Eurêka, Joseph, tout se tient ! En 1290, sous le règne de Philippe le Bel, à Paris, une femme dénonça aux autorités un nommé Jonathas pour avoir transpercé et tourmenté une hostie. Lui et son épouse furent soumis à la question et finirent par avouer tout ce qu'on voulait. Le principal accusateur était le curé de Saint-Jean-en-Grève qui briguait d'exploiter ce prétendu sacrilège afin d'attirer en son église d'abondantes offrandes. Jonathas avait le double tort d'être juif et de posséder des biens. Tout porte à accréditer la thèse de l'existence d'un complot pour spolier l'homme que l'on désigna comme « Celui qui avait fait bouillir Dieu ». Jonathas et son épouse furent brûlé vifs en place de Grève, leur maison détruite et leurs biens confisqués au profit de la paroisse. Quatre ans plus tard, Rainier Flamming, un bourgeois de Paris, fit édifier une chapelle, « La Maison des miracles », sur une portion de la propriété du défunt Jonathas. Au XIVe siècle, un ordre de moines de Saint-Augustin investit les lieux. Leur couvent fut doté du nom de « Où Dieu fut bouilli ».

Victor but une gorgée de café.

— Ce récit valide le texte de Margot Fichon, dit Joseph.

— À la condition que celui-ci ne soit pas apocryphe.

— Vous doutez de son authenticité ? Mais ces meurtres…

— Je me pose des questions, mon éducation m'a toujours empêché de prêter foi à l'irrationnel.

Écoutez la suite. En 1631, les moines l'allouèrent aux Carmes réformés. Ensuite, au début de ce siècle, les bâtiments monastiques furent concédés aux protestants de la confession d'Augsbourg. Ils sont connus de nos jours sous le nom de « temple des Billettes » et sont situés au 24 de la rue des Archives.

— Le problème, c'est que nous ignorons ce que nous cherchons.

Blotti sous la tente de la boutique d'un emballeur, un quidam drapé d'une pèlerine à capuchon surveillait la librairie Elzévir où l'Asiatique s'était engouffré le lundi précédent. De l'autre côté de la chaussée, la porte cochère du 18 *bis* livra passage à une femme armée d'un balai de bruyère. Elle inspecta la rue, puis disparut dans la cour pour réapparaître presque aussitôt, munie d'un seau dont elle balança le contenu sur le trottoir au moment où une femme rondelette chargée de deux cabas arrivait à sa hauteur.

— Ben, Micheline, en v'là des façons ! Vous le faites exprès ou quoi ? Vous savez bien que je ne sais pas nager !

— Je ne vous avais pas vue, j'suis tellement contente !

— Qu'est-ce qui vous réjouit ?

— Je n'ai plus mal. Ah, madame Pignot, j'apprécie la vie ! Qu'est-ce que j'ai souffert, pour un peu je devenais soûlographe, j'ai sifflé en une nuit la bouteille de brandy que vous m'aviez offerte au jour de l'An ! Heureusement M. Chaudrey m'a prescrit un remède. J'vous jure que j'suis pas près de casser des noix avec les dents !

— Ouais, dites ça à mon fils, lui, il se cure les crocs avec un couteau, bel exemple pour les gosses !

Le quidam changea de trottoir et se planta devant l'inscription en lettres noires qui ornait la vitrine de la librairie :

LIBRAIRIE ELZÉVIR
Fondée en 1835
LEGRIS MORI PIGNOT ASSOCIÉS
Ouvrages anciens et modernes

« Legris, un nom familier… Mais oui, un habitué des quais ! »

— Bonne journée, madame Ballu !

— Vous itou, madame Pignot !

Le quidam tourna légèrement la tête.

« Pignot, Pignot… Ce nom est écrit dans le carnet noir de Philomène Lacarelle !

Un calepin noir fut rapidement feuilleté.

> *Mardi 4 janvier. Euphrosine Pignot m'a prêté un* Traité des confitures *qui date de mon arrière-grand-mère. Je dois le lui rendre très vite, elle l'a emprunté à son fils.*

« Son fils ? Serait-ce l'un des associés de la librairie ? »

> *Jeudi 6 janvier. Rendu le* Traité des confitures *à Euphrosine Pignot. Nous avons trinqué chez* Moraille…

« Mirette a mentionné une grosse bonne femme qui trinquait avec Philomène chez *Moraille*… Si Philomène Lacarelle a rendu le *Traité des confitures* le 6 janvier à cette Euphrosine Pignot, comment se fait-il qu'il se soit trouvé rue Pierre-Lescot le 10 ? Aurait-elle confondu avec un ouvrage à la couverture similaire ?… Tout se tient ! Mori, un Asiatique, Legris et Pignot, ses associés, la grosse bonne femme, Euphrosine Pignot, l'amie de Philomène ! »

Samedi 29 janvier

Victor gara sa bicyclette sous l'appentis de la cour du 18 *bis* et, sûr de trouver son beau-frère, s'apprêta à pousser la porte de la librairie et à crier : « Bonjour Jonathas ! » tant ce nom l'obsédait.

C'était fermé, pourtant les auvents avaient été ôtés. Surpris, il ouvrit avec son jeu de clés. La boutique était vide. Il appela Kenji sans obtenir de réponse. Inquiet, il décida de monter au premier. Ce fut alors qu'il avisa une enveloppe au pied d'une chaise. Il en tira une lettre qu'il lut d'un trait.

La sonnette le fit violemment tressaillir.

— Ah, Victor ! J'ai cavalé. Arthur a pleuré toute la nuit, j'ai la cervelle ébréchée. C'est vous qui avez enlevé les auvents de la vitrine ?

— Non, je suppose que c'est Kenji.

— Qu'est-ce qu'il y a, vous êtes souffrant ?

Victor lui tendit la lettre. Joseph la déchiffra à voix haute.

À l'attention de madame Euphrosine Pignot, messieurs Mori, Pignot, Legris. Aimez-vous les devinettes ? Décryptez celle-ci, vous n'en serez pas pour vos frais.

Qui habite au 36 bis, *rue Fontaine ? Une charmante petite femme rousse et une adorable fillette de quelques mois prénommée Alice. Qui loge au 31, rue de Seine ? Je vous le donne en mille : une avenante Eurasienne et ses deux enfants en bas âge. Que risque-t-il de leur arriver ?*

Cela dépendra de votre bonne volonté. Suivez mes instructions à la lettre.

L'un de vous quatre devra se présenter demain, dimanche 30 janvier, entre dix heures et onze heures du matin au premier étage, aile nord, du musée des Arts et Métiers, dans la salle Filature et tissage. Il devra impérativement être seul et me remettre le recueil que Philomène Lacarelle a rendu par erreur à Mme Pignot. J'ose croire que vous désirez voir grandir votre progéniture, je me trompe ? En aucun cas n'avertissez la police. On vous a à l'œil.

Joseph laissa échapper le papier. Il était blême. Victor sentit son cœur sauter dans sa poitrine.

— Je vais le buter, grinça-t-il, je vais buter cette ordure.

Le front strié de rides, les mâchoires raidies, il ramassa la missive.

— Elle n'était pas là à l'ouverture, dit Joseph d'une voix blanche, sinon Kenji l'aurait remarquée.

Victor se passa nerveusement les doigts dans les cheveux.

— Comment l'assassin a-t-il pu savoir que nous détenions cet ouvrage ? Je me suis comporté en imbécile.

« Je ne vous le fais pas dire », songea Kenji, immobile dans l'escalier à vis. En se levant de bonne heure, il avait découvert l'enveloppe non cachetée. Après avoir parcouru le message, il l'avait remis en place, la gorge sèche, incapable de se mouvoir. L'auteur de ces menaces avait déjà tué, il n'hésiterait pas à s'en prendre à l'un des siens. Dans quel guêpier ces deux idiots s'étaient-ils fourrés ? Bien qu'il sût qu'ils enquêtaient, il avait cru qu'ils ne s'impliqueraient que de loin. C'était sous-estimer leur témérité.

La fureur s'empara de Victor, il balaya d'un revers de main une pile de brochés, balança un coup de pied contre une chaise qui lui barrait l'accès à l'arrière-boutique.

— Où allez-vous ?

— Je vais faire son affaire à Amadeus.

Il tira sa bicyclette et faillit s'étaler.

— Vous avez son adresse ?

L'engin chut sur le plancher. Tête basse, les jambes en coton, Victor secoua la tête.

— Non.

— Même si vous l'aviez, vous croyez qu'il nous servirait gentiment le thé chez lui ? Il faut prévenir la police, souffla Joseph.

Il savait que ses mains tremblaient. Il feuilleta machinalement un registre posé sur le comptoir pour chasser la panique qui le submergeait.

— Relisez la lettre, nom d'un chien ! L'un de nous doit y aller en personne ! Kenji est hors jeu, reste votre mère, vous et moi.

— Ma mère ! Vous êtes fou ! Pas question.

— Cela tombe sous le sens, je vais personnellement régler son compte à ce salaud.

— Et moi ? À la niche ?

L'exaspération perçait dans la voix de Joseph, masquant la peur et la fureur.

— Et puis, qui vous dit que le coupable est Amadeus ? reprit-il. Ce peut être le cordonnier ou l'élagueur !

— Vous n'avez pas deux sous de jugeote ! À l'heure où Chantal Darson était assassinée, chacun d'eux était en notre compagnie.

— Et s'il s'agissait d'un comparse dont nous méconnaissons l'identité ?

— Je reconnaîtrai ce fumier entre mille.

— Comment ?

— À la pointure de ses souliers. Il doit chausser du quarante ou du quarante et un. Il a semé des empreintes de semelles chez Mme Lacarelle. L'élagueur pourrait enfiler des bottes de sept lieues, ses pieds sont aussi grands que ceux de Pérot, quant au cordonnier il doit faire un trente-huit fillette ! Nous allons appliquer à la lettre les directives de cet assassin. Ce soir, vous téléphonerez à Tasha, inventez un prétexte pour qu'elle emmène Alice rue de Seine. Je ne sais pas, moi... Organisez une réunion familiale avec Iris, vos enfants et votre mère. Interdiction de sortir. Vous vous bouclerez avec elles dans l'appartement, compris ? Brodez, vous êtes romancier, non ? Donnez-moi le recueil.

— Il est en bas, je vais le chercher, mais... Tout de même, il serait de bon aloi de prévenir la police.

— Je ne veux courir aucun risque.

— S'il vous arrivait un mauvais coup, je ne me le pardonnerais pas. Je vous accompagne, je garderai mes distances.

— Vous êtes bouché ! Si je ne peux empêcher une chose terrible de se produire, je ne pourrai plus vivre et vous non plus, alors faites ce que je vous dis. Cette ordure ignore jusqu'où peut aller un homme en colère !

Joseph recula. Jamais il n'avait vu Victor dans un tel état de rage froide, c'était une facette de lui qu'il découvrait. Son esprit travaillait à toute vitesse. Il hocha la tête et descendit les marches qui menaient au sous-sol, il refusait de céder aussi facilement.

Avec précaution, Kenji regagna son appartement.

Dimanche 30 janvier

Victor s'était égaré. Son cœur s'emballa. Il redoutait ce rendez-vous. L'assassin n'allait pas l'aborder poliment et le prier de lui remettre le recueil. Et s'il avait envoyé un complice pour effectuer la transaction ?

Le musée était quasi désert. Un couple de bourgeois, un vieillard, un gardien manchot. Qui aurait l'idée saugrenue de visiter le temple de la science à dix heures du matin ? Il traversa une galerie affectée aux matières premières et aux machines réservées à la préparation des textiles et atteignit les métiers à tisser. Il tourna autour de celui de Vaucanson qui avait inspiré à Jacquard son modèle avec cartons.

« L'étoffe dont sont tissés nos songes[1] », se récitait-il en lui-même, impatient de savoir si l'unique visiteur, un vieillard courbé coiffé d'un melon trop large, était celui qui exerçait cet odieux chantage à son encontre. Ce dernier s'arracha à la contemplation d'échantillons de dentelles et clopina vers la sortie. Victor demeura seul. Il se planta face au passage menant à une série de tapisseries et sentit soudain un objet pointu lui heurter l'épaule, une voix lui chuchota :

— Ne vous retournez pas. Donnez-moi le recueil.

La gorge nouée, Victor tenta d'avaler sa salive, ses lèvres s'entrouvrirent mais il n'en sortit pas un son. Les mâchoires crispées, il s'efforça de recouvrer son calme.

— Je ne l'ai pas.

La pointe s'enfonça un peu plus.

— Très bien. Mains dans les poches. Demi-tour, en douceur, nous allons le chercher.

Joseph escaladait avec vélocité les marches du grand escalier lorsqu'il aperçut Victor, une silhouette encapuchonnée collée à lui. Il se rabattit *in extremis* dans la salle Lavoisier. Puis il se glissa à la suite du duo. L'un aux trousses des deux premiers, ils longèrent des maquettes de bergeries, de pressoirs, de silos, se fourvoyèrent dans la galerie du sud, qui leur offrit le spectacle d'instruments aratoires variés, pour déboucher au centre d'une ancienne chapelle dont le

1. Shakespeare, *La Tempête*.

chœur abritait un pendule Foucault. Joseph hésita. Devait-il se précipiter sur le fil et s'y suspendre afin de renverser l'homme armé ? Et s'il ratait sa cible ?

Plus le temps de tergiverser. Le duo avait déjà enfilé un dédale de galeries consacrées à la métallurgie et à l'exploitation des mines. Joseph atteignit la salle de l'Écho où était exposé, outre une superbe collection de graphites et de néphrites des mines Albert, un modèle de paquebot à hélice, quand un vieillard lui barra le chemin.

— Vous à droite, moi à gauche !

De quoi se mêlait cet importun dont la force n'excédait sans doute pas celle d'un navet ? Joseph voulut l'écarter d'un revers de bras mais il se heurta à une résistance inattendue.

— Imbécile, c'est moi ! gronda le vieillard, qui se redressa, les poings serrés, en position d'attaque.

— Kenji !

Victor profita de la confusion pour effectuer une volte. Mais son agresseur réagit sur-le-champ et lui décocha un coup de poignard. Une douleur cuisante lui mordit l'épaule. Il fit un bond de côté, plaqua sa paume sur la déchirure de sa veste. À la vue de sa main ensanglantée, il chancela, en proie à une immense lassitude. Il tenta de faire perdre l'équilibre à son agresseur, mais l'autre pivota et lui balança son soulier dans le jarret, il se sentit projeté en avant et s'écroula à terre, la joue sur le parquet. Il eut conscience d'une forme qui jaillissait à son côté et tendit les mains pour parer la lame dressée au-dessus de son torse.

— Amadeus, j'aurai ta peau ! brailla Joseph, prêt à en découdre.

Kenji fut plus rapide, il bondit, son poing décrivit un arc de cercle et frappa de plein fouet la poitrine de l'agresseur.

Presque aussitôt un homme à catogan jaillit de l'arrière du paquebot à hélice. Une détonation claqua. L'agresseur s'écroula. Une voix saccadée s'échappa de ses lèvres :

— Je vous croyais… je vous croyais… noyé…

— L'erreur est toujours pressée, répondit doucement Amadeus.

Il rengaina son pistolet, rabattit le capuchon qui dissimulait le visage de l'individu au poignard, des mèches de cheveux blonds s'en échappèrent. Joseph poussa une plainte étouffée.

— Une femme !

Il regarda Amadeus d'un air absent, il ne ressentait plus rien que l'impression d'une boule dans l'estomac.

— Elle ? Mais pourquoi ?

Victor s'était approché en flageolant.

— Je l'ai déjà vue sur le quai, aux boîtes de votre parrain.

Il se tourna vers Amadeus.

— Elle est morte ? Vous l'avez tuée !

— Vous auriez préféré y passer à sa place ?

Victor ne pouvait sortir de la torpeur qui l'avait envahi. Il venait d'assister à un assassinat. Attenter à une vie était un acte si contraire à ses concepts de moralité qu'il était dégoûté de lui-même. La mort était pour lui une chose que l'on subit mais que l'on ne provoque pas, et pourtant cette femme avait volé la vie de cinq personnes et elle menaçait de s'en prendre à celle des siens.

— Ce n'est ni le lieu ni le moment de vous apitoyer, enjoignit Amadeus. Vous, le blondinet, un coup de main.

Ils traînèrent le corps à l'abri du paquebot à hélice.

Des bruits de pas résonnèrent. Kenji ramassa le poignard et le dissimula sous sa veste.

— Filons d'ici, marchez calmement, conseilla Amadeus. Monsieur Legris, avez-vous le recueil ?

— Non.

— Apportez-le-moi demain sans faute à minuit, 24, rue des Archives, c'est extrêmement important. Quand je l'aurai récupéré, je vous livrerai le fin mot de l'histoire.

Un fiacre en maraude devant le théâtre de la Gaîté les emporta. Amadeus avait disparu.

— Enlevez votre veste, conseilla Kenji.

Il constata que la blessure, bien que saignant abondamment, était superficielle, une estafilade. Il confectionna un bandage à l'aide de son écharpe de soie.

— Quel accoutrement ridicule ! marmotta Victor. Vous ressemblez à Lagardère déguisé en bossu de la rue Quincampoix.

— Très spirituel, j'apprécie l'analogie avec ma tare dorsale, dit Joseph.

— Oh ! ça va, c'est une métaphore.

— Mon accoutrement prête peut-être à rire, répliqua Kenji, mais il a été payant, vous vous êtes tous laissé berner. C'est une leçon pour ceux qui me considèrent comme un pépé.

— Et le recueil ! s'écria Joseph.

— Je ne m'en suis jamais défait, assura Victor. Déboutonnez ma chemise.

Joseph obéit et trouva le vélin plaqué au tricot de son beau-frère.

— Vous avez menti à Amadeus !

Victor se redressa péniblement.

— Parjure ! Inconscient ! Vous, vous avez déserté ! Vous aviez fait serment de protéger les nôtres ! Vous n'êtes pas digne de confiance !

— La famille n'a jamais couru le moindre danger, j'avais pris mes dispositions.

— Vous connaissant, j'avais également pris les miennes, grommela Kenji.

— Comment étiez-vous au courant ?

— Hier matin j'ai été le premier à lire cette lettre, à votre insu, aussi ai-je amélioré votre plan défensif. Vraiment, Victor, vous n'avez guère évolué, vous étiez déjà un enfant impulsif. Cette monographie aurait pu vous valoir la mort !

— Elle contient probablement un terrible secret pour avoir entraîné tant de meurtres. Je suis heureux d'avoir réussi à la conserver.

— Sans notre concours ni celui d'Amadeus, vous ne vous en seriez pas tiré !

— Amadeus seul lui a sauvé la vie, lança Joseph avec acrimonie.

— Reste à savoir ce qu'il a en tête, conclut Victor.

Ses épaules tremblaient, mais son fardeau était en train de le quitter.

Ce fut avec un intense soulagement que Raoul Pérot, gelé jusqu'à la moelle, aperçut le fiacre qui ralentissait rue de Seine devant le numéro 31. Embusqué depuis le matin sous le porche de l'immeuble opposé, il regrettait amèrement d'avoir accepté cette mission de surveillance. Mais impossible de résister aux supplications de Joseph. À sa grande surprise, il avait identifié ses ex-subalternes, Chavagnac et Gerbecourt, sur le trottoir d'en face. L'un, planté près de la boutique d'un emballeur, et l'autre, près de celle d'un raccommodeur de porcelaine, grelottaient, engoncés dans leurs pèlerines. Délaissant un instant son poste, il les avait interrogés sur leur présence en ce lieu et avait appris que, moyennant finance, M. Mori les avait embauchés.

Joseph se rua vers eux. Raoul Pérot traversa, les jambes raides, les reins douloureux.

— Monsieur Pérot, tout va bien ? Ah ! c'est chic d'être venu avec vos sbires.

— Ce n'est pas moi qui…

— Rien à signaler, dit Gerbecourt.

— Non, rien, fit Chavagnac en écho, mais votre maman n'est guère commode, elle va vous étriller les oreilles. J'ai eu toutes les peines du monde à la convaincre de renoncer à partir à votre recherche, elle ne comprenait pas pourquoi vous étiez si long à acheter des gâteaux. C'est une forte femme.

— C'est qu'elle m'aurait éborgné ! renchérit Gerbecourt.

— Y a pas à tortiller, l'amour maternel, c'est beau, constata Chavagnac. Moi, je suis orphelin.

— Et si nous allions boire un grog ? suggéra Raoul Pérot.

— J'emmène Victor chez le Dr Reynaud. Joseph, invitez nos amis, décréta Kenji, penché à la portière du fiacre.

— Chavagnac et Gerbecourt, c'était votre idée ?

— Évidemment, grogna Kenji. Ils n'étaient pas de service, j'ai dû galoper à leurs domiciles.

— Merci.

— Merci de quoi ? D'avoir assisté ma fille, ma belle-fille, mes petits-enfants et leur grand-mère ? J'ai plus de discernement que vous n'avez d'audace. Trois mousquetaires valent mieux qu'un planton.

Réfugié au fond du café, près du poêle, Raoul Pérot se réchauffait les mains sur son verre fumant.

« Bouquiniste, l'hiver, c'est dur, mais, au moins, on peut se requinquer au comptoir d'un bistrot. La police, les planques, finies à jamais ! »

CHAPITRE XIX

Lundi 31 janvier

Victor et Joseph embouquèrent la rue des Archives. Le bourdon de Notre-Dame carillonna douze fois. Leurs pas résonnaient sur le trottoir désert.

— C'est encore loin ? demanda Joseph.

— Nous y sommes. Voici le temple des Billettes.

— Il n'est pas là.

— Il nous guette sûrement à l'intérieur.

Il leur suffit de tourner le loquet pour que la porte s'entrouvre et qu'une silhouette grise se dessine dans l'obscurité. Le point rouge d'une bouffarde les guida vers une galerie moins sombre que les autres. Ils identifièrent le catogan et la houppelande d'Amadeus, qui leur fit signe de s'asseoir sur un banc de pierre.

— Vous êtes ponctuels. Vous avez le recueil ?

— Minute ! Si vous vous figurez qu'on va vous le refiler, vous vous mettez le doigt dans l'œil, repartit Joseph.

Amadeus émit un léger rire et tira sur sa pipe.

— Messieurs, lorsque vous aurez ouï l'histoire que je vais vous conter, vous n'aurez qu'une envie, vous débarrasser de cet ouvrage et ne plus jamais en entendre parler. Mais d'abord une question. Admettez-vous la notion d'immortalité, monsieur Legris ?

— Chimères.

— Ce n'est pas une légende, c'est une malédiction. Il y a longtemps, sous le règne de Louis XV, je me rendais régulièrement aux bains Poitevin, près des Tuileries.

— Vous avez dit « immortalité » ! s'exclama Joseph, comprenant enfin de quoi parlait Amadeus. Vous nous prenez pour des ahuris de Chaillot ? C'est pour les marmots, ces balivernes !

Amadeus se leva d'une détente et marcha de long en large.

— Comprenez-moi bien, dit-il, je n'escompte pas que vous souscriviez à mes arguments, je vous adjure cependant de faire preuve d'ouverture d'esprit et de m'écouter jusqu'au bout.

Il se rassit et tapota le culot de son brûle-gueule contre une colonne, une braise tomba sur le dallage.

— J'avais trente-six ans, je vivais d'expédients, je hantais les tripots, en particulier le *Biribi des vertus*, à deux pas de la fontaine de la Samaritaine, c'était mon fief. On y disputait des jeux d'argent, on y consommait de l'alcool, on y fumait. C'est aux bains que je fis la connaissance d'un gentilhomme de ma génération. Je l'entraînai au *Biribi* avec l'intention de le plumer aux échecs. Je gagnai, grâce à un coup secret que mon adversaire m'implora de lui révéler en échange d'un cadeau inestimable qui, certifia-il, métamorphoserait ma destinée. Il me dit alors détenir la formule de la vie éternelle. Naturellement je flairais une escroquerie, mais je me dis que tout s'achète et que tout se vend. À cette époque, j'étais totalement décavé, et je m'imaginai être en mesure de renflouer mes affaires.

— Le nom de ce gentilhomme ? demanda Victor.

— Le comte de Saint-Germain. J'accepte votre scepticisme, monsieur Legris, il se peut même que vous me preniez pour un fou.

— En effet, je pense que vous avez l'esprit dérangé. Je ne me laisserai pas mystifier par des détails prétendument inédits que tout un chacun peut trouver dans des livres qui affirment que le comte survit encore. Un Anglais nommé Vandam jure même l'avoir reconnu, à Paris, à la fin du règne de Louis-Philippe, mais ce qu'on a écrit sur lui est apocryphe, Le comte est mort en 1784 à l'âge de quatre-vingt-treize ans d'une attaque de paralysie à Eckernförde, en Prusse.

— Votre incrédulité et votre savoir vous honorent, mais je suis formel. Le comte me montra un opuscule signé Margot Fichon dans lequel elle situait l'emplacement d'une fontaine de Jouvence, hélas, je ne déchiffrai que les premières strophes de son poème sibyllin :

Cherchez Le Milieu du Monde ;
Et tout près vous la trouverez
Sous des galeries voûtées
Jadis un homme arme portant
Veillait sur...

« Le comte l'escamota, si bien que je ne pus en lire davantage. Moi aussi je crus à une mystification et n'y prêtai guère attention, seul l'argent m'intéressait. Vous comprenez ce que je vous explique, messieurs ?

— Sans l'ombre d'un doute, répondit aimablement Joseph. Vous êtes un contemporain de Louis XV et vous avez eu une conversation édifiante avec... le... le comte de Saint-Germain ?

— L'homme était arrivé à Paris en avril 1758. Il venait d'Allemagne. Quelques mois plus tard il s'installait au château de Chambord. Il fréquentait Mme de Genlis, Casanova…

— Casanova de Seingalt, le fameux bourreau des cœurs ? C'est renversant !

— Très vite, Saint-Germain devint un familier de la cour et obtint les faveurs de l'arrière-petit-fils du Roi-Soleil. On dit que Louis XV s'ennuyait et que l'étiquette héritée de son aïeul lui pesait. C'est dans le salon de Mme de Pompadour que le roi se lia avec Saint-Germain. Il goûtait la compagnie de cet homme qui maîtrisait la poésie, la musique, la littérature, la médecine, la physique, la chimie, la mécanique et la peinture. La réputation d'éternité du comte vint d'une conversation qu'il eut avec la vieille Mme de Gergy qui avait été ambassadrice à Vienne cinquante années auparavant. Elle propageait à tout venant que, bien qu'ayant l'apparence d'un homme mûr, il était en réalité âgé de plusieurs siècles. Mme de Pompadour lui posa la question, il lui rétorqua :

« — Il est vrai que j'ai connu autrefois Mme de Gergy.

« — Mais selon ce qu'elle dit, vous auriez plus de cent ans, à présent, riposta-t-elle.

« — Ce n'est pas impossible, se contenta-t-il de répondre en riant.

— Je rêve ! Ce type est mûr pour la Salpêtrière, maugréa Joseph.

— Je ne tente pas de vous duper, je vous narre des faits avérés.

— Poursuivez, dit Victor. Vous avez battu le comte aux échecs et ensuite ?

— Lorsque je lui eus murmuré la combinaison qui m'avait permis de déclarer : *échec et mat*, il me gratifia d'un flacon de cristal et m'enjoignit d'en boire le contenu. Je me méfiais, et si c'était un poison ? Afin de me mettre en confiance, il en absorba une gorgée, m'affirmant que cela n'aurait sur lui aucun effet puisqu'il avait déjà tâté de cet élixir et qu'une fois suffisait.

Victor se leva.

— Je regrette, je ne marche pas.

— Avez-vous jeté un coup d'œil sur le contenu du recueil ?

— Un ramassis d'inepties.

— Donc vous l'avez parcouru.

— Et comment ! intervint Joseph.

Victor remarqua l'intérêt de son beau-frère et s'interposa rapidement.

— Bon, assez ! Il est presque une heure du matin, nous devons rentrer.

— Il faut me croire, insista Amadeus qui leur barra le passage. Je vous en conjure, quelques mots encore. J'étais fou de rage, je n'avais rien gagné au change. Le comte m'avait floué. Cette boisson insipide ne déclencha nulle ivresse. Les années s'écoulèrent, des années de vie dissolue et d'aventures galantes. Le roi Louis XV, atteint de la petite vérole, rendit l'âme le 10 mai 1774. Je n'oublierai jamais cette date, car ce même jour je rencontrai l'amour en la personne d'une séduisante petite Anglaise. Elle se nommait Mary. Je m'étonnai que ma verdeur égale celle d'un homme juvénile alors que je frisais la cinquantaine. Je le révélai à ma belle, elle se gaussa de moi.

« — Tu te moques, dit-elle, regarde-toi, tu as trente-cinq ans à peine !

« Ce fut alors que je dus affronter l'évidence : j'étais en réalité demeuré physiquement aussi fringant que lors de ma partie d'échecs au *Biribi des vertus*. À cet instant précis, je me souvins avec effroi des paroles du comte : « Une fois suffisait. »

— Suffisait à quoi ?

— À défier l'usure du temps. Avez-vous envie de traverser les siècles sans perdre votre vigueur ?

— Qui repousserait une telle opportunité ? rétorqua Victor d'un ton railleur.

— Réfléchissez. Vous verrez vieillir puis trépasser les êtres qui vous sont chers : votre épouse, vos enfants, les enfants de vos enfants, vos amis. Vous serez seul. Le monde autour de vous se transformera, vous n'aurez plus le désir de vous attacher à quiconque, vous serez un étranger parmi des étrangers, il vous faudra étouffer le moindre de vos sentiments. Jugez-vous cette perspective agréable ?

— Non, mais puisque nous sommes dans le domaine de la fantaisie, pourquoi pas ? dit Joseph. J'ai lu quelque chose de ce genre, une nouvelle de Washington Irving, *Rip Van Winkle*, et…

— Rip s'endort pour se réveiller vingt ans après. Comparé à l'éternité, c'est court.

— Vous délirez, monsieur, nous en avons assez entendu. Joseph, nous partons.

— Vous ne souhaitez pas connaître le dénouement du récit ? Je devais revoir le comte en 1799, après les remous de la Révolution, pendant lesquels je n'eus d'autre souci que de garder ma tête sur mes épaules. Le coup d'État du 18 Brumaire de Napoléon Bonaparte venait d'avoir lieu. Nous nous retrouvâmes dans une auberge des environs de Paris où nous passions tous deux la nuit incognito. Il n'avait pas vieilli. Je lui en fis la remarque, il me la retourna.

— Billevesées, marmonna Joseph.

— Je protestai, je tempêtai, j'exigeai qu'il me délivre des conséquences tragiques de la boisson qu'il m'avait autrefois fait boire. Il secoua la tête : on ne pouvait s'affranchir de ce qui avait été accompli. En revanche, il m'imposa d'empêcher que des irresponsables ne découvrent la source de ce cauchemar. Elle était située au sein de la capitale, et l'écrit de Margot Fichon qu'il m'avait montré jadis en spécifiait l'endroit exact.

Joseph tiqua, il s'humecta les lèvres avant de chuchoter :

— La maison de Jonathas ?

— Je perdis mon sang-froid, je sommai le comte de me remettre l'opuscule de cette Margot Fichon. Il refusa, avec pour argument que seul un novice détenait le pouvoir de la localiser. Il me répondit que le document n'était plus en sa possession. Pressé de dettes, il avait, à la veille de la Révolution, vendu sa bibliothèque au duc de Castiel, et s'était aperçu trop tard que le manuscrit de Margot Fichon s'était égaré parmi les caisses de vieux bouquins. Il m'incombait donc de me mettre en chasse. Je devais passer des décennies à traquer cette fabuleuse monographie. Il y a deux ans, j'obtins un rendez-vous avec le notaire des héritiers du duc de Castiel. Il m'apprit que cet aristocrate, après avoir bradé en 1796 une partie de ses livres, dispersée sur les quais de la rive gauche, avait en 1853 réussi à racheter, au milieu d'un fatras de dépareillés, un ensemble de manuscrits au gendre d'un certain Louis Pelletier, collectionneur, décédé deux ans plus tôt. En 1866 le duc de Castiel était mort à son tour, presque centenaire. Il léguait ses biens à ses trois fils. Succession difficile ! S'ensuivirent d'innombrables chicanes et procès. Finalement, le cadet se résolut à proposer à l'hôtel Drouot un lot de textes relatifs à l'histoire de Paris. Je consultai le catalogue, mon cœur battit à se rompre, le nom de Margot Fichon y figurait. Le commissaire-priseur me livra contre espèces sonnantes le nom de celui qui avait haussé les enchères : Sosthène Larcher, libraire en chambre.

— Et vous l'avez froidement assassiné, conclut Victor.

— Non ! Je me suis présenté à lui dans le café qu'il fréquentait, boulevard Montmartre. À l'instar du comte de Saint-Germain, il adorait jouer aux échecs. Durant l'été, nous n'avons cessé de disputer partie sur partie. Je lui laissais remporter la victoire. Jusqu'au soir où, la confrontation se prolongeant, il m'invita à monter chez lui, rue de la Grange-Batelière. Il s'éloigna un court instant et j'arrachai une page de la brochure signée Louis Pelletier, cousue au début du texte de Margot Fichon.

— Et en quoi cette page vous a-t-elle servi ? demanda Victor.

— Louis Pelletier y citait *Le Milieu du Monde*. Il m'a fallu beaucoup d'efforts pour découvrir que cette piste me mènerait ici.

— Et cette cascade d'assassinats à la confiture ? s'écria Joseph.

Amadeus soupira en agitant sa pipe.

— J'aime les femmes qui possèdent les attributs d'un Rubens. L'été 1897 j'avais, grâce à mon emploi d'amuseur professionnel, séduit une créature sensuelle qui ressemblait à l'une de mes anciennes maîtresses. Une érudite doublée d'une libertine : Adeline Pitel. Elle utilisa ma ruse habituelle : elle m'octroya le dessus lors d'une partie de dames et se retrouva… dessous. Mais ce ne fut que très récemment que je me suis rendu compte d'un détail fort ennuyeux. Courant 1812, j'avais eu la mauvaise idée de composer mes Mémoires intitulés *Voyages d'Aimé Thoars, gentilhomme viennois ou Le Disciple de Théopompe de Chio vers la Vie éternelle*. J'y relatais le malheur qui m'avait frappé à la suite de mon affrontement avec le comte de Saint-Germain. J'y faisais aussi mention du fait que de siècle en siècle des milliers de pots de confitures avaient été hermétiquement fermés aux dépens de documents historiques écrits sur de vieux parchemins. Y figurait mon portrait en frontispice. Elle m'a reconnu. Ajouté à ce qu'elle avait lu, il ne faisait aucun doute que j'étais sur la trace d'un manuscrit qui menait à l'élixir de Jouvence. Dans le but de s'en emparer, elle n'hésita pas à commettre cinq homicides, persuadée que les vélins de Margot Fichon avaient été découpés en rondelles pour sceller des pots de confitures.

— Et ces meurtres que vous lui imputez ne vous ont pas mis la puce à l'oreille ?

— Si. Quand elle a tenté de me poignarder.

— Quelles sont vos intentions maintenant que vous vous êtes confessé ?

— J'ai obstrué la fontaine. Nul n'y aura accès, à moins que vous ne conserviez ces écrits.

— Vous m'en direz tant ! Ne l'écoutez pas, Victor, il est toqué, cet opuscule vaut son pesant d'or, il le sait.

Amadeus, imperméable au cynisme de Joseph, répondit calmement :

— Ce recueil doit devenir inaccessible au commun des mortels. Ne me contraignez pas à user d'un argument plus convaincant.

Victor se raidit, prêt à agir, mais s'immobilisa face au pistolet pointé sur eux.

— Je commence à douter de la culpabilité de Mlle Pitel. Vous avez été bien prompt à l'abattre, monsieur Amadeus.

— Peu importe ce que vous supposez, je n'ai pas menti. Le recueil, vite !

Victor respira à plusieurs reprises. Il entendait le souffle saccadé de Joseph.

— D'accord, il est dans ma poche.

— Parfait. Vous, le blondinet, prenez ma bouffarde et allez enflammer ce tas de brindilles dressé au pied des marches.

— Pourquoi ?

— Exécution. Monsieur Legris, je vous mets en garde, au moindre geste offensif je n'hésiterai pas à faire usage de mon arme sur votre associé. Donnez-moi le recueil.

Victor souscrivit à la menace et le lui tendit.

Tout en surveillant les deux compères du coin de l'œil, Amadeus examina rapidement les feuillets.

— Monsieur Legris, jetez-le dans le feu.

Victor le déposa au milieu des brandons. Les feuillets s'embrasèrent, noircirent, se racornirent.

— C'est terminé, souffla Amadeus. Rassurez-vous, messieurs, je n'avais nulle intention de tirer sur vous, d'ailleurs ce pistolet n'est pas chargé, mais il fallait bien vous convaincre d'obéir.

D'un coup de pied, il dispersa les cendres.

— Désormais, je suis libéré. Je vais partir, ne cherchez pas à me retrouver. En abattant Adeline Pitel, je n'ai fait que rendre justice à ces malheureux auxquels elle a ôté la vie.

Il souleva son tricorne.

— Adieu. Je vous souhaite bien du plaisir. Je doute fort que la police résolve cet imbroglio, ajouta-t-il avant de se fondre dans la nuit.

Victor et Joseph regagnèrent la rue des Archives et cheminèrent en silence vers le quai de l'Hôtel-de-ville.

Sur le pont, Joseph se tourna vers Victor.

— Pourquoi a-t-il agi de la sorte ? Ce recueil valait une petite fortune.

— Je ne sais à quoi m'en tenir, Joseph, mais je peux vous affirmer une chose que vous et moi avons expérimentée bon nombre de fois : pour imposer un mensonge, il faut subtilement l'assaisonner de vérité.

CHAPITRE XX

Mercredi 2 février

Victor traversa l'énorme salle d'attente de l'Hôtel-Dieu où se pressaient les impotents, les souffreteux, les blessés qui venaient chercher la guérison de leurs maux et parmi lesquels se mêlaient les misérables pour lesquels l'admission dans l'hôpital au cœur de l'hiver était une bénédiction. Au bureau central une sœur augustine lui avait appris que Mme Angélique Frouin, à peu près remise de sa côte cassée, avait quitté le service. Un bienfaiteur bizarrement accoutré avait réglé ses frais de séjour pour qu'elle jouisse des meilleurs soins, et déposé une somme rondelette au bénéfice des œuvres de charité et de la dame en question. Il eut la vision fugitive d'Amadeus en train de détruire le recueil. Puis s'imposèrent à lui les corps de Philomène Lacarelle, Georges Moizan, Chantal Darson et celui de la femme blonde abattue au musée. Jamais il n'aurait dû laisser filer Amadeus. Quelle fable allait-il servir au commissaire Valmy ?

Sur le parvis de Notre-Dame, il respira à pleins poumons et se dirigea sans enthousiasme vers la

Préfecture de police en froissant dans sa poche la convocation reçue la veille.

Le commissaire principal Augustin Valmy portait un gilet de flanelle, une écharpe enveloppait son cou jusqu'au menton. Il plaqua ses mains à son bureau et contempla le verre de thé fumant posé sur une triple épaisseur de buvards, puis il braqua son regard sur Victor.

— Raoul Pérot m'a mis au courant, dit-il en retroussant les lèvres dans un sourire carnassier.

Sa voix faisait penser à un tuyau bouché qui fuyait goutte à goutte.

— Vous avez pris froid, monsieur le commissaire ? On parle d'une épidémie de grippe. Elle décime enfants et vieillards, il faut sortir peu pour éviter les foules.

— Votre sollicitude me touche, monsieur Legris, mais ne détournez pas la conversation, ce n'est qu'une vilaine angine.

Augustin Valmy examina le dossier ouvert devant lui.

— Votre ami Pérot a beau avoir démissionné de la police, le fait de ne pas collaborer lui aurait coûté cher, il aurait pu, par exemple, se voir supprimer son renouvellement de nomination sur les quais de la Seine, c'eût été dommage car je sais qu'il apprécie son nouveau métier. Nous avons passé un accord, lui et moi. Il n'a jamais mentionné votre participation active dans cette triste affaire.

— Il n'a formulé que la vérité.

— En tout cas, je vous ai à l'œil, vous et vos associés. Je me suis fourvoyé sur l'attitude de M. Mori, j'imaginais qu'il se montrerait sensé. Quant à vous, monsieur Legris, inutile de vous faire un dessin, récidivez et vous en paierez les conséquences.

— Qu'est-ce que vous racontez ? demanda Victor d'un ton faussement incrédule. Je ne suis qu'un témoin.

— L'affaire est dans le sac, Legris. Auriez-vous des révélations de dernière minute ?

Valmy fixait Victor d'un air menaçant, conscient de le tenir en son pouvoir.

— Aucun mensonge ni faux-semblant, monsieur le commissaire. J'admire votre flair et votre esprit d'analyse, car moi-même je n'ai pu démêler la finalité de cette succession de meurtres. Comment avez-vous procédé ?

— C'était tout ce qu'il y a de plus élémentaire. Après avoir instauré une corrélation entre les victimes…

— Quelle corrélation ?

— Une passion partagée : les confitures. M. Moizan, Mme Lacarelle, Mlles Darson, Chevance et Pitel ont été occis par le même assassin.

— Pour quelle raison ?

— Je n'en sais fichtrement rien, nous allons donc nous mettre d'accord et invoquer la thèse du scandale de mœurs qui tourne mal.

Victor fronça les sourcils, ce qui fit apparaître les petites lignes autour de ses yeux. Valmy le menait-il en bateau ? Il arborait une mine réjouie, mauvais signe.

— Je ne vous suis pas, monsieur le commissaire.

— Voyons, Legris, ne jouez pas au plus fin avec moi. Je dois boucler mon rapport d'ici demain, il faut bien que je trouve des faits tangibles à mettre dedans ! *Les Croque-Fruits*, cela vous évoque quelque chose ?

— Euh… non, qu'est-ce que c'est ?

— Une sorte de club. Vous en tirez une tête, Legris, on jurerait que c'est vous qui êtes sur la sellette. Les Croque-Fruits… cette appellation est prometteuse, n'est-ce pas ? Legris, nom d'un chien, soyez attentif ! Vous n'ignorez rien des mille et une façons de racoler, il suffit de lire la quatrième page des journaux, de préférence les feuilles à tirage important. Ceux qui n'ont jamais consulté les annonces du style : *Mme d'Alger, 4 à 6 h. Leçons de natation pour dames du monde, 12, rue Saint-Denis* ou *Mme Cora, manucure. Travail soigné de 2 h à 7 h. Chaussée d'Antin, n° 15* sont minoritaires. Vous commencez à y voir clair ?

— De quoi parlez-vous ? Et le mobile ?

— Supposons que ces dames aient exercé le plus vieux métier du monde afin d'arrondir leurs fins de mois. Elles s'allient et, pour gonfler leurs bénéfices, décident d'exercer un chantage à l'encontre de leurs clients. L'un d'entre eux se rebiffe et les supprime une à une. Ça se tient, non ?

— Si on veut. Mais Moizan ?

— Il faisait office de rabatteur. Ces dames des Croque-Fruits fréquentaient assidûment son étalage, leur assassin aussi. Nous ne l'avons pas encore appréhendé, cela ne saurait traîner. Nous avons établi son identité, il se nomme Aimé Thoars, dit Amadeus, un étranger arrivé en France en 1895. Il a tué sa maîtresse, Adeline Pitel, au musée des Arts et Métiers. Vous vous sentez mal ?

Victor avait tiré un mouchoir de sa poche et s'essuyait le front comme pour chasser le sentiment de panique qui s'était emparé de lui.

— La chaleur, dit-il. Commissaire, un fait reste à élucider : pourquoi avoir déposé le corps de Moizan dans une boîte de bouquiniste après avoir séparé la tête du tronc ?

— Pour incriminer M. Bottier. Lui et Moizan avaient fréquemment des prises de bec, Aimé Thoars n'ignorait pas leurs dissensions.

La conscience de Victor était la proie d'un dilemme. Rien n'était plus excitant que de constater à quel point le raisonnement d'Augustin Valmy tenait la route. Il l'observa boire une gorgée de son thé, puis se tamponner le coin des lèvres de son mouchoir.

— Congratulations, monsieur le commissaire, vous avez bouclé l'enquête en deux temps trois mouvements, c'est une première ! Je ne serais jamais parvenu à ce résultat.

— Pas de pommade, je vous prie. Je n'ai fait qu'appliquer les procédures que l'on m'a enseignées à l'école de police. Cette version vous satisfait-elle, monsieur Legris ? s'enquit Augustin Valmy d'un ton caustique.

Victor opina.

— Eh bien, je peux vous affirmer que vous êtes un satané simulateur, car cette interprétation relève d'un tissu d'invraisemblances sorties droit de mon imagination.

Victor se tortilla sur sa chaise. Il éprouva subitement une furieuse envie de fumer. Augustin Valmy sourit avec componction. Il savoura sa victoire avant d'enchaîner :

— Vous me prenez vraiment pour un imbécile, Legris. J'ai rédigé un procès-verbal bidon, soit, mais je sais qu'une fois de plus vous seul détenez la clé de ce salmigondis. Ce que je viens de vous exposer, l'administration le gobera sans broncher, moi, je reste sur ma faim, et quand je ne peux me rassasier je suis de fort méchante humeur, aussi mettez-vous à table.

Victor se sentait épuisé, l'assurance de Valmy lui avait ôté toute sa vigueur, il avait la gorge sèche et c'est d'une voix éteinte qu'il rétorqua :

— Si j'obtempère, mon récit vous paraîtra tiré par les cheveux.

— Lancez-vous, je serai seul juge.

— Avez-vous entendu parler du comte de Saint-Germain ?...

Une heure plus tard, le crépuscule obscurcissait le bureau enfumé. Augustin Valmy n'avait qu'une obsession, s'humecter le visage d'eau tiède. Il ouvrit la fenêtre.

— Passionnant, monsieur Legris. Il va de soi que je me battrai bec et ongles pour conserver mes fonctions, je m'en tiendrai donc à ma première version, gardez la seconde pour la conter à votre fille, le soir, avant qu'elle s'endorme.

Victor repoussa sa chaise, il avait repris son aplomb.

— Dites-moi, commissaire, qu'en est-il de Mme Frouin ?

Augustin Valmy s'éclaircit la gorge. Ses doigts tambourinèrent.

— Si elle n'avait pas eu la malencontreuse idée de s'évanouir pour une broutille !

— Accusée d'homicides sans preuves, vous appelez cela une broutille ? J'ose espérer qu'elle sera dédommagée pour ses deux semaines d'arrêt de travail et d'atteinte à sa réputation.

— Nous ne sommes pas infaillibles. L'administration se charge de régler ce problème. Vous pouvez disposer… Oh ! monsieur Legris, savez-vous si M. Mori m'a trouvé les *Mémoires de Vidocq* ?

Soirée du samedi 19 février

Angélique Frouin se pavanait devant une vitrine, rue Laffitte. Le troisième bouton de son manteau s'obstinait à se libérer à cause du bandage qui gonflait son torse. Elle retint son souffle et rentra le ventre, ce qui lui arracha une grimace de douleur, mais, stoïque, elle ajusta son béret orné de plumes d'autruche, cadeau de son fiancé Gaétan Larue. Celui-ci la guignait d'un air attendri. Ce couvre-chef acheté aux Grands Magasins du Pont-Neuf avait entamé ses économies, cependant il n'éprouvait aucun regret d'avoir dépensé ces quarante francs, tant sa dulcinée en avait été émue. Lui-même se sentait gêné aux entournures dans un complet veston droit en cheviotte, et des souliers qui lui comprimaient les orteils. Angélique et lui se mêlèrent aux invités du vernissage agglutinés près de l'entrée.

La Palette et le Chevalet inaugurait la rétrospective de Tasha Kherson-Legris. Maurice Laumier se félicitait d'avoir convaincu le propriétaire du local, Léonce Fortin, d'octroyer sa confiance à cette artiste encore inconnue mais promise à un bel avenir. Basta, les dindons ! On louangeait maintenant les huiles délicates et sensuelles qui couvraient les cloisons, et la gent féminine s'extasiait face à une série de nus masculins exhibant un côté verso aux lignes arrondies. À la pensée que Victor avait servi de modèle, Maurice Laumier souffrait de picotements, symptôme de dépit. Il éloigna Mimi de sa contemplation gourmande et la tira de force vers les tableaux de Madeleine Lemaire.

— Ben, lâche-moi donc, tu m'démets l'épaule !

— Contente-toi de lorgner des fleurs, ça sera moins malséant, indécente !

Il n'était pas le seul à être choqué de ces œuvres. Kenji n'appréciait nullement que son fils adoptif se fût soumis à cette lubie de son épouse. Djina avait beau prendre la défense de sa fille, il lui en voulait, à tel point qu'il avait refusé de lui prêter le portrait qu'elle avait brossé de lui et qu'il avait accroché dans la chambre à coucher, rue des Saints-Pères.

« Quand ce n'est pas elle qui joue la carte du naturalisme, c'est lui qui se pose en justicier. N'ai-je pas mérité qu'on me fiche la paix ? » se répétait-il, à l'écart.

Il ne jouit toutefois pas longtemps de sa solitude. Eudoxie fonçait sur lui, toutes voiles dehors. Elle était parée d'une extravagante robe de crêpe rouge où les bouillonnés le disputaient aux rubans. Le corsageblouse échancré festonné de dentelle soulignait les rotondités qu'il s'évertuait à masquer.

— Mon Mikado ! Je suis fort aise de vous savoir sain et sauf ! Isidore Gouvier m'a conté vos fredaines, vous avez frôlé la mort ! Je vais gronder votre associé.

— Sous quel sobriquet faut-il vous désigner ? Ex-archiduchesse Maximova ? Fiammetta ? Fifi Bas-Rhin ? siffla Djina, accourue secourir son amour des assauts de la courtisane.

— Mlle Allard, pour vous servir. N'ayez crainte, je ne suis ici que pour reluquer l'anatomie de votre gendre, chère madame. Il est doté d'une très jolie chute de reins.

À quelques mètres de cette scène dont elle n'avait pas perdu une miette, Tasha était engluée dans la foule de ses admirateurs. Sa tenue sobre rehaussait son teint de rousse et contrastait avec celle de Fifi Bas-Rhin. Elle choisit d'ignorer cette dernière. Une femme maigre et sèche à cheveux gris lui offrit une écharpe bleue égayée d'un pot de confitures.

— C'est un cadeau pour votre époux, un homme éminemment sympathique. Je suis une voisine de M. Bottier, quai Voltaire, mon nom est Séverine Beaumont. Je l'ai tricotée moi-même.

Mi-figue mi-raisin, Tasha opina en guise de remerciement. Que de zizanies conjugales cette affaire « Amadeus » avait-elle occasionnées ! Tasha reprochait sans trêve à son mari d'avoir trahi son serment, de n'accorder aucune valeur à sa propre sécurité ni à celle de sa femme et de leur fille, de n'être qu'un menteur doublé d'un parjure. Elle revoyait Victor baisser la tête : un chien battu qui se justifiait avec mollesse. Mais elle devinait qu'elle avait beau s'emporter, il repartirait en traque dès qu'il discernerait les formes attrayantes du danger.

Victor l'observait de loin. Une quiétude bienfaisante reprenait possession de lui. Il se sentit fier d'elle, de sa ténacité, de son énergie.

« Les hommes qui lui tournicotent autour ne provoquent plus ma jalousie, constata-t-il avec surprise. Tasha, ma femme, a du talent. Et je l'aime. »

À cet instant précis, Mathilde de Flavignol lui fit part de son inquiétude au sujet de l'écrivain dont le procès avait récemment débuté aux assises de la Seine. Surmontant sa timidité, elle l'avait acculé contre un pan de mur et prenait prétexte du procès Zola pour lui parler dans le creux de l'oreille.

— J'aurais aimé assister aux audiences, mais c'était plein à craquer. Les journaux relatent que la foule a rompu les cordons des gardes républicains et envahi l'hémicycle jusqu'au sommet des calorifères ! Quand Zola est arrivé, il a été acclamé par les uns, conspué par les autres. Une célébrité telle que lui, huée, outragée, agressée dans les galeries du Palais, c'est scandaleux ! Bien qu'il ait d'ardents défenseurs en la personne de maître Labori et d'Albert Clemenceau, et que Georges Clemenceau soutienne en personne *L'Aurore*, je redoute que cette ignominie ne s'achève sur une condamnation. Zola a raison d'affirmer : « Un jour, la France me remerciera d'avoir aidé à sauver son honneur. »

Victor hocha la tête et se dégagea doucement.

— Excusez-moi, je dois accueillir quelques connaissances.

Il alla serrer la main d'Angélique Frouin.

— Quand même, m'sieu Legris, avouez que si on m'avait écoutée, on aurait évité bien des malheurs ! Quand je songe que la police m'a expédiée à l'hôpital ! Encore heureux que j'm'y sois languie le jour où on a estourbi l'oiseleuse, sinon on me collait ça sur le dos ! Et puis, vous savez quoi, m'sieu Legris, un bienfaiteur anonyme a déposé une somme pour moi à l'hôpital, trois mille francs ! Vous imaginez un peu ! Ça représente quatre ans de travail à carder les matelas ! Mon fiancé, moi et les mômes, on va s'expatrier à la campagne, on plantera des fruitiers, il y aura du boulot pour Gaétan, parce que lui et les arbres, c'est cul et chemise.

Gaétan Larue approuva. Ferdinand Pitel entra au bras de sa nouvelle conquête, une marchande de fromages à la taille de guêpe et aux frisottis plus denses que la toison d'un mouton. Il n'avait manifesté aucun chagrin au décès de sa tante. Il ne ressentait au contraire qu'un intense soulagement d'être débarrassé de cette parente indésirable. Il allait hériter de son appartement, grâce à elle il serait propriétaire d'un quatre-pièces et enfin libre de ses actes.

Helga Becker fit une apparition remarquée en automobile Georges Richard. Avant de pénétrer dans la galerie, elle soûla les assistants des qualités de son engin, puis se répandit en éloges sur l'Autriche qui allait construire un métropolitain à Vienne bien avant Paris.

— Avez-vous lu *Le Désastre*[1] de Paul et Victor Margueritte ? s'enquit d'une voix mielleuse Raphaëlle de Gouveline qui, une fois n'était pas coutume, avait abandonné ses chiens à la maison. Ce roman traite avec justesse de la guerre de 70. Difficile de se fier aux Prussiens, aux Autrichiens et tutti quanti…

— Non, et je n'en ai nullement l'intention. En revanche j'ai dévoré *La Cathédrale* de M. Huysmans, son style élève l'âme, riposta Helga Becker.

Victor se replia vers un groupe de bouquinistes au milieu desquels vitupérait Lucas Le Flohic.

— Figurez-vous un peu, à la vente du bibliophile Piat, on a liquidé 20 francs une signature de Molière authentiquement fausse ! Sur le catalogue ils

1. Tome I d'*Une époque*.

ont eu le culot de noter : « Ex-signature de Jean-Baptiste Poquelin » ! Penser qu'il y a cinq ans elle s'était monnayée 2 800 francs ! s'indignait-il.

Fulbert Bottier conversa avec Victor en aparté. Il affichait une expression morose et avait pris un coup de vieux.

— Je suis ravi que vous ayez réussi à vous blanchir, et que votre épouse soit sur le point de goûter au succès. Cette histoire me hante. Cette succession de crimes, ces pots de confitures, c'est à devenir fou. Le pire, c'est que je regrette Georges Moizan, nos querelles me manquent. Quelle fin horrible ! Malgré son fichu caractère, il ne méritait pas ça, le Tyrolien. Et dans ma boîte ! La place va être mise en disponibilité, et j'espère que mon nouveau voisin sera aussi gentil que Raoul Pérot.

Celui-ci les salua de loin et s'insinua discrètement dans la galerie. Les remontrances du commissaire Valmy résonnaient en lui comme un avertissement, il était décidé à se fondre dans l'anonymat. Un simple bouquiniste, avec pour compagne une tortue baptisée Camille, voilà tout ce qu'il désirait. Il avisa Joseph et feignit de s'absorber dans une profonde rêverie suscitée par un tableau de manège haut en couleur sur les chevaux duquel se poursuivaient en riant jeunes gens et jeunes filles.

— Une semaine, maman, ce n'est pas la mer à boire ! expliquait à voix basse Joseph à Euphrosine.

— Nous vous en serions tellement obligés ! renchérit Iris, serrant contre son cœur le réticule qui contenait son précieux carnet de contes.

Elle vivait d'avance le moment où, au bord de la Tamise, elle en ferait don au père de ses enfants.

— Mais si les petits tombaient malades, ou qu'il y ait un accident ? Ma croix est déjà plutôt lourde à porter, non ?

— Vous avez notre entière confiance, vous êtes capable de résoudre les pires problèmes, rétorqua Iris. Et puis il y a le téléphone, Kenji, Djina, Victor, Tasha.

Euphrosine se rengorgea. C'était vrai, elle était de taille, à chaux et à sable ! L'instant suivant, elle glapit de douleur. Un énorme godillot marron venait de lui écraser les orteils. Gaétan Larue se confondit en excuses.

— Hum, oui, bon, ça va, je vais boiter une semaine, rapport à mes oignons, mais je survivrai.

— Maman, et Londres, alors ?

— Ah, flûte ! tu m'as troublée, j'ai égaré le fil. Partez, désertez, larguez-moi sur le bas-côté du talus, c'est mon lot d'être délaissée, je déposerai les petiots à l'Assistance publique.

— Maman !

— Ça va, je m'en sortirai. Amusez-vous, mes chéris, et si vous passez par la tour de Londres, dites une prière pour les enfants d'Édouard.

— Les enfants d'Édouard, tu connais ça, toi, m'man ?

— Non mais ! J'suis pas une ignorante ! Ton papa Gabin était féru du théâtre de Casimir Delavigne, il m'a lu sa pièce qu'est une histoire vraie, et puis il m'a emmené au musée du Louvre voir la peinture[1] de ces deux petiots étouffés par leur oncle, Richard III, il paraît que leurs fantômes hantent la Tour les nuits de pleine lune.

— Chic, je pourrai commencer mon prochain feuilleton. Ce sera un récit fantastique à propos d'un homme chaussé de souliers bruns qui jouit de la vie éternelle.

— Ben, je lui souhaite bien du plaisir à ton immortel, surtout s'il a des durillons !

1. *Les Enfants d'Édouard* peints par Paul Delaroche.

ÉPILOGUE

Vendredi 5 décembre 1958

La boucherie chevaline se trouvait à mi-hauteur de la rue Lepic. Pour y accéder, il fallait se frayer passage entre les baladeuses des marchandes des quatre-saisons, les ménagères affairées, les gamins piaillards et de jolies filles délurées qui ne perdaient pas un des regards qu'elles allumaient chez les piliers de bistrot. Un crieur de journaux braillait :

— Demandez *Libération* ! « Le nouveau slogan de Guy Mollet : De Gaulle avec nous ! »

Dans la boucherie, une main achevait de semer de la sciure sur le carrelage, puis elle empoigna une paire de ciseaux de tailleur. Une voix rauque appela :

— Mioumi ! Miouminou chéri ! Boulotter !

La grosse femme ceinte d'un tablier bleu pétrole rejeta en arrière la frange de cheveux noirs coupés au carré qui lui mangeait le front et, après avoir tailladé l'air de ses ciseaux, se mit en devoir de couper en lanières un cœur violacé. Les morceaux flasques, troués d'artères, atterrirent dans une assiette creuse.

— Ben où qu'il est encore allé traîner, ce patapouf ? grommela-t-elle.

Une femme qui lui ressemblait en tout point, hormis son tablier vert bouteille, entra dans la boutique, une baguette sous le bras.

— Jackie, t'as pas vu Mioumi ?

— Non, Suzie, mais je te parie qu'il coince la bulle dans le salon.

Elle grimpa à l'étage où sa sœur l'entendit déplacer des meubles. Une grosse boule de poils ricocha de marche en marche et un chat obèse se dandina sans enthousiasme vers l'assiette posée au pied du comptoir où trônait la caisse enregistreuse.

— Qui c'est qui va se pourlécher les babines ? C'est Mioumnou chéri, susurra Suzie penchée au-dessus du félidé.

Sa courte jupe plissée révéla des cuisses qui eussent rendu jalouse la Vénus callipyge de Naples.

— Baisse le capot, on voit l'moteur ! s'exclama Jackie.

— Allez Mioumi ! Mais pourquoi qu'tu grattes comme ça ? Fais pas ta fine gueule, enchaîna Suzie.

Grippeminaud contemplait d'un œil dégoûté le repas qui lui était proposé. En avait-il traversé des époques ! En avait-il goûté des mets plus ou moins raffinés ! Pâtés en croûte ou souris croquées dans la paille, poulet rôti ou bouillie de châtaignes. Mais cette gélatine crue bardée de caoutchouc qui collait aux mâchoires et ne rassasiait pas, jamais ! Les voleurs sont toujours punis. Cela valait-il la peine d'avoir lapé en douce les dernières gouttes d'eau d'éternité qui s'épanchaient du flacon de cristal oublié sur un guéridon ? Ah ! combien il regrettait son bon maître Aimé Thoars, dit Amadeus, qui l'avait lâchement confié aux soins de sa concierge un soir de l'hiver 1898 et s'en était allé ! Six décennies s'étaient écoulées, Grippeminaud avait été baptisé de bien des noms ridicules : Kiki gros-gros, Nono, Gaga,

Touki, Miquet, Ribouldingue dit Dingo, connu bien des vicissitudes, ballotté de foyer en foyer, jusqu'à échouer chez les sœurs Martin, rue Lepic. Il était las, usé par ces années de guerre, d'Occupation, d'errance, de jours sans fin.

— Remplis-toi la boîte à ragoût, minouchet.

Résigné, Grippeminaud se mit à mastiquer. Ah ! elle était chouette, la vie éternelle !

POSTFACE

Nous vous convions à une rétrospective de l'année 1898 qui vient de s'écouler. Nous vous réservons de nombreuses surprises. Voici, mois après mois, ce qui s'est déroulé…

***Passez un bon moment avec la Compagnie générale de Cinématographes & Pellicules*[1].**

Paris est un vaste chantier. Les abattoirs de Villejuif et de Grenelle vont être désaffectés et remplacés par celui de Vaugirard. Partout des trous et des échafaudages. On démolit, on élargit, il faut être prêt pour la grande Exposition universelle de 1900. On modernise la gare de Lyon. On agrandit la gare de l'Est et la gare Montparnasse. Sur la rive gauche, on achève les fondations du futur pont Alexandre III. On prolonge les lignes de chemin de fer de Sceaux, d'Orléans et celle des Moulineaux qui aboutira aux Invalides, afin de soulager de leurs futurs milliers de voyageurs les gares Montparnasse

1. Toutes les publicités insérées dans le texte proviennent de magazines et journaux d'époque.

et Saint-Lazare. La construction du Grand Palais occupe jusqu'à 1 500 ouvriers. La gare d'Orléans s'édifie pierre après pierre sur l'emplacement des ruines de la Cour des comptes. En mai, les badauds se pressent avenue de Suffren pour admirer le montage d'une des attractions de choix de l'exposition : la Grande Roue.

Hommes assis ! Toujours fatigués. Ayez dans votre poche une boîte de bonbons laxatifs Fédit-Comprimés, vous éviterez les maladies mortelles.

Janvier

Dénoncé par M. Mathieu Dreyfus comme étant l'auteur du bordereau qui avait entraîné la condamnation de son frère pour crime de haute trahison, le commandant Esterházy[1] a été acquitté à l'unanimité le 11 par un conseil de guerre réuni à Paris. Le 13, Émile Zola, qui avait déjà écrit une *Lettre à la France* en faveur du capitaine Dreyfus, a publié dans *L'Aurore*, sous le titre *J'accuse... !* une « lettre au président de la République ». Le gouvernement a décidé d'intenter des poursuites à son encontre.

Le lieutenant-colonel Picquart, accusé lors du procès Esterházy d'avoir communiqué à un tiers des pièces secrètes du ministère de la Guerre, a été mis aux arrêts de forteresse jusqu'à sa comparution devant un conseil de guerre.

Le 17, un grand meeting a eu lieu dans la salle du Tivoli-Waux-Hall, à Paris, au sujet de l'affaire Dreyfus. Des scènes tumultueuses, des luttes corps à corps et des coups ont empêché toute discussion. Une manifestation aux cris de : « Vive l'armée ! À bas Zola ! » a été dispersée par la force publique. Des meetings virulents comprenant des étudiants et les éléments les plus divers de la population, dont les bouchers de la Villette armés de bâtons, se sont produits à Paris pendant plusieurs jours. Des réunions antisémites ont éclaté partout en France. La foule a parcouru les rues en scandant « Mort aux Juifs, mort à Zola, mort à Dreyfus ! » À Nantes, Nancy, Rennes, Bordeaux, Moulins, Montpellier, Angoulême, Tours, Poitiers, Toulouse, Angers, Rouen, Saint-Malo, Marseille, Épinal, Bar-le-Duc, Dijon, Châlons, l'hystérie était à son comble. On a cassé, pillé, brûlé les commerces juifs, molesté les citoyens, tenté de forcer les synagogues. Et toujours ces vociférations de haine. « À Paris, des services religieux ont été célébrés au cours desquels l'officiant a invité les fidèles à continuer la lutte sacrée contre le peuple déicide[2]. »

1. Voir la postface du *Petit Homme de l'Opéra* (page 343), 10/18, n° 4345.
2. Jean-Denis Bredin : *L'Affaire*, Julliard, 1983.

Le 20, Émile Zola et le gérant de *L'Aurore*, M. Perreux, ont été cités, sur la requête du ministre de la Guerre, à comparaître le 7 février devant la cour d'assises de la Seine. La citation visait les passages suivants de l'article publié par *L'Aurore* :

> « Un conseil de guerre vient, par ordre, d'oser acquitter un Esterházy, soufflet suprême à toute vérité. Et c'est fini, la France a sur la joue cette souillure, l'histoire écrira que c'est sous votre présidence qu'un tel crime social a pu être commis. [...] j'accuse le second conseil de guerre d'avoir couvert cette illégalité. »

Les 22 et 23, des manifestations antisémites graves ont bouleversé Alger. Quantité de magasins appartenant à des Juifs ont été saccagés. Il y a eu des morts et de nombreux blessés. Les exactions étaient menées par un agitateur du nom de Max Régis qui proposait « d'arroser de sang juif l'arbre de la Liberté ».

N'écrivez jamais ! Mais comment ? C'est bien simple : en employant toujours LA MACHINE À ÉCRIRE. Vous ne risquerez pas d'aller à l'île du Diable ou au Cherche-Midi, car les experts les plus malins ne pourront jamais prouver que votre propre écriture est de vous plutôt que d'un autre.

On a calculé très sérieusement, en vue d'une guerre toujours possible, que si les soldats des différentes puissances européennes actuellement sous les drapeaux étaient placés à la suite les uns des autres sur quatre rangs, cette colonne atteindrait au moins 40 000 kilomètres de long. Quand on sait que le maintien des armées permanentes coûte 14 millions de francs par jour à l'Europe, ne nous étonnons pas de sa frénésie à conquérir de nouvelles sources de matières premières. Semblable à Chronos qui dévora ses propres enfants, l'armée exige toujours davantage d'hommes en uniforme, et le fantassin français qui, en 1860, devait mesurer au moins 1,60 m pour être incorporé, voit sa taille réglementaire diminuer jusqu'à 1,54 m. Cette même taille est exigible maintenant en Allemagne, alors qu'en 1893 le minimum était de 1,65 m ; il en va de même pour les autres pays : 1,55 m en Italie, 1,65 m en Angleterre, 1,54 m en Russie, 1,55 m en Suisse, 1,60 m en Norvège, 1,56 m en Hollande et 1,61 m aux États-Unis.

La peste continue de ravager les Indes On y a dénombré 129 nouveaux cas et 111 décès. On compte dans les hôpitaux 717 pestiférés. Les rats morts pullulent.

Rhumatisants, goutteux, guérissez-vous avec la véritable poudre Planche !

MORT d'ennui pour ne pas avoir demandé les catalogues.

FÉVRIER

Le 7, devant la cour d'assises de la Seine, s'est ouvert le procès intenté à Émile Zola, inculpé de diffamation envers le conseil de guerre qui a acquitté le commandant Esterházy. Ce procès, précédé d'une pétition des « intellectuels » en faveur de la révision, a déclenché une vive émotion tant en France qu'à l'étranger, ainsi que d'ardentes campagnes de presse et des manifestations houleuses au Palais de justice et dans la rue.

À Cuba, l'une des dernières colonies espagnoles, les autochtones se sont révoltés. Pour les mater, le général espagnol Weyler a ordonné de regrouper la population civile dans des camps de concentration. Cette décision a suscité une vive indignation aux États-Unis où la presse à sensation créée par Joseph Pulitzer et William Randolph Hearst s'est employée à exciter l'opinion. Le cuirassé américain *Maine* a été envoyé à la rescousse au port de La Havane. Le 15, une explosion s'est produite à son bord, il a pris feu et a coulé corps et biens. 253 hommes et 2 officiers ont péri, on compte 115 blessés. Cette catastrophe a provoqué une grande émotion aux États-Unis et une irritation croissante contre l'Espagne. Une commission a été chargée d'examiner quelles en seraient les causes et les auteurs.

À Paris, une nouvelle revue hebdomadaire, *Psst... !*, dirigée par Caran d'Ache et Forain – considérés comme les meilleurs caricaturistes contemporains –, se lance dans la bagarre « pour faire luire la vérité », c'est-à-dire la cause de l'état-major contre Dreyfus. C'est un journal sans texte de trois ou quatre pages. La « une », dessinée par Forain, manque parfois d'élégance, telle celle du 10 juin intitulée *La vérité sortant de son puits*, où Zola surgit du trou des cabinets, un petit Dreyfus dans les bras. Pour répondre à cette publication, *Le Sifflet*, dirigé par A. Steens, a fait son apparition dans les kiosques. Le principal animateur en est H.-G. Ibels. *Le Sifflet*, moins incisif que *Psst... !*, attaque les adversaires de la révision du procès, spécialement les officiers et surtout Esterházy.

Le 23, après des débats qui ont duré quinze séances, Émile Zola et M. Perreux ont été reconnus par le jury coupables d'avoir diffamé le premier conseil de guerre de Paris, sans circonstances atténuantes. La cour a condamné le premier à un an de prison et 3 000 francs d'amende et le second à quatre mois et 3 000 francs.

Lisez le Moniteur des Rentiers, *revue complète et impartiale des valeurs. Placements étudiés.*

MARS

Le 6, pour la première fois, des gardiens de la paix ont appelé une ambulance urbaine à partir d'une borne téléphonique, située rue Tandou dans le XIXe arrondissement, pour venir en aide à un homme agressé au couteau.

On n'arrête pas le progrès. Un Hollandais vient d'inventer un système pour lutter contre la fraude électorale. Il s'agit d'une petite boîte carrée hermétiquement close, munie sur son côté face d'un certain nombre de boutons électriques correspondant à celui des candidats.

Le 21, des troubles ont eu lieu à Alger à l'occasion de l'arrestation de M. Max Régis, rédacteur du journal *L'Antijuif*. Le 20 novembre, il sera élu maire d'Alger par 36 voix sur 37 votants.

Le 22, le Journal officiel a promulgué la loi du 19 mars qui déclare les îles « sous le vent » de Tahiti partie intégrante du domaine colonial français.

Le 27, en vertu d'une convention signée à Pékin, le gouvernement chinois a cédé à la Russie, en usufruit, Port-Arthur et Ta-Lien-Wan, ainsi que les territoires adjacents.

Une mission financée par l'État français et la chambre de commerce de Lyon a exploré les cultures, les productions, les conditions de travail des diverses provinces de la Chine afin d'entrer en lice dans les débuts du dépècement de l'empire du Milieu par l'Allemagne, l'Angleterre, la Russie et l'Amérique.

Le 28, le président McKinley a adressé aux chambres de l'Union un message au sujet de la commission d'enquête sur la perte du *Maine*. Ce rapport affirme que la catastrophe a été causée par l'explosion d'une mine sous-marine à l'avant du croiseur.

LAURENOL le meilleur antiseptique.

Ce n'était pas assez d'avoir attribué au cyclisme les déformations de l'épine dorsale, classées sous le nom de *kyphosis byciclistorum.* Un praticien anglais, le Dr Stewart, met encore sur le compte du « cheval d'acier » une affection de l'appareil olfactif qui présente les aspects de la rhinite ordinaire. Cette obstruction des fosses nasales serait due à l'afflux rapide de l'air dans les narines, ainsi qu'à l'introduction des poussières que le sportif soulève sur son passage.

Le Dr Leslie, membre de l'académie de Boston, affirme pouvoir guérir la névralgie faciale, la névralgie dentaire, les douleurs d'oreille, la migraine nerveuse par l'emploi du sel de cuisine introduit dans les fosses nasales au moyen d'un pulvérisateur ou par simple aspiration.

Le monument de Paul Verlaine ne pourra pas être érigé dans le jardin du Luxembourg, la questure du Sénat s'y oppose formellement.

Contre la constipation, utilisez le Tamar indien Grillon !

AVRIL

Le 2, la Cour de cassation a annulé l'arrêt de la cour d'assises de la Seine dans le procès Zola et a déclaré « qu'il n'y a lieu à aucun renvoi devant aucune cour d'assises ».

Le 5, en Angleterre, M. Balfour, représentant Lord Salisbury, a fait à la Chambre des communes une déclaration sur la politique du gouvernement en Extrême-Orient et a annoncé que l'Angleterre a obtenu Weï-Haï-Weï dans des conditions similaires à l'obtention par la Russie de Port-Arthur.

Le 8, le conseil de guerre qui a acquitté le commandant Esterházy, réuni à Paris sur convocation du ministre de la Guerre, après l'annulation par la Cour de cassation du jugement qui a condamné M. Zola, a décidé de poursuivre ce dernier devant la cour d'assises.

Le 14, on a annoncé que le gouvernement chinois a cédé à bail à la France la baie de Kouang-Tcheou et lui a accordé la concession de la voie ferrée reliant le Tonkin à Yunnan-Fou.

Le 19, aux États-Unis, le Sénat et la Chambre des représentants ont fini par s'entendre sur le texte d'une résolution commune. Ils ont voté que Cuba doit être un État libre et indépendant, que le gouvernement demande à l'Espagne d'abandonner immédiatement son autorité dans l'île, que le président emploiera les forces terrestres et maritimes pour mettre ces résolutions en application, que les États-Unis, après la pacification, laisseront le gouvernement et le contrôle de l'île à son peuple.

Le 22, le président McKinley a proclamé le blocus de Cuba. La capture du vapeur espagnol *Buenaventura* par des navires des États-Unis constitue un premier fait de guerre.

Le 25, le président McKinley a adressé au congrès un message proposant la déclaration des hostilités à l'Espagne. Le congrès a voté une résolution déclarant que l'état de guerre existe depuis le 21 avril et a autorisé le président à employer toutes ses forces de terre et de mer.

Le 28, une escadre américaine a bombardé Cuba.

Le 29, la révolte des indigènes de Sierra Leone contre les Anglais, par suite d'un impôt excessif sur les huiles, prend une grande extension.

Le 30, l'apparition de la peste à Calcutta est officiellement annoncée.

À Paris, la pauvre tortue-bijou ne parera plus nos belles mondaines. Elle est désormais remplacée par l'araignée morte. Cinq bagues différentes sont passées aux cinq doigts de la main gauche. Chacune d'entre elles est reliée à un médaillon par une chaînette d'or. Ce médaillon contient une petite araignée desséchée, entourée de perles fines.

Voulez-vous maigrir sans altérer votre santé ?

MAI

Le 1er, aux Philippines, le commodore Dewey, à la tête d'une escadre américaine, a détruit à Manille une escadrille espagnole, puis s'est rendu maître de l'arsenal de Cavite.

Le 2, l'état de siège est proclamé à Madrid, où la nouvelle des événements de Manille a provoqué une certaine agitation.

Le 3, en France, pour conjurer la hausse du prix du pain, un décret a supprimé les droits d'entrée sur les blés en grain à partir du 4 mai et ce jusqu'au

1er juillet. En Italie, des troubles occasionnés par la cherté du pain ont été réprimés par la force, des soulèvements ont éclaté dans de nombreuses localités. Le 4, en Espagne, même sujet, même motif. Des émeutes ayant pour cause la cherté du pain ont eu lieu à Aguilar, Talavera de la Reina, Gijón, etc. L'état de siège a été proclamé dans les provinces de Valence et d'Oviedo. Le 6, en Italie, les troubles se sont étendus à Livourne, Pavie, Prato, etc. et ont pris un caractère menaçant, surtout à Milan où l'état de siège a également été proclamé. Le 7, les insurgés ont dressé des barricades. On s'est battu dans les rues à coups de fusils et à coups de canons, les insurgés comptent plus de 80 morts et un grand nombre de blessés.

Le 9, deux trains des chemins de fer de l'Est se sont percutés entre Chaumont et Langres sous le tunnel de la Pommeraye. On déplore trois morts et un grand nombre de blessés.

À Paris, le carillon de Saint-Germain-l'Auxerrois est à la veille de fonctionner. Il se compose de trente-huit cloches et sonnera *La Marche de Turenne*, de Lully, sur laquelle Bizet adapta sa fameuse marche des rois de *L'Arlésienne*. Il sonnera à midi et le soir.

Le 11, à Porto Rico : le contre-amiral Sampson, commandant une escadre américaine, a bombardé San Juan de Porto Rico. Des navires américains ont pilonné Cárdenas et tenté un débarquement qui a été repoussé. Quatre autres navires de guerre ont bombardé Cienfuegos, à Cuba, où les Espagnols ont refoulé des embarcations chargées d'armes et de munitions.

Traduit devant la cour d'assises de Versailles le 23, Émile Zola s'est présenté à la barre, mais s'est pourvu en cassation contre l'arrêt de la cour, qui s'est déclarée compétente. En conséquence, les débats ne s'engageront pas.

Buvez l'eau gazeuse Schmoll, la plus pure des eaux de table.

JUIN

Le 7, en Irlande, des troubles graves se sont produits à Belfast. Des orangistes ont attaqué la police, blessant 103 agents.

Le 9, la Grande-Bretagne a obtenu la concession à bail pour 99 ans du territoire situé en face de Hong Kong.

Le 11, à Cuba, un corps d'intervention américain a débarqué à Guantánamo.

Le 14, à Paris, a eu lieu la signature d'un arrangement anglo-français pour la délimitation des territoires de l'Afrique occidentale. Cette convention a établi une limite définitive, à l'ouest du Niger, entre les colonies anglaises de la Côte-de-l'Or et de Lagos et les possessions de la Côte-d'Ivoire, du Soudan et du Dahomey, et, à l'est du Niger jusqu'au lac Tchad, entre les pays du Sokoto et du Bornou, placés sous la sphère d'influence anglaise et les possessions sahariennes françaises.

Le 15, au jardin des Tuileries, on inaugure « l'Exposition de l'automobile » qui se déroulera sur une surface de 6 000 mètres carrés couverte de vastes tentes pendant deux semaines. (Dans quelques années, cette manifestation sera baptisée « Salon de l'auto ».) Bien que les journaux n'en parlent guère, c'est un succès. Un flot de visiteurs se ruent dès que le ruban est coupé. Parmi la foule enthousiaste on remarque des généraux, des ambassadeurs, des écrivains, des princes, des banquiers et M. Félix Faure en personne qui proclame : « Vive le progrès ! », ce qui n'est pas l'avis de tout le monde. Dans *Le Temps*, Jules Claretie écrit : « Il n'y avait autrefois qu'un *carrefour des Écrasés* à Paris. À présent il en est dix, il en est cent. On écrase partout. »

Le 23, la situation des Espagnols est devenue de plus en plus grave à Manille, entourée par 25 000 insurgés. Leur chef Aguinaldo a sommé le général espagnol Augustín de se rendre. La plus grande partie des détachements espagnols de l'île de Luçon ont été fait prisonniers.

D'après une statistique du Mémorial de la librairie, le nombre de personnes âgées de plus de cent ans serait en France de 243 pour 39 millions d'habitants, alors qu'en Bulgarie il y en aurait 1 883. Peut-on en conclure que la modernité n'est guère favorable à la prolongation de la vie humaine ?

DEUIL : pour avoir de suite un Deuil Bien Complet, s'adresser à la Religieuse.

JUILLET

Le 4, par suite d'une collision avec le voilier anglais *Cromartyshire*, le transatlantique français *La Bourgogne* a sombré par un brouillard intense à 60 milles de Sable Island. Sur 832 passagers et hommes d'équipages, 565 périssent.

Un nouvel appareil a été mis à l'essai par la Compagnie des chemins de fer du Nord et la Compagnie de l'ouest de Paris. Il est manœuvré par les buralistes et délivre les billets très rapidement de façon automatique. L'expérience a donné d'excellents résultats.

Le 6, le président McKinley a signé une résolution par laquelle il déclare les îles Hawaï annexées aux États-Unis.

Le 7, à la Chambre, M. Castelin a interpellé les députés sur l'affaire Dreyfus. M. Cavaignac, ministre de la Guerre, a donné lecture de divers documents et a affirmé la culpabilité de l'ex-capitaine Dreyfus. La Chambre des députés, par 545 voix, a voté l'affichage de son discours.

Le 10, on a inauguré dans le jardin du Luxembourg le monument en marbre de Leconte de Lisle, œuvre du sculpteur Denys Puech, et le 14, sur la place de l'Observatoire, le monument en bronze de Francis Garnier, le conquérant du Tonkin, dû au même statuaire.

Le 17, le général espagnol Torral a signé la capitulation de Santiago de Cuba, à la condition que les troupes espagnoles soient transportées en Espagne.

Le 18, M. Émile Zola a comparu devant la cour d'assises de Versailles. À la suite d'incidents de procédure, il a déclaré faire défaut et s'est retiré. La cour l'a condamné à un an de prison et 3 000 francs d'amende.

Le 26, les Américains ont commencé des opérations de débarquement à Porto Rico dont ils veulent s'emparer.

À la Paix, 34 avenue de l'Opéra, Paris, choix spécial des cristaux et des meubles.

Dans une interview donnée au *New York Herald Tribune,* Thomas Alva Edison aurait révélé avoir imaginé des câbles qui, tendus autour d'une ville assiégée, infligeraient la mort à tous ceux qui tenteraient de les franchir.

Un maître d'école autrichien a conçu un *téléphote* ou téléphone visuel qui, par le biais de vibrations électriques, permettrait de voir son correspondant à l'autre bout du fil.

AOÛT

Le 13, Manille, bombardée, a capitulé. Le général espagnol Augustín, capitaine général des Philippines, a quitté la ville à bord d'un navire allemand pour ne pas signer la reddition.

Le 16, la pose d'un nouveau câble transatlantique entre la France et les États-Unis (Brest-Cape Cod) vient d'être terminée. Le président Félix Faure et le président McKinley ont ouvert le service en s'adressant des félicitations par dépêches.

Le 30, le lieutenant-colonel Henry, chef du service des renseignements au ministère de la Guerre, qui a avoué avoir fabriqué une lettre, en date d'octobre 1896, pour démontrer la culpabilité du capitaine Dreyfus, a été arrêté. Emprisonné au Mont-Valérien sur l'ordre du ministre de la Guerre, M. Cavaignac, il s'est suicidé le 31 en se tranchant la gorge avec un rasoir.

Pour avoir même à quinze ans et en peu de temps les moustaches très longues et soyeuses, employez la pommade Niolet.

SEPTEMBRE

Le 2, après le suicide du lieutenant-colonel Henry, le général Le Mouton de Boisdeffre a, sur sa demande, été relevé de ses fonctions.

Le 3, M. Cavaignac, ministre de la Guerre, en désaccord avec la grande majorité du Conseil sur la révision du procès Dreyfus, qu'il repousse, a donné sa démission.

Le 9, en Afrique-Occidentale, le lieutenant français Woelfel, à la tête de tirailleurs soudanais, a attaqué les Sofas qui voulaient traverser le fleuve Cavally. Il les a rejetés dans un marigot profond, puis les a repoussés, après un combat de six heures.

Le 10, l'impératrice Élisabeth d'Autriche, dite *Sissi*, a été mortellement poignardée, à Genève, par l'anarchiste Luccheni. Elle était âgée de soixante et un ans.

Le 14 a débuté à Paris la grève des terrassiers, qui demandaient sans succès aux entrepreneurs une augmentation de salaire.

Le 19, le duc Philippe d'Orléans a lancé contre le ministère Brisson, au sujet de la révision du procès Dreyfus, un manifeste qui se termine par ces mots : « C'est l'armée qu'on veut perdre. Nous ne le permettrons pas. »

C'est la canicule, le thermomètre monte chaque jour au-delà de 30 °.

Les Landes ont été ravagées par de violents incendies.

Le Vésuve est en éruption. D'énormes quantités de lave menacent le pays environnant. Le funiculaire a cessé tout service.

En Crète, des troubles de la plus haute gravité ont éclaté à Candie. Des musulmans qui voulaient forcer l'entrée de la douane ont été repoussés à coups de fusils par des soldats anglais. Ils ont alors pris les armes, attaqué le détachement britannique, se sont répandus dans le quartier chrétien, ont mis le feu à un grand nombre de maisons et massacré plus de 400 personnes.

En 20 jours, guérison radicale de l'anémie par l'élixir de St-Vincent-de-Paul ou la confiture de St-Vincent-de-Paul.

En juillet 1896, le gouvernement français avait organisé une petite expédition, partie du Gabon, en direction de la haute vallée du Nil, sous le commandement du capitaine Marchand qui espérait arriver sur le haut Nil avant les Britanniques. Après une marche de deux ans à travers des pays inconnus, Marchand atteint Fachoda en juillet 1898. Il y construit un fortin et y établit le protectorat français sur la région. Le général Kitchener a quitté Khartoum et s'est rendu à Fachoda. La presse anglaise prétend que

Fachoda fait partie du Soudan égyptien et que les Anglais ont seuls le droit de l'occuper. Le commandant Marchand refuse d'évacuer la place sans ordre de son gouvernement. Une vive tension se développe et les deux pays amorcent des préparatifs militaires, mais la France se rend compte qu'une guerre contre l'Angleterre sans appui extérieur risque d'être désastreuse. La France cède. Le 11 décembre, le commandant Marchand et sa troupe évacuent Fachoda. Le fort est occupé par les troupes égyptiennes, les drapeaux anglais et égyptiens y remplacent le drapeau français

Le 25, à Gréville, dans la Manche, on inaugure la statue du peintre François Millet, due au sculpteur Marcel Jacques.

La Barbade, l'île Saint-Vincent, la Trinité, Sainte-Lucie sont dévastées par un cyclone, on compte un grand nombre de morts.

Véritable grains de santé du docteur Franck.

Octobre

Le 1er se sont ouvertes à Paris, au ministère des Affaires étrangères, les délibérations de la commission de paix hispano-américaine. La médiation de la

France a permis de mettre fin à la guerre le 10. L'Espagne abandonne Cuba qui devient indépendante, elle cède aux États-Unis Porto Rico et l'île de Guam dans le Pacifique, ainsi que les Philippines, moyennant une indemnité de 20 millions de dollars. Le Sénat américain approuve ce traité. Aux Philippines, une révolte a éclaté contre la nouvelle colonisation. Cette guérilla a nécessité l'envoi de 70 000 soldats américains et l'application, comme le pratiquèrent les Espagnols à Cuba, du système des camps de concentration.

À Cuba, le nouveau gouvernement indépendant est contraint d'accepter le droit d'intervention des États-Unis et l'installation de bases navales.

Le 2, à Paris, les ouvriers des corporations du bâtiment se sont solidarisés avec les terrassiers et ont décidé qu'ils se mettaient immédiatement en grève. Le 5, la grève s'est propagée. Des désordres, des scènes de violence ont eu lieu dans la rue et sur les chantiers. Le gouvernement, pour maintenir l'ordre, a eu recours à un grand déploiement de forces et fait venir des troupes de province. Le 13 s'est achevée la grève des terrassiers qui ont obtenu, grâce à l'intervention du conseil municipal de Paris, l'augmentation des salaires. Mais le conseil d'administration du syndicat Guérard s'est prononcé pour l'arrêt de travail des employés de chemin de fer et a appelé à la grève générale. Le gouvernement a fait occuper militairement les gares. La grève a échoué.

Le 17, à Porto Rico, les dernières troupes espagnoles ont évacué l'île.

Le 28, le chemineau Vacher, qui a assassiné une dizaine de personnes, a été condamné à mort par la cour d'assises de l'Ain.

Le 29, la chambre criminelle de la Cour de cassation a prononcé un arrêt et a déclaré « la demande de révision du procès Dreyfus recevable en la forme ; qu'il sera procédé à une instruction supplémentaire, et dit n'y avoir lieu de statuer, quant à présent, sur la demande du procureur général, tendant à la suspension de la peine ».

NOVEMBRE

Le 2, Theodor Herzl a rencontré le Kaiser, Guillaume II à Jérusalem.

DÉCEMBRE

On peut lire, dans la liste des recettes et procédés, celui qui doit pallier la chute des cheveux : dans 1,5 litre d'eau distillée bouillante, faire infuser 15 grammes de feuilles de laurier-cerise, 15 grammes de sulfate de zinc, 5 grammes de sulfate de cuivre. Filtrer. Matin et soir, frictionner le cuir chevelu avec cette lotion froide. On ignore si le résultat est concluant, mais il est permis de redouter les effets nocifs des sulfates de zinc et de cuivre !

La statue en bronze du docteur Charcot, due au sculpteur Falguière, a été inaugurée à la Salpêtrière.

La prison Sainte-Pélagie (56, rue de la Clef) est démolie. Elle était destinée aux filles insoumises à l'autorité paternelle ou aux personnes endettées.

Un immeuble de six étages s'est effondré au 40, rue des Apennins (XVIIe arr.), 20 ouvriers ont été tués. *Le Petit Journal* commente : « Que penseraient les architectes du Moyen Âge qui mettaient un demi-siècle à construire des monuments qui, il est vrai, durent encore ? »

Une revue anglaise a recensé le nombre d'années pendant lesquelles les principales puissances ont été en guerre au cours des quatre-vingt-dix-huit années écoulées du XIXe siècle : la Turquie : 39 ans ; l'Espagne : 32 ans ; la France : 27 ans ; la Russie : 24 ans ;

l'Angleterre : 21 ans ; l'Italie : 18 ans ; l'Allemagne (Prusse non incluse) : 14 ans ; la Suède : 10 ans ; le Danemark : 9 ans.

Cette constatation n'empêche pas l'armée de Sa Gracieuse Majesté aux Indes d'utiliser des balles dum-dum. Ce nom vient d'un bourg de la banlieue de Calcutta où se trouve une importante manufacture d'armes. La convention de Genève ayant interdit l'usage de projectiles explosifs au-dessous d'un certain calibre, les Anglais ont tourné la difficulté. Estimant que la balle traditionnelle de petit calibre ne provoque dans l'organisme que de faibles lésions, ils lui ont substitué une balle de plomb recouverte d'une faible enveloppe de nickel dont on émousse la pointe. L'impact du tir fait éclater l'enveloppe sur laquelle on a au préalable pratiqué de petites entailles. La dum-dum se loge dans l'homme pour n'en plus sortir, ravage ses tissus au lieu de les traverser, brise ses os au lieu de les trouer. Elle vient de faire officiellement ses preuves, on l'a employée contre les tribus afghanes de la frontière et les rapports des officiers de l'impératrice des Indes ont été des plus élogieux quant aux résultats positifs.

Rhumatisants, goutteux, guérissez-vous avec la véritable poudre PISTOLA Planche.

Et voici notre rubrique nécrologique offerte par *La Société suisse d'assurances générales*. Cette année, les personnalités suivantes nous ont quittés :

Otto Eduard Leopold von Bismarck-Schoenhausen (comte, puis prince de, duc de Lauenbourg), homme d'État prussien. Charles Garnier, architecte de l'Opéra de Paris. Lewis Carroll (C. L. Dodgson), pasteur et écrivain anglais. Émile Richebourg, surnommé par

Jules Claretie « Le terre-neuve du journal populaire », romancier feuilletoniste. Jules Émile Péan, chirurgien français, membre de l'Académie de médecine, auteur de nombreux ouvrages médicaux. Aubrey Beardsley, dessinateur anglais qui avait acquis une grande notoriété par ses illustrations et ses ingénieuses recherches dans l'art décoratif. Gustave Moreau, peintre français. Eugène-Louis Boudin, peintre français. Pierre Puvis de Chavannes, peintre et graveur français. Edward Burne-Jones, peintre anglais. William Ewart Gladstone, ex-Premier ministre de Grande-Bretagne. Stéphane Mallarmé, poète français. Élisabeth de Wittelsbach, dite *Sissi*, impératrice d'Autriche-Hongrie.

Les *Biberons Robert* ont le plaisir de vous annoncer la naissance de :

Joris Ivens, réalisateur néerlandais. Rudolph Maté, réalisateur polonais. Sergueï Eisenstein, réalisateur russe. Bertolt Brecht, dramaturge allemand. Hanns Eisler, compositeur allemand. Lotte Lenya, actrice et chanteuse autrichienne. Joseph Kessel, écrivain français. Toto, acteur de cinéma italien. Enzo Ferrari, constructeur automobile. Henry Hathaway, cinéaste américain. Irina Arseneva, secrétaire particulière du poète Vladimir Maïakovski. Arletty, actrice française. Kenji Mizoguchi, réalisateur japonais. Irene Dunne, actrice américaine. René Simon, professeur d'art dramatique français. Berenice Abbott, photographe américaine. René Clair, réalisateur français. René Magritte, peintre belge. George Gershwin, compositeur américain. Golda Meir, Premier ministre d'Israël.

C'est grâce aux dons de voyance de Dame Évangeline Bird[1] que nous avons été en mesure de prédire l'avenir de ces nouveau-nés.

L'année 1898 a donc perpétué sans faillir la voie tracée par celles qui l'ont précédée. Le journal *Life*, de New York, a publié un dessin humoristique ainsi légendé : « La paix universelle arrive un siècle trop tôt ; elle est priée de repasser en l'an 2000. »

Fusils à crédit. Prix unique 200 fr. Payable 10 fr. par mois.

FUSILS A CRÉDIT

Nouveau fusil. Modèle de grand luxe 1899, de Saint-Etienne. **Triple verrou Greener, clé entre les chiens, canon acier fin supérieur pour la poudre pyroxilée.** PRIX UNIQUE **200 fr. payables 10 fr. par mois. A** 90 **jours 175 fr.** franco de tous frais. *Le fusil est repris s'il ne donne pas satisfaction* à l'arrivée. Envoi fº du catalogue. Maison **MALEVILLE**, Libourne. Succursale, 104, r. Richelieu, Paris.

1. Voir *Le Petit Homme de l'Opéra*.

Composé par Nord Compo Multimédia
7, rue de Fives, 59650 Villeuneuve-d'Ascq

Impression réalisée par

BRODARD & TAUPIN

La Flèche (Sarthe), 65016
N° d'édition : 4398
Dépôt légal : septembre 2011

X04918/01

Imprimé en France